刘三姐形象的符号学研究

任旭彬 著

GUANGXI NORMAL UNIVERSITY PRESS
广西师范大学出版社
·桂林·

图书在版编目（CIP）数据

刘三姐形象的符号学研究 / 任旭彬著. -- 桂林 : 广西师范大学出版社，2024. 7. -- ISBN 978-7-5598-7149-7

Ⅰ. I207.36

中国国家版本馆 CIP 数据核字第 2024N50M69 号

广西师范大学出版社出版发行

（广西桂林市五里店路 9 号　邮政编码：541004
网址：http://www.bbtpress.com）

出版人：黄轩庄

全国新华书店经销

广西思畅印务有限公司印刷

（南宁市望州路北四里 2 号　邮政编码：530012）

开本：787 mm × 1 092 mm　1/16

印张：16.25　　　字数：242 千

2024 年 7 月第 1 版　　2024 年 7 月第 1 次印刷

定价：58.00 元

刘三姐研究的新成果

王　杰

任旭彬副研究员的著作《刘三姐形象的符号学研究》即将出版，这是作者2008—2011年在南京大学文学院攻读博士学位期间完成的同名毕业论文。该书在博士学位论文的基础上作了一定的增补与完善，可谓作者十几年刘三姐研究心得之集成。

《刘三姐形象的符号学研究》以流传在岭南的刘三姐民间传说及刘三姐形象在不同历史时期多样化流变的复杂现象为研究对象，在关于刘三姐形象已有研究的基础上运用符号学的理论和方法对刘三姐形象的人类学基础作了重新研究和考证，对刘三姐形象在产生和流变过程中的丰富意义作了较有说服力的论证。作者的创新在于立足刘三姐形象与歌圩文化的联系，结合社会文化语境的变迁分析了刘三姐形象的历史演变、审美变形、审美意义变化等方面的艺术形象层累性建构，较好地研究并阐释了这种变化的社会原因和文化方面的原因，这是用审美人类学和符号学的理论和方法对少数民族文化作了重新解读，探讨了刘三姐形象意义变化的复杂机制。该书资料丰富，论证严谨，学术上有创新。

作者从刘三姐形象与歌圩的互动关系出发，将刘三姐文化纷杂繁多的民间信仰、民间传说、民间歌谣、历史文献和当代叙事等串联起来，并将其置于社会变迁的整体演化脉络中，以刘三姐文化千百年历史变迁的三个时段为研究区间，梳理其历史积淀过程中的内在理路，这对于理解刘三姐形象演变的走向有着重要作用，并具体探讨了刘三姐形象的变迁及其动因。作者以跨学科的学术视野、严谨的学术作风和缜密的逻辑思维，从全局处着眼、细密处考察，反复论证，其结论科学可信，令人信服。

作者发掘了刘三姐形象的多重身份，认为作为艺术形象的"刘三姐"符号演变过程，表征了不同历史时期刘三姐形象文化意义的建构策略和意识形态观念。从古代到民国、中华人民共和国成立初期以及20世纪80年代以来的新时期，"刘三姐"的符号所指发生了由神魅符号到政治符号再到消费符号的嬗变。刘三姐形象相应地发生了从歌仙到平民英雄再到世俗歌者的演变，因而这一文化符号体现了多义性和歧义性。作者对作为原型的刘三姐神话向作为民间信仰的歌仙刘三姐传说的嬗变过程进行了深入分析，指出这是一个神圣化与世俗化双向互动的过程，在这一过程中，歌圩民俗活动与壮族歌谣构成了重要的文化语境。作者认为，中华人民共和国成立初期，"刘三姐"符号被纳入国家话语并重新阐释，作为政治文化的表征并且成为壮族文化的象征，在阶级斗争话语的历史语境中，刘三姐的歌仙形象隐喻了平民英雄的群众领袖形象。作者对在市场经济语境中刘三姐形象的多领域延伸给予了相当的关注，并对其中得失利弊的新变化进行了有意义的阐释。

就研究方法而言，该书在大量扎实田野调查材料的基础上，借助现代符号学理论与方法，结合审美人类学的研究方法，对岭南地区有关歌仙刘三姐的传说进行了系统的研究和考证，以丰富的文献资料和田野调查资料为支撑，揭示了刘三姐形象丰富的人文意义和多样化流变的复杂现象，逻辑清晰，立论公允。刘三姐传说成熟于唐朝末年，宋、明、清文人学者做过记录，明清时期，广西、广东等地的一些地方县志也有记载。民国时期到20世纪80年代，刘三姐研究者主要从民俗学和民间文学角度对口传及文字记载的刘三姐传说进行收集和研究，注重对刘三姐传说和文献资料进行搜集和考证，但也容易陷入只见树木不见森林的研究误区。20世纪90年代以来，刘三姐研究迎来全面繁荣，研究者从民族学、人类学、美学、考古学、文艺学等学科视角拓宽了研究思路，也扩大了刘三姐文化的阐释空间。然而，作为刘三姐文化核心内容的刘三姐民歌（山歌）及其形象的文学性研究相对不足。笔者高兴地看到，《刘三姐形象的符号学研究》的研究方法有了新的突破。具体表现为两方面：一是人类学观照下刘三姐形象的发展演变具有了探源意义上的创新研究。也就是说，根据人类学民俗材料以及相关文献，在有文字记载以前，“刘三姐”的神话原型是存在的，它与壮族原始文化中的爱神和歌唱职能神“嘹三妹”具有较高的一致性。二是作者综合运用多学科研究方法和视角对刘三姐形象进行整合与挖掘，全面呈现了刘三姐文化的真实面貌，避免研究陷入片面化和单一化。以往的刘三姐文化研究偏向于民间文化自主自发的发展，且往往凸显封建社会历史时期上层统治阶层文化对民间下层文化的“制约”。本书作者以民间民族艺术为视角，运用了符号学、文艺学、传播学、人类学、历史学、社会学等学科理论与方法进行多角度、全方位的观察，把“刘三姐”放置于民间文化、精英文化与官方文化或曰国家文化治理之间相互联系、相互影响的互动关系中加以思考，从而揭示了建构刘三姐形象的开放性和丰富性，这不仅是各种异质文化同时并存互不排斥的积累，而且是各类文化艺术生产主体共同塑造的整体生成。这种系统的分析是较为难得的，无疑给我们提供了有益的启迪。当然该书也有一些不足之处，例如，文化背景资料展开过多，关键的论述尚可进一步加强。“刘三姐”作为民族艺术符号，还要注意符号学的学科特点，在文化理论方面还可以进一步深化。

作为一名审美人类学的研究者，同时作为一名从小在广西生活的学者，笔者对刘三姐文化现象是有很深的历史记忆和情感因素的，不过由于多方面的原因，在桂林工作期间虽然将刘三姐文化研究列入自己的工作计划，但是一直没有条件真正实施。任旭彬副研究员从攻读博士学位开始，就专心研究刘三姐，毕业后的每年都进行田野调查，收集了丰富的材料，并且在这些材料的基础上进行认真研究，现在其研究成果即将出版，无疑是一件令人高兴的事情。祝刘三姐研究不断深入,祝任旭彬副研究员的学术研究工作取得更大的成就。

是为序。

王杰

2024 年 5 月 21 日

于浙江大学哲学学院

千年歌仙何长盛！

陈立生

任旭彬博士的著作《刘三姐形象的符号学研究》历经多年沉淀就要付梓问世了。这是广西社会科学院参与共建共享中华民族共有精神家园的一项学术成果，体现了新型智库服务铸牢中华民族共同体意识的担当和奉献。

刘三姐民间故事在岭南流传了一千多年，在广西与广东民间，至今仍有很多地方以刘三姐"家乡"自居，不少地方的县志都有相关的"刘三姐"记载。我的家乡广西平南县，刘三姐的传说也有着一千多年的悠久历史，各种故事题材多样，令人心驰神往。据县志及相关文献记载，位于官成镇双马村的"畅岩怀古"景区在北宋时期已开辟为游览胜地，1973 年被列为平南县重点文物保护单位，一直以来都是平南县"八景"之一，2019 年被评定为广西 3A 级景区。"畅岩怀古"景区有犀牛滴水洞、文昌岩、遇仙岩、九重门、蝙蝠岩、刘三姐绩麻洞等胜景和三夫子庙、印心亭、莲花池、三宝殿、观音像等人文景观，还出土了旧石器时代人类用过的砍砸器、刮削器、尖状器以及鹿牙、野猪、野牛等兽骨化石。据说，宋代理学创始人周敦颐曾在文昌岩为龚州知州程珦的两个儿子程颢、程颐授学，称为周程三夫子。后来二程成为程朱理学创始人之一，在中国哲学史上占有一席之地。千百年来，当地群众虔诚地把周程三夫子列入星宿仙班，在文昌岩内供奉着。这里流传着歌仙刘三姐的民间故事，刘三姐曾流连于畅岩山，暂居山中石洞，日出传歌,夜回洞中织麻,后来此洞称为“绩麻洞”。为了纪念刘三姐,人们将每年“塱(圩)日”即正月十一、十五和二月初一分别定为庙会、歌圩和农具买卖的日子。据传,在此时此地交易的农具和家具,不易长虫而且经久耐用。多少年来,每逢塱日,方圆数十里的群众,携老扶幼、成群结队从四面八方涌向畅岩山,有观光旅游的,有登高怀古的,有买卖农具的,有对歌的,有祈福的……热热闹闹。平南县的刘三姐“遗址”可谓“一孔见千年”。在近代,这里有一个习俗,每到塱日,当地官方就组织戏班、山歌队在古老的龚州府畅岩戏台表演山歌对唱、“牛哥(歌)戏”等民间艺术。此俗具体展示了刘三姐文化在千百年传承与发展中与儒释道“三教圆融”的传统主流文化的交融历史。由平南刘三姐绩麻洞的山歌到“牛哥(歌)戏”,再到现在的“中国民间文化艺术之乡”,都是一脉相承的。

刘三姐的真实身份现在已不可考。任旭彬博士完成了他主持的广西社会科学院2023年立项课题“岭南刘三姐文化印迹普查整理研究”。他认为,刘三姐文化是岭南文化与中原文化交融的产物。岭南多民族共同创造了传统刘三姐文化圈,按语言学区域可以分为广西的桂柳方言区,桂西以壮族为主的少数民族方言区,广东的客家方言区、广府方言区。岭南地区多民族杂居,虽然语言多样,但区域内各民族都共享刘三姐文化,其根源在于刘三姐文化是岭南地区多民族文化交融的共生体。岭南民间很多地方的“刘三姐家乡”争论,反映了不同地方的文化主体对于“刘三姐”文化记忆的共同性与差异性,而深层次原因则是岭南多民族对刘三姐文化的认同。刘三姐文化的传播与接受是民俗文化创造、传播、修改和转变的文化共享过程,充分体现了岭南多民族文化互相交融、情感共通、文化共享的文化共生性。20世纪60年代,刘三姐文化虽经现代重构,但传统民间刘三姐文化依然按照自身的发展逻辑演变,并向着三个方向延伸:一是与精英文化结合,发展为刘三姐精英文化;二是与社会主义主流文化契合而发展为国家共享文化;三是20世纪90年代以后,与大众文化融合发展,产生刘三姐大众文化。四种刘三姐文化同时并存,呈现交融发展、互构共进的态势,蕴含在刘三姐文化印迹中的文化体验就是中华民族交往交流交融的历史经验。

历经千百年风雨历程的刘三姐文化为何长盛不衰？2021年，习近平总书记在给老艺术家黄婉秋的回信中指出："你主演的电影《刘三姐》家喻户晓，让无数观众领略到了'刘三姐歌谣'文化的魅力。电影《刘三姐》之所以成为经典，就在于它根植于广西的山山水水，契合了人民对真善美的向往和追求。"（陈贻泽、魏恒：《继续发扬老艺术家的表率作用　带动更多的文艺工作者为人民创作为时代放歌》，《广西日报》，2021年6月4日）刘三姐故事阐释着中原文化联结岭南文化的历史，展现出中华文明连续性、创新性、统一性、包容性、和平性的突出特性与多民族文化共生共荣的生态文明之美。在《刘三姐形象的符号学研究》第二章"刘三姐形象的原型及其流变"，任旭彬博士论述了"多民族文化共生体的刘三姐形象"，揭示了创生于珠江流域的刘三姐是多民族文化交融共生的民间艺术形象。在"余论：从民间传说到中国审美文化符号"部分，作者论述了"刘三姐审美话语生成的中华民族情感纽带"。刘三姐故事从古代延续到今天，其根本原因就在于它具有千百年来中华民族的文化底蕴，以巨大无穷的艺术魅力引发了人们对"刘三姐"自觉的永恒的热爱，产生了超时空、跨民族的情感共鸣。刘三姐文化在传播过程中深深融入了各族人民的审美情趣和民族情感，体现了中华民族的文化精神。"刘三姐"依托中华文化的深厚底蕴与丰富内涵，形塑了中华民族共同体的情感纽带，成为表征中华民族共同体的文化符号之一。这对于探讨多民族国家传统文化符号的表征机制，研究多种文化形态的交融发展，阐释中原文化与岭南文化的交往交流交融都具有积极意义，并为中华优秀传统文化创造性转化创新性发展、铸牢中华民族共同体意识以及优秀传统文化的有效保护与利用提供了具体的案例，有助于弘扬中华文化共生共荣的传统，讲好中国故事。

在"一带一路"民心相通工程的建设中，随着世界对中国故事的期待与日俱增，"刘三姐"作为中国故事的经典，对强化中华文化的国际传播，展示中国良好的文化形象，提升中华文化的国际影响力，促进人类文明互鉴，都具有不可替代的重要作用。广西社会科学院新型智库建设高度重视刘三姐文化研究，在2024年新一轮创新团队研究方向中的"铸牢中华民族共同体意识示范区研究"，就把刘三姐文化、广西"三月三"列为重点研究项目。任旭彬博士 2011 年毕业于南京大学，基础理论扎实，工作严谨细致，学术视野开阔，研究功底深厚。作为广西社会科学院的刘三姐研究专家，他还是 2020 年国家社会科学基金西部项目“刘三姐文化在东南亚传播与华人文化认同研究”的主持人。我们热切期待他取得更加优秀的成果。

是为序。

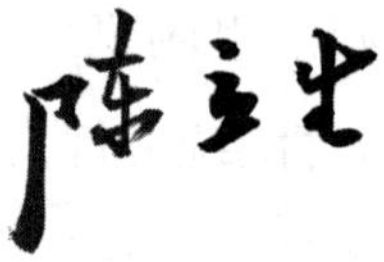

2024 年 5 月 20 日

于广西社会科学院

目 录

绪　论

一、刘三姐文化研究综述

刘三姐，也称刘三妹，她的传说流传于我国南部的广西、广东、湖南、云南、贵州等省区，但主要为两广，特别是广西。在岭南的壮族、汉族、瑶族、毛南族和仫佬族民间当中，刘三姐是家喻户晓的歌仙、歌神。关于刘三姐民间传说的文字记载，最早的是南宋王象之《舆地纪胜》卷九十八《三妹山》条："刘三妹，春州（今广东阳春）人，坐于岩石之上，因名。"[①]宋、明、清文人学者屈大均、王士祯、陆次云、闵叙、张尔翮等都有过记载。明清两代广西、广东等地的一些地方县志也有关于刘三姐的传说与歌谣的记载。《粤风》是清初学者采录两广地区少数民族情歌的专集，书中记录有刘三姐传唱的山歌。钟敬文先生在为《粤风考释》作的序中认为："不用夸张地说，《粤风》，这部我国歌谣史（扩大一点是民间文艺科学史）上开荒性质的著作，实可视为当时具有划时代意义的重要学术成果。"[②]

1918 年开始，北京大学和中山大学民俗学会先后开展民间歌谣和民间故事的征集活动。其中，刊登在《歌谣》周刊和《民俗》周刊上的"刘三姐故事"有九则。钟敬文于 1927 年写过一篇《歌仙刘三妹故事》（署名静

① 覃桂清：《刘三姐纵横》，南宁：广西民族出版社，1992，第 53 页。
② 商璧：《粤风考释》，南宁：广西民族出版社，1985，第 1 页。

闻),这是以现代民俗观点来分析该传说的第一篇文章。钟先生把刘三妹(姐)传说放在民间风俗的背景下,用比较研究的方法分析各地传说的差异,得出的结论是:民间传说的“差异性”的原因是各地各时各人的“善于附会”,刘三姐传说在发展过程中,存在变异、新增添的成分。相同的内容为善歌而“化仙”和“化石”之说。差异是在传说中,原为刘三姐与农夫、柴夫对歌,后来变成与秀才对歌。钟先生在《歌仙刘三妹故事》中还分析了刘三妹(姐)在“两粤”(两广——广东、广西)产生而普遍流传的主要原因:“两粤,僻远在南荒,从来中朝文化,多不及播及,加以溪洞繁曲,琅、壮杂居,一切风俗习惯,颇脱不了原始时代的状况,所以好歌的气尚,是在别的文化比较长进的地方所不易有的。”①所谓“好歌”,就是岭南各民族的唱歌风俗。钟先生早期对刘三姐传说的研究除“地缘风俗”说外,还有“求知欲望”说以及“荒唐幻想”说,就是说人们通过幻想满足心里的愿望与要求。

朱自清的《中国歌谣》(1929—1931)、刘锡蕃的《岭表纪蛮》(1934)、徐松石的《粤江流域人民史》(1939)等从民俗学和民间文学角度对口传及文字记载的刘三姐传说作了初步收集和研究。20世纪五六十年代,广西相关机构大力采集刘三姐民间故事、传说、歌谣,编纂刘三姐资料,主要成果有《壮族民间歌谣资料》(1959)、《壮族民间故事资料》(1959)和《广西壮族文学资料》(1960)。相关研究在20世纪五六十年代大量搜集的刘三姐素材与创作基础上,主要有两种研究路径:一是从“民间传说/故事”的角度总结规律;二是关注其中的歌谣和民俗。同时期的研究文章,主要围绕刘三姐民间故事和创作,阐发“刘三姐”所代表的民间文化、民族文化的丰富性和先进性,受到时代的局限,这些文章呈现千篇一律的阶级斗争视角和观点。

20世纪80年代以来,随着“刘三姐”的文艺演出重登舞台,各地民间歌圩风俗活动又得到恢复,我国各地在民间故事、民间歌谣、民间谚语等普查的基础上整理编纂民间文学资料(俗称“三套集成”),积累了大量的资

① 邓凡平选编:《刘三姐传说集》,南宁:广西民族出版社,1995,第7页。

料。与此同时，与刘三姐相关的文化旅游活动逐渐繁荣，如“南宁国际民歌艺术节”、实景演出《印象·刘三姐》等大型文化品牌形成。刘三姐研究随之全面繁荣，研究视角广，涉及专业多。研究主要集中于刘三姐传说、刘三姐形象、刘三姐品牌三大领域。潘其旭的《壮族歌圩研究》(1991)和《歌海传奇:歌仙刘三姐》(2009)集中研究刘三姐文化的母体歌圩文化的历史形态、文化功能、文化意义。作者结合歌圩文化梳理了刘三姐文化的发展，认为壮族以诗性思维把歌仙刘三姐神圣化，创造了充满灵动的刘三姐文化。覃桂清的《刘三姐纵横》(1992)从民间文学与作家文学的视角探讨刘三姐文化现象，认为刘三姐是历史上实有其人但越传越玄而成为歌仙。2007 年 10 月，相关机构在广西宜州召开全国刘三姐文化研讨会，收到 28 篇学术论文。2008 年，潘琦主编的《刘三姐文化研究》是一部关于刘三姐文化研究的书籍，内容主要是建设刘三姐文化品牌与民族文化品牌等。2014 年，梁昭的《表述“刘三姐”:壮族歌仙传说的变迁与建构》，从文学人类学的“表述”问题切入，对作为歌师、歌仙、歌祖的“刘三姐”在历史演变过程中的不断变迁和再造进行研究，揭示其在世界性的民族文化潮流中具有的表述结构和价值。2018 年，廖明君的《刘三姐》，分别从历史源流、歌圩文化、山歌内容等方面介绍刘三姐文化在艺术界与当代社会的文化传承。21 世纪以后，学者在整理壮族古籍研究中发现，桂西壮族原生态的民间古籍《布洛陀经诗》(又称《麽经布洛陀》)有“𤸰(嘹)三妹造友”记载。壮族学者覃乃昌在《刘三姐:华南珠江流域原住民族的歌神与爱神》一文中认为，“刘三姐经历了从嘹三妹到刘三妹、刘三姐的演变，体现了壮汉文化的碰撞融合及嘹三妹由神到仙到人的演变过程”①。根据黄桂秋的研究整理，刘三姐的原型“嘹三妹”是广西右江流域麽教神灵系统中的“造爱情神”②。

在资料综合整理方面，1995、1996 年出版的邓凡平选编的《刘三姐丛书》，其中包括“传说集”“山歌集”“剧本集”“评论集”。2002 年出版的潘

① 覃乃昌:《刘三姐:华南珠江流域原住民族的歌神与爱神》,《河池学院学报》2007 年第 6 期,第 81 页。

② 黄桂秋:《壮族社会民间信仰研究》,北京:中国社会科学出版社,2010,第 222-223 页。

琦主编的《"刘三姐"文化品牌研究》,收入研究刘三姐文化的论文和调研报告共29篇。2005年出版的罗宾选编的《刘三姐传歌故事集》,收入广西、广东、湖南各地流传的刘三姐传歌的民间故事。2007年出版的罗岗生、李莲芳主编的《刘三姐研究资料集》,汇集了《刘三姐》各种剧本及上演的评论或批评,部分内容是对刘三姐文化现象和品牌进行评论和研究。广东也是传统民间刘三姐文化兴盛的省份。2005年中山大学教授叶春生著的《岭南民间文化》、2010年中山大学教授黄伟宗总主编的《中国珠江文化史》,以及2005年叶春生、施爱东主编的《广东民俗大典》都有刘三姐的传说与民俗的内容。

关于"刘三姐"身份的讨论主要有两派观点。一派为"创造典型"说:刘三姐是在歌唱风俗背景下,以"刘三姐"作为善于歌唱及创造歌唱习俗的象征符号,民间把她尊崇为歌仙、歌神,并树碑立庙供奉。她是群众创造的文化典型形象,象征善于歌唱及歌圩风行的民族。歌唱风俗不是某人所组织或倡导的,而是集体创造的产物,如钟敬文的《刘三姐传说试论》(1982)作了"刘三姐是歌圩风俗的女儿"[①]的结论。另一派为"真人真事"说:认为刘三姐在历史上确有其人,因善歌、传歌,被奉为歌仙,如覃桂清的《刘三姐纵横》将口传资料与历史记载文献相互对照,认为"刘三姐出生于广西贵县(今贵港)西山,理由比较充足,较为可信"[②]。

关于刘三姐的研究,国外并无专著,只有在介绍或研究新中国文学的著作或杂志中涉及刘三姐的文章,如美国刘禾教授的《语际书写:现代思想史写作批判纲要》中的《一场难断的山歌案:民俗学与现代通俗文艺》一文认为,刘三姐传说"不仅包含社会等级方面的内容,同时也包含壮族文化与汉族文化、妇女与男权社会之间的冲突"被约简为统治者与被统治者的故事。又如1984年美国加利福尼亚大学出版的《1949—1979年中国的通俗文学及文艺演出》一书中载有论文《从浪漫爱情到阶级斗争:电影刘三姐的反思》;美国1987年6月的《东西方电影杂志》中所载的文章《中国

① 钟敬文:《钟敬文民间文学论集(上)》,上海:上海文艺出版社,1982,第111页。
② 覃桂清:《刘三姐纵横》,南宁:广西民族出版社,1992,第44页。

少数民族电影:影院及异族情调》,认为中国少数民族电影带有汉族对少数民族浓厚的异族情调的想象。①

以上研究的特点是立足于刘三姐民间传说以及形成的文字文本,把这些文本与历史材料、民俗事象相互参照,一方面从文本的脉络总结“民间传说”的某种规律,另一方面把“民间传说”作为“民众历史”的形态,讨论地域的文化和历史。关于刘三姐形象的研究,主要集中于刘三姐是历史人物还是虚构人物、刘三姐的族籍、刘三姐形象及歌谣的艺术价值等方面。从歌词形式方面讨论“刘三姐”山歌的研究成果不多,黄勇刹的《壮族歌谣概论》(1983)介绍了一些壮族歌谣形式的分类。

现代刘三姐文化是以壮族文化为基础的岭南多民族共享的传统歌唱习俗文化,包括以歌圩为主的歌谣、民俗、文艺作品、旅游产品和传承人等内容。岭南多民族共同创造了传统刘三姐文化圈,按语言学区域可以分为广西的桂柳方言区、桂西以壮族为主的少数民族方言区,广东的客家方言区、广府方言区。民间传说中的刘三姐是岭南世居民族的艺术神和保护神,是创造歌圩的歌仙。从文化史角度看,文献资料、民间文艺等文化产品可以证明刘三姐对岭南文化产生过重要影响,民间对刘三姐传歌所留下的印迹深信不疑。刘三姐信仰的形成,与岭南的歌唱传统密不可分。随着时代的变迁、社会的转型,生产生活方式以及文化生态发生了巨大的变化,传统文化语境下的刘三姐文化功能逐渐消失。关于刘三姐文化的研究,第一、第二代研究者注重对刘三姐传说和改编资料进行搜集和考证,分析研究较少。20 世纪 90 年代以来的第三代刘三姐研究者,从民族学、人类学、考古学、文艺学等跨学科视角拓宽了研究的思路,也扩大了刘三姐文化的阐释空间。尽管刘三姐文化的文献资料收集与研究取得了丰硕的成果,但到目前为止,已有的研究注重对刘三姐文化的历史系统和地域系统的分析论证,宏观论述多,微观个案型的描述少。尽管“刘三姐”是岭南地区共有的文化符号,但其在广东、海南等省的研究几乎是空白。国外只局限于电

① Clark Paul,“Ethnic Minorities in Chinese Films: Cinema and the Exotic,” *East-West Film Journal*, no.2(1987):25.

影《刘三姐》的传播与接受,并无系统的刘三姐文化研究。

二、符号学方法引入刘三姐研究的价值和意义

什么是符号？简言之,符号是信息的载体和信息传递的媒介物。符号涉及的范围相当宽泛,凡是人类所承认的一切有意义的事物均可看作符号。符号学,顾名思义,就是研究符号的科学。日本学者池上嘉彦指出:“现代符号学关心的是人类的‘给予意义’的活动结构和意义,即这个活动如何产生了人类的文化,维持并改变了它的结构。”①符号学就是意义学,是研究所有与意义相关的学问。“意义问题(包括意义的产生、发送、传达、接受、理解和变异)是人文社会学科的共有的核心问题,而符号学的任务就是提供研究意义的基本方法。”②意义不是恒定不变的,当人的活动与某一符号的关系处于其他符号语境中,意义便随之变化。

按照索绪尔的观点,符号由能指和所指构成,两者之间的结合产生了符号的意义。任何一个语言符号都是概念或观念(所指)与音响形象(能指)的结合体。能指是符号的物质载体,是具体的事物(符号形式);所指是符号的意义,是心理上的概念(符号内容)。语言符号的能指和所指的联系是任意性的,是社会规约决定的。在不同的文化习惯或情境中,相同的符号可能代表不同的意义或是引起不同的情感。美国著名哲学家皮尔士认为,符号代表某一事物(它的对象),它对某人(它的解释者)来说代表某一事物;最后,它在某一方面(这方面称为它的场所)对某人来说代表某一事物。表现体、对象、解释者这些术语因此可以看成符号借以指明的手段,它们之间的关系决定了符号化过程的确切本质。符号的这种三角形关系,是由代表项符号媒介、客体对象(指涉对象)、解释项(主体人对符号所作的感知、解释或认知)构成的系统,它们三者之间的关系决定了符号化过程的本质,前两者大致相当于索绪尔的能指和所指,解释项是介于能指

---

① 池上嘉彦:《符号学入门》,北京:国际文化出版公司,1985,第3页。

② 赵毅衡:《符号学文化研究:现状与未来趋势》,《西南民族大学学报(人文社科版)》2009年第12期,第172页。

和所指的“第三因素”，它的特点在于能够成为新的符号，通过解释项，符号意指过程的分析被语境化了，可以产生“无限衍义”。

作为表征事物的一种方法，符号应用于社会生活的各个方面。目前，符号学正以强劲的发展势头向各个学科渗透，涉及诸如文艺、音乐、法律、民俗、艺术设计、服饰等领域。在符号学研究领域，一般认为，皮尔士的三分法比索绪尔的二分法更合理，解释力更强。中国的符号学研究从 20 世纪 80 年代才开始起步。中国文化传统具有极为丰富的符号学内涵，相关的符号学研究已经取得了显著的进步。1993 年李幼蒸出版的《理论符号学导论》，是一部系统地论述和评介当今世界符号学理论的专著。李幼蒸把符号学分为三个组成部分：语言符号学、一般符号学、文化符号学。“李幼蒸的《理论符号学导论》，是迄今为止中国学界最扎实的贡献，此书主要评述符号学诸家的学说；胡壮麟、王铭玉等人发展了语言符号学，使之成为中国符号学的最大支脉；台湾学者龚鹏程的《文化符号学》一书，是中国古代语文学的一种总结，自成一家；赵宪章对现代形式美学作了相当系统的整理和发展；国内尚有不少学者集中精力于符号学的单科应用，例如叶舒宪等人在符号人类学上卓有所成。”①本书应用符号学意义的阐释、传播与接受层面上的方法来研究作为艺术符号的刘三姐形象如何在不同的语境中表征不同的文化意义而生成多义性，并梳理和归纳刘三姐形象的符号演变。

卡西尔的符号观将符号与人的行为和情感结合起来，就是将艺术符号的审美特性纳入符号学的视野。苏珊·朗格在《情感与形式》中发展了卡西尔的文化符号学思想，将符号进一步引入艺术活动的研究领域，认为艺术就是将人的情感活动客观化的符号，需要从审美意义上加以研究，从而创立了符号美学。苏珊·朗格认为人类文化的符号系统大致有两种类型：一种是逻辑的文化符号，另一种是非逻辑的文化符号。逻辑的文化符号以技术性作为编排信息的基本原则，形成科学的文化文本；非逻辑的文化符

---

① 赵毅衡：《符号学文化研究：现状与未来趋势》，《西南民族大学学报（人文社科版）》2009 年第 12 期，第 169-170 页。

号以审美性作为编排信息的基本原则,形成审美的文化文本。审美文化文本指文学、音乐、舞蹈、戏剧、影视、雕塑等。非逻辑的文化符号是对情感与形象的编码,传播的是非指代性信息,其能指与所指不是完全对应的。而文学语言的"能指"优势的自指性,除使人感受到更深刻、更有意味的形象外,这种形象具有的更深刻、更普遍的意蕴,扩大了语言符号功能,实质上就具有了象征的意义。如文学作品中的人物是个别的、现实的人,又是普遍的人,具有人类生存价值、生命意义的象征意义。像《白蛇传》中的"雷峰塔""法海和尚"等艺术符号,它们的内涵是不明确的、非特指的。符号包括所指和能指,现代符号学奠基人之一的皮尔士把人类的文化符号分为标志、图像、象征三种形式。象征本来是符号中的一种形式,但在象征里面,所指变成了能指,象征具有构形功能,即赋予无形的人类的情感经验、精神风貌等文化理念以形式,各种文化形式或象征形式——神话、语言、宗教、巫术、艺术等都是人类自我意识的自觉或不自觉的赋形化、符号化,这是一个内容转化为形式的文化积淀过程。象征就是通过有形的东西来反映无形观念的非语言信息传递系统,它蕴涵着人们内在的欲望、愿望、情感、情绪和相应的价值观念,是能指的自我生成。语言、图像等象征符号是表达象征意义的媒介。象征符号是一种以具体的事物表现某种特殊意义的形式。象征意义是可见形式与不可见超验意义的合成,是人类主体内在精神更为根本的动力或内在机制。象征的两个重要方面,一是具有替代功能的看得见的符号特征,二是符号与指涉意义之间的相似关系。象征是抽象的、概念化的、形式化的深层意义世界对形象世界的超越,否则象征就会被误解为单纯的符号。对现象世界的超越,是不确定意义对确定意义的超越,是含蓄、暗示意义对表面意义的超越,是彼岸、无限、形上世界对此岸、有限、眼前世界的超越。

刘三姐之所以成为人们代代相传、歌颂的传奇人物,是因为刘三姐是美丽与智慧的化身。民间传说中的歌仙已经成为海内外家喻户晓的艺术形象,已经成为山歌文化和广西文化的象征符号。20 世纪 90 年代以来,刘三姐文化在广西盛行并得以重新塑造。各级政府恢复、重建与刘三姐文化密切相关的传统歌圩,组织大规模的民族传统歌节活动。广西出现许多由刘三姐符号派生的企业、机构和节庆,如"刘三姐"大观园、"刘三姐"歌圩、南宁国际民歌艺术节等。在一些地方,具有经济开发价值的传统文化资源被开发为旅游业等文化产业。所有这些,在当前市场经济条件下,都试图再现当年刘三姐的神韵,展示广西少数民族文化。传统刘三姐文化发生了变化,被建构成为一种新的传统文化。刘三姐文化研究是一个跨学科现象,作为历史现象的刘三姐多种传说赋予了刘三姐形象的多义性与歧义性。鲜活的刘三姐文化审美实践也留给刘三姐文化研究很大的开拓空间,在准确理解并充分尊重传统刘三姐的灵魂和精神的基础上,我们可以从刘三姐文化符号的塑造来研究其构形过程,以结合人类学的符号学研究方法对刘三姐形象进行审视,在刘三姐文化重塑的实践中寻找新的刘三姐符号资源,能够为拓展刘三姐文化审美内涵和人文价值的新空间提供参考。因此,对刘三姐形象作符号学的研究就具有很大的现实意义和理论研究意义。

三、审美人类学作为研究刘三姐形象的方法

审美人类学的研究对象主要是人类精神文化中与审美活动相关的一切审美现象。审美人类学注重对存活于当代现实生活中"活态的"艺术经验和审美经验的研究。它认为"艺术"的意义远远不止于审美的需要和满足,它们显然还同时具有更为深厚的社会意义和文化意义。由于权力、体制以及惯例的作用,审美表征会因为不同个体及其文化背景的不同而形成很大的差异。在鲜活的社会现实中,深层运作的审美制度会以日常生活事件和细节的形式显性和隐性地规定着一种基本行为准则,并且以习俗、惯例、仪式等为标志的地方性传统文化成规作为形态,从而成为审美意识形态的载体,规定或影响着个体的审美观念和审美选择。关注人们的文化生活、审美活动在与意识形态、经济、技术、权力的交织中的审美心理、审美意识、审美经验、情感表达机制和审美交流的具体途径,就成为审美人类学的理论指向。审美人类学关注整个文化系统并具体到日常生活审美实践,但要在整个文化系统的研究中寻觅出审美人类学意义上的规律,就必须找到

一个好的切入点,那就是符号。

象征人类学"在本质上讲就是把文化当成象征符号体系加以探讨的人类学"①。它研究的是人类文化中各种象征符号与象征意义之间的关系,探寻或解释某些外显的或可感知的社会文化现象内部隐藏着的深层含义。象征被看作一个文化特质(组成文化的基本要素或最小单位)。象征具有两极性、多义性和综合性,不确定性的象征符号与艺术符号的审美意义具有明显的共同特征。作为审美的象征思维具有突出的形象性。象征思维的直观把握的特点,是从自然对象中直接把握对象的意义,并不是通过严密的思维辨析,而是依靠体验、联想等直觉形式完成的。这种思维超越了因果推理的逻辑方式,使人在观照对象的过程中凭直觉感悟或触景生情。象征思维还具有认同性。由于原始宗教意识的集体性、社会性,象征需要被一个群体共同认可,才能具有普遍意义。象征就具有这种介于理性与感性、意识与无意识之间的特征。象征人类学关心的是象征如何作为文化的载体来表达意义,人们通过象征对外部世界及其变化进行意义表征和自我调适。

象征人类学研究者认为,象征并不具有全人类的一致性,不同的民族文化有着不同的象征符号体系,这些象征符号体系是不同的民族或群体对其所处的世界的不同理解。象征人类学研究的方法是基于跨文化比较的,它把文化作为一个整体去关注,而不是把文化相互孤立再去理解它特殊的方面。象征人类学理论认为文化是通过象征的形式而得以表现的意义的样本,视文化为传达象征意义的形式体系。象征人类学主张人类学研究的主要目标是对文化意义的探索和解释,认为只有将象征作为人类的特征来研究才有真正的意义。象征人类学将解释文化事象的意义作为研究的目标,重视对神话、语言、仪式、戏剧以及其他一些象征符号的研究,主张文化是一套象征符号系统,包括物、人、关系、活动、仪式、观念、时间等。在象征人类学的视阈下,历史悠久、积淀深厚的刘三姐文化是一个意涵极其丰富的符号体系。作为一种象征体系,刘三姐文化蕴含了多重可以破译的壮族

---

① 王铭铭:《西方人类学思潮十讲》,桂林:广西师范大学出版社,2005,第94页。

文化符码，解读这些文化符码所承载的象征意义，可以深入地理解壮族编织的“意义之网”。

任何文化行为都是符号。在不同的文化体系下，人们的审美价值是不同的，不同民族的文化艺术和审美活动具有强烈的个体性、族群性，是不同于其他民族的。这表明，审美意义和内涵是一种“地方性知识”。格尔兹把象征体系解释为特定族群的理念和社会生活的解说。他认为：“文化是一种通过符号在历史上代代相传的意义模式，它将传承的观念表现于象征形式之中。通过文化的符号体系，人与人得以相互沟通、绵延传续，并发展出对人生的知识及对生命的态度。”①文化是社会行动者利用象征符号为自己制造的意义和组织的逻辑，只有理解“地方性知识”形成的独特世界观、人生观、价值观背景，才能对具体的社会文化事象进行“深描”（了解隐藏于象征符号背后的一个分层化的意义结构）。意义存在于阐释之中。所谓的意义阐释，也实际地转变为对话语的分析。艺术审美活动的突出表现是以象征思维作为重要手段，艺术是象征思维表现的重要载体。王杰认为：“审美人类学是一门用人类学的方法和概念来研究和阐释美学问题和美学现象的学科……以人类社会文化的大量材料来充实美学对人类精神领域的思考，使抽象的思辨建立在实证的基础上。”②艺术是感性的，感性体验是人的最直接的现实体验的基础。象征作为符号形式，以一种可见的事物来表现看不见的事物，并使两者具有一定的意义关系，即本体和喻体之间的关系、能指和所指之间的关系，这也是自然的人化与人的对象化的双向建构关系。象征意义的产生就是以具象表达抽象，是感觉世界与观念世界形成的完整的统一体。象征在一定意义上是对“符号”观念化的倾向，成为人们精神和意愿的自我表达的一种工具。作为艺术的象征实际上是凭借外物形象的隐喻、暗示来表现主体性内涵的精神活动，是作为审美主客体的人及对象物的精神交流。进入审美活动领域的象征就是建立意义与形象之间的和谐关系，在现实形象与象征之间建立起一种意义结构关

① 克利福德·格尔兹：《文化的解释》，上海：上海人民出版社，1999，转引自王铭铭“格尔兹文化论丛”译序，第11页。

② 王杰：《审美幻象与审美人类学》，桂林：广西师范大学出版社，2002，第188-189页。

系，表象世界的形象在审美活动中是作为表达内在体验的工具的。这种蕴含着意义的表象世界的形象实际上是人们精神世界里经过形式化了的审美幻象，是主体用思想和情感对现实形象进行的审美变形。象征人类学把阐释文化事象的意义作为研究目标，把文化界定为一个表达价值观念的符号体系。这样，应用象征人类学的研究方法就可以打通符号学和审美人类学之间的联系，使人们对艺术符号的研究不再是一种宽泛的理论，而是与具体的物象建立起了象征关系，用感性的事物形象来表现一种抽象的精神、观念和情感。

从目前的研究状况来看，从审美人类学角度对艺术形象进行符号学阐释是一个崭新的课题，其研究具有独特的价值。研究的重点是对构成艺术形象的符号元素作意义的阐释。在全球化和地方化的语境中，在消费文化和大众文化流行的现实文化状况下，艺术符号要素往往是多种文化意义的杂糅共生体，这是研究的重点和难点。如何全面解析其文化内涵的复杂性？在全球化的背景下，如何理解多元文化之间的关系及其共生的机制？民间审美文化在市场经济语境下的艺术符号化构形机制如何运作？在消费文化和大众文化盛行的今天如何提升文化艺术的品位？……这些都是急需解决的理论问题，本书的研究将试图加以解决。本书在符号学的基础上结合人类学的方法进行研究，具体如下：

第一，通过进行田野调查，以参与观察法与深度访谈来获取第一手资料，并对材料进行比较分析，把文献、理论与实践综合起来研究，归纳总结。

第二，从符号学的角度对研究对象进行分类、归纳，使人们的审美实践构形要素建立在符号学理论的指导下，从审美形式创造上升为人文意义与审美内涵的创造。

第三，在历史与逻辑、理论与现实相结合的原则指导下，把作为审美实践的艺术创造放在文化尤其是跨文化的语境中理解，综合采用审美人类学、象征人类学、文艺符号学、传播学、民俗学等学科的研究方法，在田野调查材料的基础上来阐释问题，做到理论与实证的结合。

第一章

刘三姐形象的符号化构形

艺术符号学认为,艺术符号的特点是包含了多种复杂含义的综合体,艺术形象是凝聚“意义”的符号系统结构。艺术形象何以能够生成多重意义?艺术形象是通过解释不断获取新的意义的。而艺术形象意义的表征与文化语境之间存在密切的联系,语境的拓展是没有穷尽的,解释语境也是没有边界的。塑造艺术形象是意义活动的符号化过程,任何艺术符号都要把人类情感转换成感性的形式。艺术形象符号化构形就成为我们研究的逻辑起点和理论基础,在此基础上,我们可以探讨作为艺术形象的刘三姐形象的符号演变过程。

第一节 艺术形象的符号化生成意义

"符号化的思维和符号化的行为是人类生活中最富于代表性的特征，并且人类文化的全部发展都依赖于这些条件，这一点是无可争辩的。"①符号的能指与所指结合产生的意义是人们主观赋予的，并且因文化语境而异。罗兰·巴特在《符号学美学》一书中，把索绪尔的语言学改造为符号学。他认为符号可以区分为含有两个层次的表意系统，即明示义和隐含（引申）义。前者是符号与其所指涉的外在事物之间比较明显的符号意义，是指称的对象，是在外延的所指意义基础上产生的一种派生的附加义。一般而言，前者被视为事物的原义，后者脱离了事物的原义而具有特殊的意义，比较隐蔽，是符号的内涵。在符号化的过程中，符号不断产生新的解释项，不断被赋予新的意义。一个相对完整的意指过程就呈现了一个开放的形态，以至无限。这样的逻辑思路其实是借鉴了皮尔士的"无限衍义"思想。作为一个"物态"的符号，代表的是与文化相关的东西，可以被用来在多种文化语境中传递意义。这个意义构成文化过程和文化关系。文化是相互关联的意义的构成系统。所以，符号的魅力和重要性并不在于符号本身，而在于它的意义。

符号的第一级是语言学系统，它陈述事实、反映实际情况；第二级是神话系统，是人为的、虚设的，属于意识形态的范畴。当符号表意侧重于对象或外延性时，是以传达某种明确意义为目的的，即明示义。当符号侧重于

① 恩斯特·卡西尔：《人论》，上海：上海译文出版社，1985，第35页。

信息本身时,即符号把解释者的注意力引向符号本身,符号本身的引申义成为主导意义,就是隐含义。一级符号系统构成直接意指层,二级符号系统就是间接意指层的神话系统。这种神话的意指结构和意义生成过程产生特定社会历史语境。神话意指结构如图所示:

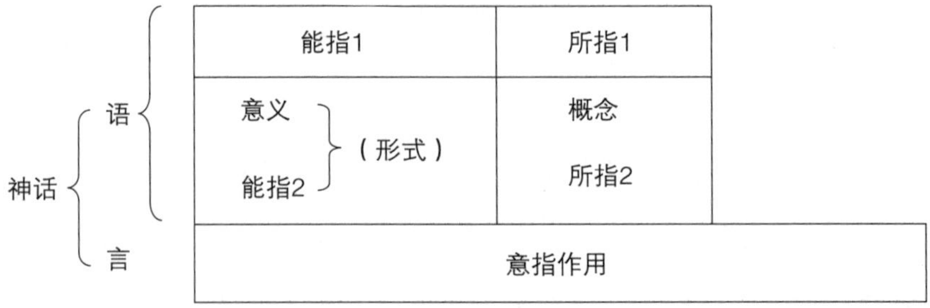

图1　神话意指结构

巴特明确指出:作为意识形态的神话是一种意指方式,是一套不断将特殊物转变为固定形式的修辞。这种神话是指现实生活中具有某个时代特征的意识形态。

艺术符号与其他符号的区别何在呢?艺术符号以情感为核心凝聚着感知、直觉、想象、理智和意志共同活动的整体结构。文学符号也是艺术符号,文学符号有什么特点呢?首先,文学符号是一种二级符号。文学符号以第一级系统中的能指与所指的结合,构成其能指,再与自己的所指构成新的符号系统,也称为二级符号系统。其次,文学符号具有多义性和歧义性。“不同的文化传统对使用编码与解码不可能互相一致,阅读主体与创作主体各有其意向的特殊性,而且艺术文本本身又充满了无法系统化的信息,因此,符号的诠解不确定性在文学中表现得最典型。”①符号无限衍义的本质特征导致其指称意义的不确定性。艺术符号的多指和多义,使艺术符号成为一个多级的意指系统。再次,文学符号具有自指性。文学符号与客体对象之间的关系不再与客体外物呈现为对应的关系,而是对立关系。当符号指向本身时,现实符号便转化成艺术符号。文学符号并没有一个具体指涉目标,它只是以自己的手段为参照,是以自身为目的的语言,是符号

① 赵毅衡:《符号学与符号学的文学研究》,《外国文学评论》1989年第2期,第36页。

指向自身的语言。赵毅衡把符号表意的全过程称为符指过程。对于皮尔士来说,意义(符解)具有无限衍义的能力。符解的无限衍义可以用赵毅衡的绘图表示:

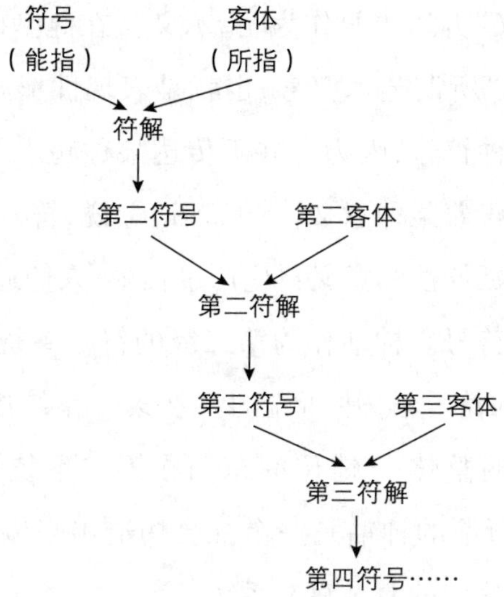

图 2　符解的无限衍义[①]

符号具有一种构形的功能,具有将人类经验构造成某种形象性的东西的功能。艺术符号学把艺术的一切表现形式都看作符号,任何一种艺术符号的主要功能都是对情感信息的传达。符号就是一种二元一体的结构,也就是符号的"能指"(符号形式,亦即符号的形体)与"所指"(符号的内容,符号能指所传达的思想感情,或曰"意义")构成符号,通过"意指"方式构成形式与内容的二元关系。卡西尔指出:纯粹的感性形式的世界"使我们的情感赋有审美形式,也就是把它们变为自由而积极的状态。在艺术家的作品中,情感本身的力量已经成为一种构成力量"[②]。苏珊·朗格对艺术作了如下定义:"艺术,是人类情感的符号形式的创造。"[③]艺术中的符号尽管也是现实符号,但进入艺术品中的现实符号有一个情感化和理性化的过程。现实符号转化生成艺术符号意义的过程要在符号的"指示义"的基础

① 此图出自赵毅衡:《文学符号学》,北京:中国文联出版公司,1990,第 113 页。
② 恩斯特·卡西尔:《人论》,上海:上海译文出版社,1985,第 189 页。
③ 苏珊·朗格:《情感与形式》,北京:中国社会科学出版社,1986,第 51 页。

上，进一步产生“内涵义”或曰“引申义”。“内涵义”由于经过反复使用，后来即使使用的是“指示义”，也会伴随“内涵义”的联想，这是一个特定文化语境的社会重新约定俗成的过程，符号的“内涵义”被固定为代码，进而取代原来的“指示义”并以本身作为“指示义”，在此基础上，又进一步产生出新的“内涵义”。“所谓艺术符号，也就是表现性形式，它并不完全等同于我们所熟悉的那种符号，因为它并不传达某种超出了它自身的意义，因而我们不能说它包含着某种意义。”①从理论上说，符号所指的延伸性是无限的。在这种无限延伸性的意义再生产过程中，人们通过转喻和隐喻把现实符号转化为艺术符号。神话作为第二级的符号系统发生作用。正如霍克斯在《结构主义和符号学》中所说的：“在第一系统中具有符号（即能指和所指的‘联想式的整体’）地位的东西在第二系统中变成了纯粹的能指。”②第二系统中所谓的神话是一个社会构造出来以维持和证实自身的存在的各种意象和信仰的复杂意义系统。

可以看出，现实符号在形式化的过程中被赋予了某种新的意义，这种意义是在符号的隐喻上取得的。苏珊·朗格说：“艺术中使用的符号是一种暗喻，一种包含着公开的或隐藏的真实意义的形象；而艺术符号却是一种终极的意象。”③经过移植或隐喻生成的意义必然受特定的文化背景、心理、风俗等的影响。滕守尧说：“一个符号可以引起深层无意识的反应，它会调动或激起大量前逻辑的、原始的感受，还会引起许多完全属于个人的感觉上的、感情上的或想象的经验。”④这样，符号构形生成的艺术文本或艺术形象就具有无限多样的多义性。艺术世界中的文本或形象的各个构成要素相互联结、相互作用，构成一个具有多重内涵的意义系统。正如巴特所阐述的那样，符号既具有明示意义又具有引申意义，文学文本中所展示的符号能指的多重性也正说明了其内涵的丰富性。

从符号学的角度看，美是符号意义的显现。艺术符号作为审美对象，

---

① 苏珊·朗格：《艺术问题》，北京：中国社会科学出版社，1983，第 134 页。

② 特伦斯·霍克斯：《结构主义和符号学》，上海：上海译文出版社，1987，第 135 页。

③ 苏珊·朗格：《艺术问题》，北京：中国社会科学出版社，1983，第 134 页。

④ 滕守尧：《审美心理描述》，成都：四川人民出版社，1998，第 219 页。

表达的是美学意义，它实际上是认知价值与审美价值的统一体。现实符号转化为艺术符号的过程，就是审美主客体双向生发关系的过程。现代阐释学认为："阐释学的基本问题是：在通过写作而固定下来的意义与通过读者进行理解的意义之间的距离如何能达到沟通。"[①]文本只有经过阐释才有意义。所谓阐释，就是在阅读的基础上，对文本意义的发掘和阐发。形象所包含、隐喻、象征着的以情感为中心的意义蕴涵就构成了艺术符号的意义所指。人们赋予意义的世界以约定俗成的意义，用来表达相互之间理解和领会的情感和思想。解释正是在这个无限的意指过程中不断地加深我们对外部世界的认知，也是接受者进行主动意义建构的出发点，而来自特定情境（语境）的约定作用也是文本意义阐释的重要环节。这种意义设置的开放性，导致意义解释的多样化和多视角的特征，符号能指和符号所指必然不再是一一对应的关系。现实符号能指与所指的关联，主要靠规约，而艺术符号打破了现实符号能指与所指的强制性联系，消解了现实符号的所指，在更高层次上可以和无数的所指相联结。这种意义不稳定既来自艺术文本也来自解释者，那么，一部文学作品的审美价值和社会功能何以实现？

① 伽达默尔：《赞美理论——伽达默尔选集》，上海：上海三联书店，1988，第 149-150 页。

第二节 艺术形象的文化表征

意义的产生的过程就是巴特所说的意指过程。"意指作用可以被看成是一个过程。它是将能指与所指联系在一起的行为。这种行为的结果就是符号。"①人创造符号是为了使用符号进行交流,符号一旦形成,社会就使其具有功能,表现为有意义的代码和代码系统,这个意指过程来自代码系统以外的社会文化背景。"实际上符号系统的编码和解码虽然都是文化的内涵"②,但在某一特定文化背景下,符号发送者和符号接受者之间也可以进行"协商"并最终达成共识。在符号系统中,能指与所指的对应关系完全是任意性的、约定俗成的。不同的文化语境有不同的约定,符号的意义因文化背景不同而不同,这说明符号的能指与所指之间的关系具有社会契约性。从传播学来看,符号信息要经过编码和解码才能发出、传递和接收。信息的表达、发出、传递、接收和理解,必须经过信息的形式变换,信息变换的过程,就是编码和解码的过程。从某种意义上说,社会现实是各种符号系统通过意义传播而构筑的。人们的符号行为全过程就是从编码到解码的过程。编码强调的是人们对符号能指的约定过程,能指与所指之间的关系是基于某个语言共同体的规约,是约定俗成的编码解码方式。怎样才能使编码和解码大体上达到一种对等一致的理想状态呢?关键就是规则(或叫"代码""符码""信码"),这是编码者和解码者双方都熟悉和

① 赵毅衡编选:《符号学文学论文集》,天津:百花文艺出版社,2004,第 291 页。
② 赵毅衡:《符号学与符号学的文学研究》,《外国文学评论》1989 年第 2 期,第 35 页。

顺利使用的"代码本"(符号系统)。"代码的功能在于:通过瞥见或'知晓'所指的东西,来证实公认的和权威的文化形式。"①

斯图亚特·霍尔把媒介符号的生产流通划分为三个阶段:"编码"阶段,媒介"意义"的生产就是编码者的意识形态占主导地位的加工阶段;"成品"阶段,媒介符号被注入"意义",被赋予媒介意义的编码规则便占主导地位;"解码"阶段,是解码者的立场占优势,解码者可能出现三种解码立场,即支配—霸权立场、协商代码或协商立场与对抗立场。支配—霸权立场意味着"制码与解码两相和谐,观众'运作于支配代码之内'"②,编码与解码实践之间产生的意义完全一致。协商立场既是对编码者所"给出"的意义在一定程度上的认可,又在一定的情境上保留自己的意义,编码意义结构与解码意义结构既不完全对等,也不完全相反,"观众与支配意识形态始终处于一种充满矛盾的商议过程"③。跨文化传播更多地表现为这种协商立场。在对抗立场,解码者因所采用的代码与信息发出者所采用的代码截然不同而曲解了编码者的信息,并根据自己的语境建立新的诠释架构,使解码的结果对编码者给出的意义加以彻底重构。

霍尔的理论表明,意义是由编码者与解码者通过"制码/解码"机制而共同"建构"的。文化语境因素势必影响到符号的编码和解码,意义建构和解释必须建立在一种对符号编码方式进行约定的基础上,它是符号创造者和接受者之间据以对符号的能指与所指建立起相应关系的一种解释的既定秩序,即约定好符号能指与所指之间的组合编码规则。符号作为文化的表征,我们在其形态、结果和规则的变化中也就可以寻找文化意义。表征,就是指用一定的符号表示意义的活动过程和方式。霍尔对表征的内涵作了如下界定:"表征是通过语言产生意义。《牛津英语简明辞典》给出此词的两个相关意义:1.表征某物即描述或摹状它,通过描绘或想象而在头脑中想起它;在我们头脑和感官中将此物的一个相似物品摆在我们的面

① 特伦斯·霍克斯:《结构主义和符号学》,上海:上海译文出版社,1987,第121页。
② 陆扬、王毅:《文化研究导论》,上海:复旦大学出版社,2006,第159页。
③ 陆扬、王毅:《文化研究导论》,上海:复旦大学出版社,2006,第159页。

前;2.表征意味着象征,代表,做(什么的)标本,或替代……”[①]表征具有对语言、文化和符号进行编码、解码的功能,通过符号语言的能指及所指对思想、经验世界加以再现。表征的基本构成要素是符号、意义和它们之间的联系方式。符号与意义相互影响、相互制约,表征就是使符号成为意义的存在或呈现的方式。文化和语言中的意义不在客体、人或事物上,意义表征的实践和“运作”与意识形态、权力、话语和主体性密切相关,因此表征的文化内涵也就彰显出来。文化表征往往依据意指实践生产体制的社会机构关系自身的意识形态需要,决定其内容和形式。不同文化背景的人们对符号的理解或解释不同,是由于他们的代码系统不同。不同文化背景下对符号的解读是非常复杂的过程,而且会因文化乃至个人经历而异。编码是一种符号行为,是在符号对象领域里应用某种编码规则把能指和所指结合起来并在能指和所指的关系上体现符号的意指作用。不同民族符号所指的意义与其历史文化积淀有关。每个民族的集体无意识、原型、神话、仪式等就是这种历史文化积淀的具体体现,并通过各种文化形式(如宗教仪式、道德规范、价值观、生活方式、风俗习惯等)形成的群体规定性不同程度地渗透在每个个体的思维模式、心理结构、情感态度和行为方式之中。这种规定性一方面经由文化遗传形成某个民族所具有的独特的个性气质等禀赋,另一方面每个民族的象征符号不同,都有着不同的文化历史和文化特征,因此,文化表征所建构起来的意义就具有不同的类型,并通过制度性机构在每个个体中再现或强化而形成或建构起固定的观念,形成广泛的社会文化惯例及文化标准。

“‘表征的实践’,是指把各种概念、观念和情感在一个可被转达和阐释的符号形式中具体化。意义必须进入这些实践领域,如果它想在某一种文化中有效地循环。”[②]文化表征实践在很大程度上是不同价值观念之间的意义争夺领域。文化表征实践就是采用某种思想和价值观念立场去创

---

① 斯图亚特·霍尔编:《表征——文化表象与意指实践》,北京:商务印书馆,2003,第16页。

② 斯图亚特·霍尔编:《表征——文化表象与意指实践》,北京:商务印书馆,2003,导言,第10页。

造一个完整的可以解码的符号系统,反映了具有立场性的文化符码去生产和建构某种文化意义、意识形态和价值观念。意识形态是意识的表现和表述形式,包括艺术思想、道德观念、政治法律思想、宗教观念和哲学等。文化表征领域中的规则与体制是各种现实权力与利益关系在文化表征领域的延伸,现实生活中的种种冲突与选择也会表现在文化表征之中。审美是人—文化—自然关系中的一环,人们在人类学层面上总结出了具象性、隐喻和转喻、仪式性等审美要素。艺术作为想象的物化形态,成为与现实对立的另外一种价值和存在。现实生活关系转化为审美对象就是审美变形。"经过审美变形,意识形态材料被激活,获得了充满激情的特殊表达。由于审美变形穿透了主体及其对象之间的屏障,在主体方面,内在的欲望获得了具体的投射对象,在对象方面,物质性的材料转变为表征现实关系的形象,从而建立起个体欲望与外在现实世界的深层联系。"①因此,文化符号的表征不仅仅是一个知识生产、信息交流和审美愉悦的领域,也是一个利益争夺和权力斗争的领域。

巴特的"神话学"揭示了文化符号生产文化意义和意识形态观念的一般机制。巴特明确指出:神话是一种言语;神话是一种传播体系,它不是一个客体或观念,而是一种意指方式;神话是一套不断将特殊物转变为固定形式的修辞。巴特认为,现实生活世界中被给予的神话是使意识形态意图自然化、正当化,其途径是:神话只陈述事态而不解释,只谈论事实而不论证,使符号的内涵和所指被简化成意识形态并正当化和永恒化,周围的现实世界侵入内涵系统。"我们可以说,意识形态是内涵系统的所指的形式(叶尔姆斯列夫意义上的形式),而辞令是内涵物的形式。"②在这里,意识形态其实是被结构化、符号化了。符号之所以能够麻痹对意识形态所指的领悟,是因为它的第一级符号掩盖了第二级符号。巴特认为:"神话一直是一种语言掠夺。"③"神话"是借助二级符号系统来操作的。索绪尔的"能指+所指=符号"只是符号表意的第一个层次,而这个层次的符号作为第二

① 王杰:《审美幻象研究——现代美学导论》,桂林:广西师范大学出版社,2002,第131页。
② 赵毅衡编选:《符号学文学论文集》,天津:百花文艺出版社,2004,第325页。
③ 罗兰·巴特:《神话——大众文化诠释》,上海:上海人民出版社,1999,第191页。

层表意系统的能指时，与另一个新的所指结合起来，构成第二级系统的符号，正是这个符号的形成才构成一个完整的神话。神话的能指具有双重性，在一级系统里，能指可称为意义，而在神话层面，能指变为形式。作为意义，能指丰富又充盈，具有现实感，但是神话概念的基本特征是“被挪用”，形式必须不断加入新的内容才有意义。形式并未压制意义，形式只是耗尽了意义，在从意义到形式的过渡中，能指失去了某个认知，这是为了更好地接受新的所指中的认知，所指将吸收在形式中空洞的能指，借助前一层符号系统形成的概念将神话植入，即唤起第二符号系统的所指，这二级意义才是它的真正意义。接受美学认为，优秀文学作品能够召唤读者的多样阐释和期待视野，包括目前甚至未来读者的阅读代码所引起的作品中新语义的出现。文学作品结构的复杂性和外部解码的主观性从不同角度丰富了对文学作品的解读。读者的接受代码与信息传递代码未必相同，作品是作者和读者的共同创造物，是“一件艺术品的全部意义，是不能仅仅以其作者和作者的同代人的看法来界定的。它是一个累积过程的结果，也即历代的无数读者对此作品批评过程的结果”①，从而致使文学作品的意义增殖。艺术是人类自我意识的自觉或不自觉的赋形化、符号化，这是一个内容转化为形式的文化积淀过程。塑造艺术形象是意义活动（表达意义与理解意义）的符号化过程，而文化是社会所有意义活动的总集合。艺术形象的生成过程也是人的生命的主体性内涵转化为物态形象的过程，是人类文化内涵的构形或符号化的过程。每一种文化中的宗教、神话、历史象征符号被艺术家作为表意功能单位组合到艺术品中，成为文化有机整体的组成部分。这实际上是一个符号被不断重复和规约、不断被挪用的过程，它的意义不在于回归作品所产生的原语境，而在于指涉它所扩散到的那个社会文化语境，凸显出符号本身与文化语境之间的互动关系。

---

① 雷·韦勒克、奥·沃伦：《文学理论》，北京：生活·读书·新知三联书店，1984，第35页。

第三节　刘三姐形象的符号化建构

一、刘三姐形象抽象化的符号建构

"艺术中一切形式均为抽象的形式。它的内容仅是一种表象，一种纯粹外观……正是在这种意义上，一切艺术都是抽象的。"①抽象指抽除了物态媒介实用意义的性质，抽象的过程也就是赋予情感以结构的创造过程，即符号化的过程。经过抽象过程所得到的便是艺术幻象。何谓"艺术幻象"？苏珊·朗格认为，艺术幻象以一种独特方式和非物质形式给人以美的享受，它只是在人脑中形成的意象，幻象是艺术的存在方式。艺术幻象是如何创造出来的呢？概括地说，是通过艺术抽象制造"幻象"来实现的，切断"幻象"与现实的所有的俗常意义而负载新的意义，使其以非实在的外观表象凸显出来，成为可见、可听或可想象的艺术符号，以某种具体感性的形式呈现出来，这就使"艺术形式"与实际生活分离，使它抽象化而成为游离的概念上的虚幻之物，成为表现人类情感的符号。艺术接受者通过把符号的抽象意味具象化或情感化而达到对艺术的理解和把握。艺术符号作为艺术创造与艺术接受的中介，主要呈现一种审美的功能。"在马克思看来，在审美活动中通过幻想创造出来的对象物，不仅是欲望的对象化和现实化，而且也是社会关系的表征和物化。"②这种幻象的构成离不开物态

① 苏珊·朗格：《情感与形式》，北京：中国社会科学出版社，1986，第61页。
② 王杰：《审美幻象研究——现代美学导论》，桂林：广西师范大学出版社，2002，第86页。

的媒介。何为媒介？所谓媒介，是指使事物之间发生关系的中介体、手段和工具等。“由于意识形态是一种历史现象，审美变形的物质媒介又与生产力的发展密切相关，因而审美变形的研究本质上也是历史性的。”①一般认为，人类文化传播的历史大约可以分为三个不同阶段：口头媒介时代、印刷书写媒介时代和电子媒介时代。传播媒介的发展既是人类社会文化事业和科学技术不断发展的过程，也是人类思维不断符号化的过程。每一种新媒介的出现，无论它传播的具体内容如何，这种媒介形式本身就会给人类社会带来某种信息，并引起社会的某种变化。媒介不仅是信息的运载工具，也影响了人们的生活方式、行为方式和思维方式，具有多种社会功能。媒介运作方式的改变，蕴含其中的符号、意义和价值观，包括媒介生存于其中的政治、经济和社会结构等都会随之改变。经过抽象化的“审美变形问题的理论研究可以从两个方面得到具体的实施和展开。首先，研究不同时代艺术与意识形态的共同表征对象——现实生活关系，以及它们表征这个共同对象的不同方式和机制，从理论上讨论艺术与意识形态的一般关系。其次，研究不同时代艺术传达和审美变形的基本媒介，通过对这些物质媒介变形潜力、局限及其特性的分析，实证地研究艺术与意识形态的具体关系”②。所以，艺术符号会随着负载信息的媒介不同而表征不同时代的意识形态。

钟敬文先生认为“刘三姐乃歌圩风俗之女儿”③。歌圩的母体是什么？壮族学者覃乃昌认为刘三姐是壮族作为歌神与爱神的原始祭祀神祇，“经历了从嘹三妹到刘三妹、刘三姐的演变，体现了壮汉文化的碰撞融合及嘹三妹由神到仙到人的演变过程”④。刘三姐文化的核心内容是山歌，刘三姐是传说中的歌仙。刘三姐传说流传的地域范围涉及广西的40个县市，广东省的17个县市，湖南、贵州、云南、香港、台湾也有刘三姐传说⑤，并构

① 王杰：《审美幻象研究——现代美学导论》，桂林：广西师范大学出版社，2002，第132页。

② 王杰：《审美幻象研究——现代美学导论》，桂林：广西师范大学出版社，2002，第132页。

③ 钟敬文：《钟敬文民间文学论集（上）》，上海：上海文艺出版社，1982，第111页。

④ 覃乃昌：《刘三姐：华南珠江流域原住民族的歌神与爱神》，《河池学院学报》，2007年第6期，第81页。

⑤ 参见覃桂清：《刘三姐纵横》，南宁：广西民族出版社，1992，第61页。

成了华南珠江流域的刘三姐民俗文化圈。刘三姐传说反映了岭南地区人民倚歌择偶、以歌会友的习俗,显示了歌圩习俗对人们生活的影响。在20世纪50年代以前,广西、广东很多地方都有刘三姐庙,很多地方还把刘三姐当作保护神来膜拜。神话偶像从根本上说是一种幻象,寄寓人们的情感、精神、欲望、需求等。这种偶像崇拜物与人物形象紧密联系在一起,成为一种民族集体的社会记忆,折射出民众的世界观、审美观、道德观、恋爱观。"刘三姐"作为"歌圩女儿",具有明显的民俗符号功能,以歌唱为形式承载着大量的文化信息,成为一种民族精神的象征,也是民族向心力的物化标志。

1959年,广西柳州彩调团排练了彩调剧《刘三姐》并将剧本发表。在此基础上,1960年春,广西组织的《刘三姐》文艺会演大会集中创作力量将剧本整理改编成民间歌舞剧《刘三姐》,在全国许多城市巡回演出。1961年,根据同名歌舞剧改编的电影《刘三姐》同样获得了成功。歌舞剧与电影《刘三姐》通过刘三姐形象确立了广西"歌海"的形象。刘三姐形象成了广西壮族妇女的象征,成了壮族文化的象征,全国乃至全世界人民正是通过刘三姐形象了解广西、了解壮族。1999年,广西首府南宁市把"广西国际民歌节"更名为"南宁国际民歌艺术节",形成一个国际性节庆文化品牌。2004年3月,创造性地采用实景演出的《印象·刘三姐》正式公演,成为中国旅游文化产业的经典品牌。可以看出,在不同的历史条件下,传播刘三姐形象的媒介也出现了口头媒介、印刷书写媒介和电子媒介三个阶段的演变。刘三姐形象的物态符号(能指)发生了由神祇偶像到明星符号再到象征符号的变化。明星符号就是身体化的符号即舞台形象、银幕形象或银屏形象。象征符号是一种心理属性的虚拟符号。具体来说,就是以前的刘三姐形象变形为潜文本中的先在形象,与虽然缺乏真实性的展示形象共同作用,却仍然能够唤起人们的想象并让人体验到少数民族文化的情调。不同的传播媒介与传播方式形成了不同的物态符号,也因审美交流方式不同而产生不同的审美变形,在这个演变的过程中,刘三姐形象传播与接受的时空范围不断被拓展。

在无文字时代和无文字民族中,口耳相传、动作或图像等,是信息传播的主要方式，由此而形成我们现在称为神话、传说、古歌、史诗、谣谚以及以象征性物像、图像和仪式等为基本内容的无形文化遗产。口传身授的在场交流形式与语境，是口传文化阶段的传习特征。传统的权威、信仰、伦理、风俗和习惯法等，借口传和仪式等方式得以维护和传习。在万物有灵、多神信仰的原始信仰观念中产生的爱神与歌神“嘹三妹”作为原始信仰的象征代码，与原始崇拜物——偶像结合，从而维系了壮族古代先民骆越人的民间习俗。歌唱习俗渗透日常生活的许多方面，歌圩也就成为发出一致行为的符码。歌圩的母体是壮族初民在原始宗教观念下，把男女欢会、歌唱酬神活动作为一项宗教义务来履行。进入文明时代以后，歌圩由自然崇拜的原始宗教祭祀仪式逐渐演化为男女欢会的节日活动，其内容、性质及表现形式由“娱神”向“娱人”发展。所谓“娱人”，就是以满足人们的审美需要为主要目的。

没有哪一种传播媒介像电子媒介这样深刻地影响到整个社会。电影《刘三姐》根据广西壮族民间传说改编，但实际上影片和民间刘三姐传说有很大的不同。刘三姐由地方民间传说人物一跃成为名闻天下的“歌仙”，以传送视听音讯的电子媒介和印刷文字媒介为主要形式的大众传播媒介功不可没。“电影作为一种传播媒介……就其总体而言还是一种一维性的语言，即只是影片在‘说话’，而观众不可能同其直接进行对话，传播媒介一维性的语言普遍说来具有明显的压制和意识形态性功能。因此，电影这种一维性的语言一旦与新中国这一段意识形态起着超常作用的历史相结合，其结果必然是意识形态主宰一切，新中国电影史就其本质而言就必然成为一部新中国的意识形态史。”[①]新中国成立之初，在文化政策上政府支持民间文艺发展，民间文艺以报纸、杂志、书籍等形式传播。1959年4月开始，广西各级党政领导亲自挂帅的歌舞剧《刘三姐》实际上是意识形态干预和改造民间话语以达到政治宣传的目的，这也为刘三姐文艺的发展创造了优越的外部环境。广西各地纷纷把民间传说的刘三姐搬上舞

---

① 胡菊彬：《新中国电影意识形态史（1949—1976）》，北京：中国广播电视出版社，1995，第1页。

台，民间传说的戏曲化和音乐化，讲述了较为复杂、完整的刘三姐故事，提升了刘三姐的“歌仙”形象。电影《刘三姐》采用实景拍摄，突破了戏曲舞台的时空局限，将舞台上无法表现的复杂时空呈现出来。刘三姐文化与印刷书写媒介和电子媒介结合起来，开始了它的现代化征程。现代大众传播媒介（报刊媒介、影像媒介等）建构了刘三姐的影像形象。影像艺术综合了多种艺术元素，成为一种艺术元素最丰富、时空结构最复杂、表现手段最多样的艺术形式。新中国成立初期的大众传播主要承担宣传教育功能，而受众也受到政治意识形态的规约主动地接受，二者的成功“共谋”，产生了相当理想的传播效果。借助官方意识形态的政治力量，大众传播造就了一批主演刘三姐的舞台明星和电影明星。

身体形象是明星的构成基础，是一个被大众传播与艺术文本联合打造的精神符号，是传媒、大众“合谋”的产物。明星作为公共形象符号是人们对于人类个体的尽善尽美的超越性想象，具有了一种约定俗成的象征意义。英国马克思主义理论家伊格尔顿认为：“政治和美学、品德和美之所以是高度一致的，这是因为快乐的行为是成功的领导权的真正标志。”[①]意识形态通过对身体符号化的审美影响或控制，再生产着关于权力的意识形态和意识形态的权力。黄婉秋等明星形象的建立就是一种意识形态对人的符号化。新中国成立初期，舞台表演与电影表演都是在政治叙事的框架下作为意识形态宣传的符号出现的，它代表了国家政治话语的一种抽象表达。当时国家主流的阶级斗争话语把刘三姐塑造为一个反抗地主的英雄，这种明星符号既是一种政治想象，也成为那个年代人们的集体梦想，满足人们精神审美需求的想象。作为媒介，电影语言和舞台语言作为国际语言很好地进行着跨文化传播。黄婉秋等明星扮演的聪明机智的壮族“歌仙”刘三姐形象，成为壮族的文化身份和人们文化想象的符号与标志。“明星形象中的意义都是指向外部世界某种事物。一面是自身构成的幻象，一面是所指称的世界，这两方面合成了一个完整的、具有语言功能的符号——

---

① 特里·伊格尔顿：《审美意识形态》，桂林：广西师范大学出版社，2001（2006年重印），第32页。初版书名为“美学意识形态”。

明星形象是一种符号。”[①]这种影像明星就可以界定为：由大众传媒利用影像、声音、文字、色彩等复杂符号，对明星本人进行选择和加工，重新结构化、符号化以后，展现在大众面前并激发人产生象征意义联想的舞台形象或银屏、银幕形象。所以“影视明星作为复杂的符号学工程的产物，是一种形象，而不是影视演员本人……明星形象是能够让人产生象征联想的，说到底影视明星是一种象征符号”[②]。象征符号作为一种内涵性符号，象征联想附加在直接意义之上。象征常常是孤立的，很少或根本没有给读者指明所被象征的是什么，“这种表现既不是直接将思想和情感描述出来，也不是通过与具体的意象进行明显的比较而给它们以限定，而是暗示出这些思想和情感是什么，并且通过使用不加解释的象征符号，在读者心里将它们重新创造出来”[③]。刘三姐作为艺术形象，其象征符号的象征意义并不是可以随心所欲地用任何能指来表达任何所指的。因为这个象征“符号系统形成时，能指与所指的关系就不再是任意的了，相对固定的社会契约保证了能指与所指关系的确定性，从而保证了信息传达的有效性。这称‘透明性’，即能指变得像一层玻璃，使传达直接指向所指”[④]。20世纪五六十年代，刘三姐形象已经成为一个完全国家化的象征符号，作为壮族的象征融入国家话语而深入人心，这个象征意义不是任何个人能随心所欲自行决定的，它得到了大多数人的认可，并经过时间的检验而得到固定，是约定俗成的。其能所之间的关系是通过社会文化活动确立下来并进入传承过程的，成为一种特定的社会文化规约。20世纪90年代以后，在改革开放和建立社会主义市场经济中，“刘三姐文化”在广西盛行和重构，南宁国际民歌艺术节和《印象·刘三姐》强势出现，“刘三姐”具有的现代性和国际性更为突出。刘三姐文化的再兴盛明显带有政府主导的性质，各地方政府意识到刘三姐作为一种文化对当地经济的发展和城市形象的提升起到

---

① 高小康：《大众的梦》，北京：东方出版社，1993，第22页。

② 李启军：《影视明星：特殊的象征符号——影视明星符号学研究系列论文之二》，《社会科学家》2005年第5期，第37页。

③ 查尔斯·查德威克：《象征主义》，石家庄：花山文艺出版社，1989，第3页。

④ 赵毅衡：《文学符号学》，北京：中国文联出版公司，1990，第14页。

至关重要的作用,并可为当地带来可观的经济收益。"文化搭台,经济唱戏",产业化成为刘三姐文化发展的必然选择。大众媒介与刘三姐文化的结合展示了其可观的经济前景。

当今消费时代又赋予了刘三姐形象以新的特点。民间传说虽然历经千百年的传播,但仍然呈现出明显的地方性特征。一般来说,报纸、广播、电视、电影等大众传播媒介以其传播范围大、传播距离远而拥有无与伦比的传播优势,拉近了广西"刘三姐"与世界的距离,成为广西与世界沟通的桥梁。大众传播无疑是一种更为强势的传播手段。20 世纪 90 年代以来大众消费文化的勃兴,是与大众媒介的推波助澜联系在一起的。大众媒介与大众消费文化也可以说是一种互谋共生的关系。大众消费文化以大众媒介为载体,借大众媒介而流行、扩张,信息交流不再依赖于口语传播的"在场"。大众传播媒介给艺术带来的直接后果是艺术形象与艺术创作原初语境的分离,即所谓"取消语境"。迈克·费瑟斯通在《消费文化与后现代主义》一书中认为,因文化产业尤其是传媒业的兴盛,文化的传统意义的情境被消解了,它被模仿、被复制、被不断地翻新、被重构着风格。艺术符号在当代被消费充分地运用,这是一个抽象化的过程,也是一个符号化的过程,这种抽象剥离了符号的物质外壳。出于商业性的考虑,广西很多地方都对刘三姐形象进行全方位的包装。无论是以个体还是群体形象出现的"刘三姐"虽然都缺乏真实意义,却仍然能够满足人们对少数民族女性魅力形象的想象。作为消费符号,其已经不具有神秘性和艺术形象审美意蕴。刘三姐形象无处不在,却更加抽象成为一种想象性存在的象征符号。"从美学的角度说,情感既是一种'自然力',也是对恐惧和压抑造成的社会创伤进行审美修复的内在动力。在个体的欲望彼此冲突、历史的必然要求暂时无法实现的历史情境中,审美形象成为欲望和情感得以对象化的一种媒介,从而具有了人类学的意义。"①大众传媒世界中的刘三姐形象是现实世界中并不存在的一种幻象。这个形象所象征的是一个桃花源式的悠远而纯朴的少数民族地域。在这简朴、纯真和原始而没有工业社会嘈

---

① 王杰:《审美幻象研究——现代美学导论》,桂林:广西师范大学出版社,2002,第 92 页。

杂的"遥远的地方",能歌善舞、青春靓丽的"刘三姐"充满了少数民族情调的女性魅力,把人们引入甜美的梦乡,满足人们的审美需求,给予现实生活中的人们以心理平衡和美好的感受。

二、刘三姐形象的文化表征

岭南在中国历史上长期被视为"蛮夷"之地和中原文化的边缘地区,是不断被中原文化改造、重构而整合进中原文化主流中的。承载岭南各族共同歌唱习俗的歌圩在封建时代被中原主流文化视为"陋俗",象征着"蛮夷"文化。在歌圩文化基础上产生的刘三姐是岭南多民族共同尊崇的"歌仙"。梁昭在她的博士学位论文《民歌传唱与文化书写——跨族群表述中的"刘三姐"事象》将"刘三姐文化"视为一种多重文化主体的文化表征。其文中说:

通过笔者的梳理发现,"刘三姐"作为中原与岭南族群交往历史中被发现和持续塑造的一个少数族群文化符号,在几百年来的呈现中,经历了从岭南的表征,收缩到广西表征的过程。"刘三姐"作为一种文化表征,是岭南民间文化被翻译、被纳入汉语世界的产物。自一开始被发现,"她"就是中原帝国辖内"蛮荒之地"的代表。自20世纪中期,广东逐渐成功地将自身的文化"去蛮夷化",成为国内的汉族地区和经济发达之地以后,代表着岭南异族歌俗文化的"刘三姐",则不再适宜作为广东文化的表征。相反,广西作为壮族自治区亟需树立具有壮族特性的文化表征,昔日中原人心目中"蛮荒"的岭南风俗表征就顺理成章嫁接到今日广西少数民族文化之上。这就是"刘三姐"从岭南文化表征"收缩"为广西文化表征背后的现实情境。

在"刘三姐"被表述的历史过程中,这个形象既象征着岭南异族的文化,又是被汉语所叙述和表征的传统。这使其区别于其他基本流传在少数民族内部的文化，因此更快、更早地被汉语文化吸收、被汉人欣赏。种种“刘三姐文化”，均是由这种跨越族际、加入汉语文化的逻辑而衍生出来的变体；显示了不同的表述者利用“刘三姐”来区分中原和岭南、汉族和壮族，乃至在广西内部以争夺文化表征来进行社会发展资源争夺。这个符号的历史演变，就是岭南地理和族群变动的历史折射。①

梁昭探讨了刘三姐形象书写的文化背景以及刘三姐文化的地域空间演变。然而，多重文化主体如何书写从而使刘三姐文化内涵发生了怎样的变化以及刘三姐形象的原型是什么，“刘三姐”作为文化符号，其符号产生怎样的流变，刘三姐形象又如何演变等问题，她并没有解决。本书应用符号学方法，探讨在不同的技术条件下和历史语境下刘三姐符号的演化。本书认为，刘三姐形象在不同时期被符号化改写而演变，其中包括：刘三姐形象文化功能的置换，去价值化与再价值化的传播，随着文化语境改变不断地再阐释，刘三姐符号所指发生了由神魅符号到政治符号及消费符号的变化，刘三姐形象相应地发生从歌仙到平民英雄再到世俗歌者的演变；由于国家话语的介入，刘三姐形象与现代壮族（岭南先民骆越人后裔）形象捆绑建构，刘三姐形象又被表征为壮族文化的标识。

人们表征抽象的概念往往是隐喻性的，语言的隐喻表述与隐喻概念是有规律地结合在一起的。隐喻不只是一种修辞手法，还是人类的认知机制和思维。隐喻的本质就是用一种具体事物来理解和体验另一种抽象事物。涂尔干②在其《社会学方法的准则》中提出：“一种社会事实的决定性原因，应该到先于它存在的社会事实中去寻找，而不应该到个人意识的状态之中去寻找。”“一种社会事实的功能应该永远到它与某一社会目的的关系之中去寻找。”③在涂尔干看来，作为一种集体意识的具体产物的知识、信念

① 梁昭：《民歌传唱与文化书写——跨族群表述中的“刘三姐”事象》，四川大学博士学位论文，2007，摘要第 3 页。

② 又译为杜尔干、杜尔凯姆、迪尔凯姆。

③ E·迪尔凯姆：《社会学方法的准则》，北京：商务印书馆，1995，第 125 页。

和观念，只不过是这种集体意识作为社会组织集体的表征所建构起来的。“表征内容依认知取向可分为两个范畴：认识论表征与审美表征，两者混同作用。审美表征在艺术处因为展现了主体‘自由而主动’的能力而得到最大的突显。”①表征作为以一物来代表另一物的行为，包括三个要素：被表征对象、表征主体以及表征的结果。属于同一文化的人之间才能进行交流和沟通，表征赋予“意义”的活动就具备了文化的功能。审美表征以情感为基础，审美活动是完全属于个体行为的，抽去了文化总体意义而在审美“自由”中获得愉悦感。认识论表征则把丰富及确定的意义以最简化的符号来表示，在具体文化语境中为主体设定自身在环境中的位置及与其他主体共享意义的基础，共享意义使人类文化得以积累和发展。

刘三姐随着时代的不同发生着文化的变迁和意义的生产，由一种罗兰·巴特式的神话的隐喻和象征逐渐转向刘三姐文化。这种文化的展示与表征，一是通过刘三姐形象表征山歌文化，二是展示和表征壮族和壮族的文化符号，从而实现刘三姐文化的再生产。刘三姐形象被表征为国家政治话语和刘三姐歌谣被列入国家级非物质文化遗产保护项目以后，通过“具体化”的展示行为实践，表征了壮族的社会历史、审美意识、人生观、世界观等。源于原始宗教祭祀的“嘹三妹”，其主要功能是通过宗教仪式表述生殖文化。然而，随着时代的不同，“嘹三妹”演变成“刘三姐”以后，刘三姐文化也发生着文化的变迁和意义的再生产。在封建时代，刘三姐形象起到了传承山歌文化的功能。在现代化的潮流下，刘三姐形象作为展示壮族文化的一种符号，展演情境和意义、功能都发生了变化，其原生的祈求族群人口繁衍的价值与山歌文化的民俗价值逐步被消解。起先作为一种具有神圣性的宗教祭祀有相对固定的祭祀节日和仪式，祭祀神坛衍生出具有娱乐、求偶等功能的歌圩，又与农事祭祀进一步混融，被表征为壮族形象以后，得到了人们的认同，壮族人也以刘三姐为荣。如今在大众文化和传媒的共同作用下，民间、文人、学界、官方的不同话语共同赋予刘三姐形象新的意义。在历史不断建构的过程中，刘三姐形象成为表征壮族文化的重要

---

① 陈大刚：《表征：认识论及审美》，《兰州学刊》2007 年第 11 期，第 1 页。

符号之一,成为广西壮族形象的符码之一。一提起刘三姐,人们立刻会想到广西壮族。而在国家或广西地方政府的各种庆典活动中,各种媒体的宣传也强化了人们对刘三姐的认同。壮族人民也以刘三姐符号和山歌作为壮族文化的重要标记,反映或强化人们的认同与区分,与其他民族的文化符号相提并论。在意识形态、大众文化等的合力下,刘三姐形象被"定型",乃至成为一种文化商品符号。这样,刘三姐符号在不同历史时期的符号意义就完全不同。刘三姐符号所表征的意义,一方面是其本身所表述的象征意义不断发生流变,一方面是在壮族与外部世界的互动中不断呈现与变迁,成为一种壮族身份的构建和文化形象被表征、被想象、被确立的过程。在演变过程中,刘三姐符号的社会意义和功能不断发生变化。在大众文化、意识形态的影响下,刘三姐形象的功能与意义不仅成为一种"文化资本""政治宣传资源""族群意识""民族自信心""象征资本",也是一种文化再生产的展现。

三、刘三姐形象的祛魅与返魅

刘禾在《语际书写:现代思想史写作批判纲要》中的《一场难断的"山歌"案:民俗学与现代通俗文艺》一文中认为,歌舞剧《刘三姐》作为跨文化"语际书写"的产物,是精英文化与民间文化、中原文化与少数民族文化、官方文化与精英文化、民间文艺与官方意识形态、民间文化与都市通俗文化、男权文化与女权文化等多重文化主体之间的互动,她提出了如下问题:

> 歌舞剧《刘三姐》为什么会在观众中普遍受到欢迎,引起巨大的反响?它究竟是什么地方特别吸引当时的观众?"民间"素材与都市通俗文艺结合之后,能不能在官方意识形态之外,释放出一些完全不在期待之中的意义?官方能否控制发生在舞台和观众之间的事?[①]

① 刘禾:《语际书写:现代思想史写作批判纲要》,上海:上海三联书店,1999,第164页。

刘禾认为,刘三姐“民间传说丰富的歧义和多义性,被约简为统治者和被统治者的故事”①。虽然如此:

假如我们承认,歌舞剧《刘三姐》对阶级斗争的渲染,只是剧情的一个方面,而不是全部,那么,剧中表现的壮族文化与汉族文化的冲突,聪明的壮族女儿与愚蠢、贪婪的汉族男权势力之间的冲突等,就不能不凸显出来。我认为,这些多层次的冲突,构成了歌舞剧《刘三姐》特殊的戏剧性。……由于这些“多余的”因素的存在,剧中阶级斗争的政治说教无法封锁发生在舞台和观众之间的事情。在他们之间,其实还有一个丰富的注释空间……②

刘禾强调了刘三姐传说作为“跨语际实践”生发了多义性和歧义性,看到了建构刘三姐形象的各种复杂文化主体的“较量”以及强势文化的支配与改写造成了刘三姐形象文化意义的简化与流失,发现了恰恰是这些被“拒绝看到”的因素才是歌舞剧《刘三姐》得以成功的关键。但她忽略了另一个方面,那就是多义性的艺术形象在符号化的建构中并非只是一个去文化化的单向建构,艺术形象的多义性在经典化传播中造成了地方性文化意义的简化,但地方性知识的剥离与艺术形象审美意义再生成总是呈现出祛魅与返魅互动,这个互动过程就是文化改写与再生产的过程。刘三姐作为艺术形象在“跨语际实践”中,其歧义性和多义性到底有什么样的审美意义和文化意义?刘三姐形象在演变过程中生成了哪些文化意义,又有哪些文化意义流失了?刘三姐形象是文化历时的层累性建构的产物,刘三姐文化在传播中,出现了地方性审美知识不断流失而普遍性知识不断加强的同质化趋向,我们需要解决的问题是如何再生产刘三姐形象的意义并保持其艺术个性(山歌)以推进刘三姐文化的发展。

① 刘禾:《语际书写:现代思想史写作批判纲要》,上海:上海三联书店,1999,第170页。
② 刘禾:《语际书写:现代思想史写作批判纲要》,上海:上海三联书店,1999,第173页。

20世纪五六十年代版戏剧与电影《刘三姐》影响广泛，当然有其多方面艺术上的内因。大量的壮族山歌、浓郁的民族风情等地方性文化所凸显的艺术魅力，已经被现代大众通俗文化转换。戏剧与电影《刘三姐》其实是经过去文化化与再文化化的杂糅而形成的新的文化形式，是一种杂糅文化。文化领域的杂糅是指不同文化元素和形式的融合，以及在这一过程中产生新的文化形式和内涵。这一过程一方面是去文化化，即去除或“中立”地方性文化的内容和形式；另一方面是再文化化，即纳入被普遍接受的共享性文化的内容和形式。经过去文化化，地方民间传说仅仅提供了一个背景、一个虚幻的时空。去文化化不带有任何明显的地方文化特色，只保留了代表广西壮族文化的一些背景符号，诸如山歌、绣球、服饰、大榕树、壮族的生产生活场景如歌圩等，这些场景与符号作为一种艺术幻想创造了异族风情并构筑了人们的艺术想象。

刘三姐从神到仙到人的演变经历了两次“祛魅”过程。祛魅就是驱散笼罩于人类社会现象之上的神化或魔化的种种光环，把一切带有巫术性质的知识或宗教伦理实践要素视为迷信与罪恶加以祛除，并使世界理性化，使人从巫魅中解放出来，获得自己理解世界、控制世界的主体性地位。先秦以来，中国传统儒学就具有了明显的伦理理性特征，但是其理性主义是不彻底的，仍然借用一些民间信仰的非理性因素或一些巫术观念来维系皇权的权威。历代中原王朝统治者对周边的少数民族实行的同化政策，一方面使壮族等从原始部落时代超自然的神秘异己力量的压迫中解放出来，另一方面又为其套上封建礼教的枷锁。“嘹三妹”变为“刘三妹”，唱歌的“神性”让给了“人性”，刘三姐的“仙化”仍然保持着唱歌的神圣性。刘三姐形象的再次祛魅开始于五四新文化运动，新中国成立之后，反对封建迷信的科学理性主义话语与政治意识形态结合起来把刘三姐树立为反抗地主的平民“英雄”。而新时期以来的文艺对崇高性、全知全能性与令人景仰的某些“英雄人物”进行了反叛和消解。刘三姐作为反抗英雄的阶级斗争符号同样被消解。经过两次祛魅，刘三姐形象在消费主义、商业文化的时尚潮流中又成为商业开发的文化资本，具有了新的经济功能，在消费主义的影响下，文化旅游中的歌俗也不可避免地带有一定的媚俗化与他者化倾向，对艺术形象膜拜式的欣赏演变为追求感官快乐及欲望释放的随意性消遣。

自然界是人类生存和发展的母体，人类对自然的理解、解释与反思是人类生产生活的需要，也是人类内在的精神需求。初民在“万物有灵”的观念下，相信整个世界都是具有生命、意识、意志、愿望和情感的。相对于人类低下的生产力水平，这些强大的自然精灵和“神灵”掌控制着世界的一切变化与人类的生存、幸福和灾祸。人们乞求大自然神灵的庇护和保佑。这就是人类对自然的附魅。马克斯·韦伯曾用“祛魅”来总结近代以来文化思想及宗教发展的世俗化发展。祛魅是一种过程，是人类借助科学和技术对世界的宗教解释还以本真的形态解释的过程。随着近代科学技术和理性的发展，人类对自然不再具有发自内心的敬畏，从而确立了人的主体性地位。“而‘返魅’是后现代哲学家大卫·格里芬提出的，认为自然乃至整个世界，经验占据主导地位，宇宙间存在着目的、价值、理性和可能性，自由、创造性和神性并不是毫无意义的，从而推翻了‘祛魅’的观点。”[①] 返魅的自然观是后现代哲学家在科学、现实的基础上对现代的人与自然关系批判性反思的结果，具有深层的人文关怀精神。它既不是回到古代对自然顶礼膜拜的“附魅”时代，也不是对自然之“祛魅”的完全遗弃，而是对功利主义的价值取向的批判和反思，使人与自然的关系重新走向和谐。

作为文艺世俗化的“祛魅”，表现为艺术形象特殊意义的转变，艺术的政治功能、教化功能、认知功能等在逐步淡化。在消费社会中，艺术的世俗化暴露出了庸俗化的一面，诸如功利主义、拜金主义之类的现代唯物质主义文化，使世俗化的艺术形象完全平面化。经历了科学理性的启蒙，艺术形象之“魅”已不再崇高，机械复制时代的艺术不再具有“韵味”。在艺术上，一味祛魅的结果也伤害了审美文化的特质。由于艺术形象作为审美的品性本应具有诗意、灵性、激情、浪漫、朦胧、神秘、美感的魅力，适度“返魅”是必须的。返魅就是让艺术回归审美本性，让艺术形象充满灵性、诗性与想象力，更具个性化和多样化，适度的返魅是一种对艺术的“理性敬

---

① 王巧慧：《“魅”之视野下的自然观》，《科学技术与辩证法》2006年第4期，第4页。

畏”，是一种对“价值理性的敬畏”。价值合理性则为“价值合乎理性的，即通过有意识地对一个特定的举止的——伦理的、美学的、宗教的或作任何其他阐释的——无条件的固有价值的纯粹信仰，不管是否取得成就”①。艺术的返魅是对一种文化艺术庸俗化的纠偏、祛蔽、调整，其目的在于把文学应有的审美性、多义性的魅力焕发出来，揭示其应有的理想、意义、价值。刘三姐形象由于特定的历史背景，与政治话语“合谋”成为崇高的经典。“对文化研究来说，解构现成的经典观念，把经典‘祛魅’乃是一个正当的要求。”②在市场经济语境下，再经典化的刘三姐形象的重构也会随之演化而产生新的意义，因此我们应该“返魅”，再现其应有的、必要的艺术神圣性，因为“不同的文化系统都有自己的神话、传说、巫术和民间礼俗，而这些东西都又无一例外地对形成本民族的原型文化意识和各具异彩的审美文化特征起着决定性作用”③。刘三姐形象已经不只是简单的艺术形象，刘三姐文化已经被纳入国家话语，成为壮族文化的象征。在长期的历史文化积淀中，刘三姐形象已经成为广西民族民间文化艺术中的经典、精华。艺术形象往往是一个民族的精神、民族性、民族心态的外化，其生命力就在于艺术形象与民族精神的血肉联系，蕴涵着人类的精神信仰而具有民族文化传承的认同感。

① 马克斯·韦伯：《经济与社会》，北京：商务印书馆，1997，第56页。

② 周宪：《文化研究：学科抑或策略？》，《文艺研究》2002年第4期，第30页。

③ 孔范今：《五四启蒙运动与文学变革关系新论》，《中国社会科学》2004年第3期，第169页。

第二章

刘三姐形象的原型及其流变

神圣与世俗在人类社会生活中并非互相对立的两极,而是二元对立中的互通与关联。文化的存在与发展始终是为了满足人类自身的需要,总是与文化功能整合在一起,新的需要又促使新的文化功能出现,这正是人类社会进步的关键所在。经过上千年的历史演化,走下神坛的刘三姐形象已经平民化,这是多重文化主体的合力改写,也是文化功能的置换,并且伴随着复杂的文化互动与交融。

第一节 从嘹三妹到刘三姐的嬗变

一、刘三姐传说的神话原型

壮族《布洛陀经诗》大约形成于古壮字[①]产生后的明代，是壮族民间巫教的经文，内容涉及神话宗教、哲学思想、伦理道德等。它所载的布洛陀文化反映了“壮族祖先从母系氏族末期到父系氏族的充分发育，再到父系氏族的瓦解和奴隶制的产生这一漫长历史时期的社会生活，同时也粘附了后来的历史碎片，因而具有壮族古代社会‘百科全书’的性质”[②]。壮族麽教是在布洛陀信仰的基础上形成的。麽教有一个比较完整的神灵系统。在布洛陀职能神谱体系中的“寮（嘹）三妹造友”经文，表明了“嘹三妹”执行创造山歌和人间爱情的职能。[③] 广西田阳壮族民歌“槟榔歌”中的歌词“孔夫子造字，寮（嘹）三妹造友”[④]，显然也是把“嘹三妹”当作神话人物。由于历史风尘的淹没，我们只能根据这两句话并结合相关的文献去探讨从“嘹三妹”到“刘三姐”的嬗变。

壮族部族繁多，有布僮、布依、布越、布雅依、布僚、布侬、布曼、布傣、布

① 又称土俗字、方块壮字，现定名为古壮字。学术界一般认为，壮族的土俗字始于唐，兴于宋而盛于明清，由于各地的古壮字字形不一，并没有形成统一的规范，因而其没有成为壮族社会的通行文字。

② 李富强主编：《中国壮学 第二辑》，北京：民族出版社，2006，第 183 页。

③ 参见黄桂秋：《壮族社会民间信仰研究》，北京：中国社会科学出版社，2010，第 223 页。

④ 张声震主编：《壮族民歌古籍集成・情歌・欢岸》，南宁：广西民族出版社，1997，第 623 页。

土、布陇、布沙等20多种自称，但一般自称"布托"。"布"是人的泛称，"托"即"本土""本地"之意。"布托"即"本土者""本地人"。壮族是我国少数民族中人口最多的民族，主要分布在广西、云南、广东、贵州等省区，广西的壮族人口约占全国壮族人口的87%。早在两千多年前的周代，壮族的祖先就以瓯邓、桂国、损子、产里、九菌等名载于古籍。《史记》称岭南地区为"百越之地"，称这个地域的人为"越人"，包括当今同属于壮侗语族的少数民族，如侗族、毛南族和仫佬族等。壮族为百越之西瓯、骆越部族的后裔。史籍记载，南越以番禺（今广州）为活动中心；西瓯居住于今广西北部地区延至广东高州，以郁江流域的贵县（今贵港）、玉林一带为活动中心；骆越分布于广西的西南部地区，以邕江流域的南宁至扶绥一带为活动中心。西瓯、骆越由于同一族源，地域、语言、风习相近。"百越杂处"，岭南人与浙、闽一带的闽越及扬越等部族在文化渊源上有着密切的关系，表现出鲜明的共同特征。元、明、清时期，岭南人被称为越人、粤人、乌浒人、俚人、僚人、俍人、僮人等。民国至新中国成立初期所称的"僮人""僮族"即壮族的统称，因"僮"字读音与"童"字读音经常相混不清，后经国务院总理周恩来的同意与批准，将"僮族"改为"壮族"。关于歌仙刘三姐的身世，《壮族通史》根据口传和相关文献作了梳理：

歌仙刘三姐是以后人们的叫法。在壮族巫经《布洛陀经诗》中却没有说她是姓刘。在古壮文里是这样写的——"奈三妹造友"……这个"奈"字，乃是"我们"的意思，"友"是指爱情、情人、婚姻，意思是"我们的三妹制造爱情（人间婚姻）"。……一系列神名，都没有姓氏，这符合古代壮族没有姓氏的说法。看来这个"奈"字，后来讹比成"刘"字了。……岭南唐代以前和唐代，俚僚族的大姓中没有刘姓。奈三妹，就是"我们的三妹"了。……很多古籍记载有刘三妹的事迹。……《峒溪纤志》的作者陆次云讲，"刘三妹者，不知何时人"。而《浔州府志》及《贵县志》皆言是在汉刘晨之后。刘晨，当是传说中汉明帝时与阮肇一同到天台山采药遇见神仙的刘晨，刘晨后来也成仙而去，显然把刘三姐攀附到神仙家族去了。后面则讲刘三妹之父名尚义，在唐庄宗时流寓浔州，按唐庄宗即后唐皇帝李存勖(885—926年)，则和世传刘三妹生于神龙年间(701—707年)相差两百年。而广东阳春通真岩刻石已有“刘仙三姐歌台，乾化乙亥重阳日”等字样，说明乾化年间(911—915年)阳春已有刘三姐歌仙传说，而乾化乃后梁年号，乙亥乃五年，当为公元915年。

从刘三姐民间传说中的原来造型看，刘三姐善歌是其显著特点，至于巫的气味也很突出。如她能把江边的鹅卵石用火煮成糍粑；能把鸭子的头折断了，再另装上去成为花头鸭；又能驱使阴兵为她筑城；一人一天可插完满垌的秧田。壮族民间妇女原有“下阴曹”或称“月亮姑娘”的巫术活动，即可以用巫术使人到另外一个世界去会见死去的灵魂或远方的亲人。其咒语为：“手动动，脚动动，三姐(指行巫术者)带妹过黑风洞；手摇摇，脚摇摇，三姐带妹过奈何桥。”说明刘三姐的原型乃是一位巫女。凡巫者一定会唱歌，当是巫术文化产生这样一个传说人物。其成型及流传的时间当在唐代。因为乾化五年间的刻石距唐朝灭亡的唐哀帝李柷天祐四年(907年)只差7年左右。当然先有传说后有刻石，刻石称刘仙三姐不可能是短期得来的称呼。

歌圩起源于祠神活动，祠神在岭南是巫职业所为。巫带头唱歌，歌声才起。以后，从祠神活动蜕化为男女追逐歌唱的歌圩，主要就是歌唱爱情为主，奴隶们生活在艰苦困难环境中，只有歌圩才能抒发出胸中的闷气，追求爱情便成为人们精神生活的唯一途径，因而抒发情绪为主的情歌就会成为口头创作的唯一主题。所以巫经中“尞三妹造友”即刘三妹制造爱情(包括恋爱、婚姻)也就成为民间传说的基础。壮语的“尞”和粤语的“刘”念出的声音是相同的，因而“尞”讹转为“刘”是必然的事。因为操粤语的人一般有了姓氏，壮族的下层民众还没有姓氏，有姓氏的人必然用自己的习惯方法来理解没有姓氏民族的叫法，把“尞”称为“刘”，也就顺理成章了。[①]

可以看出，刘三姐并不是一个历史人物的神话化，而是一个原始祭祀神祇演变成一个民间传说中的歌仙。刘三姐传说属于地方性神话传说。在广西各地刘三姐传说中，刘三姐对歌或仙化的地方很多都是岩洞。这种现象表明刘三姐与巫文化关系密切。巫文化是原生的民间信仰文化形态，原始宗教祭祀活动多在岩洞进行。例如，广西扶绥县渠黎镇新安村左江边有一石洞，洞口有个石墓。这是刘三姐被害以后形成的石墓。《布洛陀经诗》有“尞（嘹）三妹造友”的经文，“友”是壮语“爱情”的意思。嘹三妹是《布洛陀经诗》中的歌神与爱神。嘹三妹是刘三姐的原型，是歌神，是歌圩的创始神。嘹三妹作为歌神与爱神的职能神，主持男女欢会、歌唱酬神的活动，这种活动充满着生殖与生命的意义。巫术活动的主要形式是祭祀，祭祀是一种在原始宗教观念下实现人与神沟通的形式。在巫术性质的象征思维中，神灵高居天界。神职人员要设置一个人类与神灵共处的仪式空间，展开人与神、天与神、人与自然的交流场景。壮族最早的巫师可能由氏族女首领兼任，后来随着母系氏族社会被父系氏族社会取代，就出现专职的女性巫师。从举办的时间、地点以及活动过程来看，传统歌圩与壮族的岩洞信仰和生殖崇拜有着密切联系，歌圩的母体明显地带有全民酬神的活动性质。进入文明时代以后，政治、教育与宗教逐渐分离。歌圩由原始宗教祭祀活动逐渐演化为满足人们社交与娱乐需求的群众性世俗节日活动。世俗化有两方面的体现：一是刘三姐去神圣化；二是歌圩娱乐化。原始的歌神嘹三妹神话演变成了世俗歌圩中的刘三姐传说，被人们信奉的歌神嘹三妹在不断世俗化的过程中完成了向民间信仰的转变。岭南各地把刘三姐视为自己故乡的人，乃是神话传说的地方化，体现了“每个地方、每个人群会根据他们自己的特征和特点对公共资源加以附会，并使之成为地方化、人群认同和传播的新版本”[②]。流传各地的刘三姐各有不同，但“好歌”

① 张声震主编：《壮族通史》，北京：民族出版社，1997，第 543-545 页。

② 彭兆荣等：《新民俗传说的地方化叙事》，《民俗研究》2000 年第 1 期，第 105 页。

是一致的。广西罗城有传说：胡员外的大儿子见三姐山歌唱得好，便去勾引她，被三姐用山歌骂得吐血而死，为此三姐受到胡员外的迫害，被迫逃到孤州（今宜州区）。[①] 流传于广西宜州的刘三姐传说的主要内容是：

刘三姐从罗城搬到下枧村居住，砍柴为生，极善唱歌。有陶、李、罗几个秀才闻名前来对歌，都不是三姐的对手。其兄嫌三姐唱歌误工而时时刁难，拿石头让三姐用手板煎软，声称煎不软就不准唱。三姐把石头放在手心用火把石头煎软后，每天到山上攀爬葡萄藤与男歌手对歌，其兄气极，砍断葡萄藤以跌死刘三姐。葡萄藤砍断后又接上，其兄用铜盆隔住断藤，使断藤接不起。三姐从悬崖掉进下枧河，葡萄藤随之落下围成一圆圈，托起三姐顺水漂流下柳州鲤鱼岩，后于鲤鱼岩唱歌升仙。广西扶绥县的刘三姐传说也是刘三姐每天歌不离口，远近男青年都来找她对歌，却唱不赢她。其兄恨她唱歌误工，经常责骂、刁难她。城里一豪绅托媒人携 21 两黄金来求婚，其母与兄均答应了，三姐指媒唱骂，羞走媒人。其兄被激怒，乘妹上山砍柴之机，将她推下悬崖。刘三姐被藤萝托在崖间唱歌三天三夜，其兄复来挥刀劈断藤条，三姐坠落江中，随藤漂流，沿江歌唱，到邕宁扬美村才沉江而死。[②]

作为爱神与歌神的神祇为何从神坛上消失，成为民间传说中世俗世界的一个受迫害的被边缘化的贫家女？但这个贫家女除了超人的歌才外，还颇有几分神性与巫性。何谓神话？简而言之，它是一种符号，一种由集体表象和巫术仪式积淀而成的认知符号。卡西尔认为神话是原始人类自我实现的一部分。神话是最早的文化形态，是先民对自然万物的一种直观的认识。大约在新石器时代，人类开始对周围世界有初步认识并形成概念。神话是生产力不发达的远古时期原始人类面对来自大自然的威胁时所展现出的一种现实的生存智慧。维柯在《新科学》中称，原始人类是世界童年时期的“崇高的诗人”[③]。一般地说，神话具有一种隐喻性和象征性。“法国学者列维-布留尔称之为原始思维，从神话研究的角度出发，可以叫

① 覃桂清：《刘三姐纵横》，南宁：广西民族出版社，1992，第 65 页。
② 参见覃桂清：《刘三姐纵横》，南宁：广西民族出版社，1992，第 65-68 页。
③ 维柯：《新科学》，北京：人民文学出版社，1986，第 98 页。

它作神话思维，由此而产生的首批传说和故事，我们便叫它作神话。”①从原始社会开始，象征思维就得到广泛运用。原始象征思维就是以象征为符号形式进行运演的思维形式，其突出特征首先是思维与具体的物象建立起了某种神秘的象征关系，用感性的事物形象来表现一种抽象的精神、观念和情感，因而象征思维具有突出的形象性。由于原始宗教意识的虚幻性，因此正需要这种形象性来生动地描绘观念，强化人们对精神的认识。原始象征思维的直观把握的特点并不是通过严密的思维辨析，而是依靠体验、联想等直觉形式来完成，是从自然对象中直接把握对象的意义。这种思维正是审美活动把握审美意蕴的特殊方式，超越了因果推理的逻辑方式，使人在观照对象的过程中凭直觉感悟或触景生情。神话意象是人类运用逻辑概念思维之前用以维持对世界的体验的。因此，神话思维是具体的表象和感情的体验。这些具体的表象是种种与原始人主体意识密切相关的、支配着他们的思维结果的实在。原始人的原始崇拜物与象征意义的结合不再表现为巫术性质的“互渗”。可以说，神话是一种独特的艺术符号，它以隐喻而浓缩的象征揭示人的生存和社会本质，把想象、精神王国与现实、社会紧密相连，从而有利于人本质的提升、社会机制的完善、理想秩序的建立。

列维-布留尔把原始人的思维称为“原逻辑思维”。列维-斯特劳斯认为，原始的野性思维与现代的科学抽象思维一样，也应当是人类所有文明的基础。随着社会的发展，人类的思想意识和认知能力得到升华，人们的思维逐步走向自觉，抽象思维得到长足发展，逐渐与原始思维脱离而成为一种独立的思维形式，原始思维逐渐解体。在艺术思维方式上，审美主体已经由原始时代的无意识阶段过渡到有意识阶段，人与社会、与自然的象征联系方式完全是自觉的。所以，原始象征思维的直觉特点为今天的象征思维形式所融化和继承。艺术审美活动的突出表现是以象征思维作为重要手段，艺术是象征思维表现的重要载体。象征思维如今仍然被广泛运用于文学和艺术创作中，文学中的比拟、隐喻等手法都是象征思维的运用。

---

① 袁珂:《中国神话通论》，成都:巴蜀书社，1993，第9页。

神话的隐喻性和象征性大多是以集体无意识的原型的形式表现出来的。原型作为一种意象、象征、母题、符号或仪式,透视出社会历史、心理文化等多方面的典型特征。弗莱把包括神话作品在内的整个文学系统分为五种模式:(1)神话;(2)传奇、传说、民间故事、童话等;(3)史诗及悲剧;(4)戏剧和现实主义小说;(5)反讽文学。弗莱认为,在这五种文学模式中,神话是最基本的模式,其他诸种模式都是神话的变形,因此,文学是"移位的神话"。他认为,文学最基本的共性在于对"原型"的摹写,"原型"就是在后代文学中反复出现的意象。所谓神话原型,是指以神话作为文学的原型。弗莱认为,文学起源于神话,神话中包蕴着后代文学发展的一切形式与主题。源起于神话的某些要素,如某些程式、文类、意象等,是某种特定历史和特定民族的文化心理模式的象征。弗莱从民间口语文化角度去理解并阐释"原型"。他指出,"原型"概念与民间口语文化研究中的"motif"(母题)概念有着密切的关系。"原型主要指可以传播的象征;原型批评在探讨文学时,把文学当作一种社会事实,一种传播技巧。"①"原型批评"的方法就是把民间故事、民歌(口传叙事诗)研究中的比较方法和形态学方法延伸到其他文学类型中去,并从这些文学中发现反复出现的原始程式。"文学形式不可能来自生活,而只能源自文学传统,因而归根结底来自神话。"②原型是人类大多数民族共同具有的象征物。按照弗莱的解释,原型可以是一个人物、一个意象、一个叙述结构。原始初民相信,神话是发生过的事情,或者在解释生活的某些特点如宗教仪式方面具有特殊的意义,像滚雪球一样变为更大的体系,属于艺术的世界,在所有的文化环境中,神话都不知不觉地渗透到文学之中并与文学融为一体。荣格认为:"个人无意识主要是由各种情结构成的,集体无意识的内容则主要是'原型'或称'原始意象'……原始意象或原型对于所有民族、所有时代和所有人都是相通的。它们是人类早期社会生活的遗迹,是重复了亿万次的那些典型经验的积淀和浓缩。"③原始意象作为一种形象,在历史过程中不断发

① 吴持哲编:《诺思洛普·弗莱文论选集》,北京:中国社会科学出版社,1997,第104页。
② 吴持哲编:《诺思洛普·弗莱文论选集》,北京:中国社会科学出版社,1997,第131页。
③ 马新国主编:《西方文论史》,北京:高等教育出版社,2002,第355页。

生并且显现于创造性幻想的任何地方,它本质上是一种神话形象。直到现代,壮族聚居地区仍见巫之遗风。其来历与壮族创世女神姆六甲有关,通过她,壮族神话与巫文化建立了联系。众所周知,巫教是一种由多神教向一神教过渡的宗教形态。在原始时代的巫文化中,人们崇拜神灵、祭祀神灵是为了得到神灵的保佑,在对神的崇拜中蕴含着崇拜者对神的祈求,就表现为驱邪求吉的祭神驱鬼的巫傩祭祀活动,从而形成了驱邪除疫、禳凶纳吉的巫傩文化观念体系。巫教曾是原始人类较为普遍的文化,是先民求神恩赐农业丰收的仪式的一部分。"游国恩《离骚纂义》引《说文》云:'巫,祝也,女能事无形,以舞降神者也。'又云'觋'能齐肃事神明者。在男曰觋,在女曰巫。"[①]祭祀时巫必用歌舞,歌舞是一种古老的娱神方式。王逸在《楚辞章句》中说:"昔楚国南郢之邑,沅湘之间,其俗信巫而好祠,其祠必作歌乐鼓舞,以乐诸神。"[②]无论是中原还是楚地、越地都曾经以歌舞作为娱神的方式。世界许多现存的民俗,清楚地说明了男女爱情于祭祀中确实具有重要意义。在宗教祭祀仪式上,巫觋们跳着蛊惑性质的舞蹈,引发围观的群众进行一系列狂欢行为。在祭祀仪式上所表现的人神、神神恋爱为内容的祭祀歌舞往往与原始宗教密切相连。原始社会宗教巫术与男女爱情关系密切。姜亮夫先生说:"余颇疑《九歌》女巫,与希腊古代之庙妓相似,新都杨慎亦有近似之说,其言曰:'楚辞九歌,巫以事神,其女妓之始乎?汉曰总章,曰黄门倡,然齐人遗鲁,而孔子行,秦穆遗戎,而由余去,又不始于楚矣。《汉郊祀志》:祭郊畤宗庙用伪饰女妓,今之装旦也,其亵神甚矣。'"[③]闻一多先生在《死水·神话与诗》中就说:"在民间,则《周礼·媒氏》'仲春之月,令会男女',与夫《桑中》《溱洧》等诗所昭示的风俗,也都是祀高禖的故事。确乎是十足地代表着那以生殖机能为宗教的原始时代的一种礼俗。"[④]在祭祀仪式上之所以以表现人神、神神恋爱为内容,这与原始宗教密切相连。总而言之,这种祭祀活动都与原始先民的生

① 郝志达译注:《楚辞今注今译》,石家庄:河北人民出版社,2000,第35页。
② 王逸注:《楚辞章句》,长沙:岳麓书社,1989,第53页。
③ 姜亮夫:《楚辞学论文集》,昆明:云南人民出版社,2002,第341页。
④ 闻一多:《死水·神话与诗》,贵阳:贵州教育出版社,2001,第171页。

殖崇拜和祈求繁衍有关,是神圣的以祈求人类繁殖为目的的宗教巫术活动。原始社会祭祀神祇活动往往是男女发展爱情的佳时。在《诗经·溱洧》中有一段描写在上巳日时青年男女出游相互赠以花草之事:"溱与洧,方涣涣兮,士与女,方秉兰兮。女曰:'观乎'?士曰:'既且。''且往观乎?'洧之外,洵訏且乐。维士与女,伊其相谑,赠之以芍药。"[①]所以在祭祀仪式中就会有关于人神或神神恋爱的情景,这种情景通过巫觋的表演来实现。群体性的祭祀活动,把人们的心理体验和情感升华为共同的信仰和意识,把一个个分散的个体粘合为一个整体,形成维护统一的巨大凝聚力。祭祀活动离不开歌舞,歌舞就意味着祭祀。这种歌舞不仅仅是娱乐神祇,也用以娱人,两者之间并没有明显的区别。

二、女神的衰落与民俗转向

在壮族神话中,姆六甲原本是独尊的女神,后来,出现了男神布洛陀。这位男神由姆六甲的儿子变成姆六甲的丈夫,最后演变为高于姆六甲地位的创世始祖男神,成为开创文明的文化英雄,姆六甲则降格为布洛陀的陪神。随着母系氏族社会转化为父系氏族社会,姆六甲的创世女神地位一再受到男神布洛陀的排挤而沦为花婆神,女神的社会属性逐渐替代了自然属性。在壮族神话中,花婆神主管的花园在天上,园中盛开的鲜花是人间的命魂,白花为男,红花为女,如人间生男女,天上便开白花或红花,如人间有人夭亡,天上的花园便花蔫花落。历史化的神话经过不断累积而使布洛陀成为全知全能的男性始祖。以男子为中心的男权社会,不惜把一切文明的创始之功都归于布洛陀。至于由姆六甲演变而来的花婆,人们对她的信仰和崇拜从虚无缥缈的神话世界变成了步入凡间全程守护人们生命的职能神,带上浓重的世俗化色彩。"与妇女社会地位相适应,女性神已寥寥无几,唯有花婆在壮族的神灵舞台上占有一席之地,但其地位已逐渐弱化,一般只作为配角而位居诸神之旁位,更多的则被奉立于妇女的居室里,守护

---

① 王延海译注:《诗经今注今译》,石家庄:河北人民出版社,2000,第208页。

着生育之妇与孩童。”[1]作为歌神而被人们信奉的嘹三妹，步入民间世俗生活的步伐更大，褪去了相当部分的神性，甚至显出了世俗的人形人性，成为家庭成员中的一员。歌唱作为人们日常审美需要，其世俗性更加突出。歌圩的择偶功能也凸显了人类自身繁衍的人口再生产的需要，作为歌圩“女儿”的刘三姐也被赋予了生殖文化的象征意义。在广西贵港、来宾、贺州等地的民间歌圩神台上和许多花婆庙、盘古庙的神台上都有嘹三妹的神像和神位。把嘹三妹作为陪神与花婆神摆在一起，不仅强调了她作为歌神在创造嘹歌（情歌）方面的作用，更强调了她作为爱神对人类繁衍的意义。这些地方的民间还有请“刘三姐”到姆六甲花园“查花”的习俗。在百色的田东、田阳等地，历史上有一种专门以花喻情、以花示爱，被称为“育花歌”的情歌，这类情歌与刘三姐遗歌的经典之作“妹相思，不作风流待几时，只见风吹花落地，不见风吹花上枝”的文化内涵相近。这些传说和习俗说明，刘三姐形象的生命意境与“花”有关。早在远古的布洛陀时代，歌、情、婚就已经是一体化、制度化的习俗，沿袭为后来的“以歌传情”“倚歌择偶”的好歌习俗和婚姻制度。刘三姐的出现是姆六甲的衍变和延续，刘三姐的传说正是“女神神话不断演化、发展的结果，刘三姐的神职、身份也正是女神信仰与好歌的文化习俗相互渗透，又不断分化而独立发展的结果”[2]。

“嘹三妹”是歌神与爱神，是始创山歌的人。由神到人的演变，可以看出，神圣与世俗之间并不存在难以逾越的界限。法国社会学家、宗教社会学创始人涂尔干在其《宗教生活的初级形式》一书中说，所有的宗教信仰“它们都以事物的分类为前提，无论是真实的还是想象的事物，人们都把它们分为两类，相互对立的两种类型……世俗的和神圣的。世界被分成两部分，一部分包括所有的圣物，另一部分包括所有的俗物，这就是宗教思想的特征”[3]。所谓的神圣事物是指那些由禁律隔离开并受保护的东西，世俗事物则指那些需与神圣事物保持一定距离的东西，即禁令的对象。人类社会早期，一切现象都是神圣的，一切现象也都是世俗的。宗教世俗化，人

---

① 李富强：《中国壮学　第二辑》，北京：民族出版社，2006，第306页。
② 潘琦主编：《“刘三姐”文化品牌研究》，南宁：广西人民出版社，2002，第411页。
③ E·杜尔干：《宗教生活的初级形式》，北京：中央民族大学出版社，1999，第36页。

们的联系和沟通方式也逐渐多元化，封闭性和神圣性的宗教组织与活动减弱，往往是以更现实的形式来承载和实现神圣的意义。从历史的维度来看，宗教世俗化是一个世界性的历史过程，世俗化始终伴随神圣化而存在，宗教也要迎合世俗社会的政治主张、宗法思想、道德观念，两者基本融为一体。这种现象是一种集体表象式的超验性思维的具体反映，宗教生活中的神圣与世俗也在一次次的冲突、对抗中走向了互动。女神的衰落在民间反而享受着人们的日常供奉，成为一种民间信仰。“民俗信仰又称民间信仰，是在长期的历史发展过程中，在民众中自发产生的一套神灵崇拜观念、行为习惯和相应的仪式制度。”[①]民间信仰是以一系列民俗文化事象来表达的，内容丰富，种类繁多，巫信仰在其中占有突出的地位。

“民俗，即民间风俗，指一个国家或民族中广大民众所创造、享用和传承的生活文化。民俗起源于人类社会群体生活的需要，在特定的民族、时代和地域中不断形成、扩布和演变，为民众的日常生活服务。民俗一旦形成，就成为规范人们的行为、语言和心理的一种基本力量，同时也是民众习得、传承和积累文化创造成果的一种重要方式。”[②]从符号学观点看，民俗作为一种独特的社会现象，它是一定社会、一定民族主流文化的重要表征，千百年来，它以一种贴近人们现实生活的形式传播人类文化，从而构成文化的动态化符号。在民间传说中，刘三姐是始创山歌的歌仙。曾有人认为，刘三姐具有歌仙和巫神的双重身份。[③] 在刘三姐诸种传说故事中，不乏她行巫神迹的记载，如说她能放脚进灶当柴烧，说她攀爬的葡萄藤被砍断后，摇几摇便能自动接起来，又说以藤作舟她能长途漂流飞越险滩，等等。这个观点也有其合理之处，因为在祭祀活动中，往往是巫觋们领唱，人们才跟着唱。巫觋幻想依靠超自然力量对客体强加影响或控制，以实现自己的欲望。古代岭南巫术盛行，巫风浓厚，早在汉代已经出名，甚至传到中原。“先秦时期，居住在岭南的壮族先民，其社会还处于部落联盟时代，他

① 钟敬文主编:《民俗学概论》,上海:上海文艺出版社,1998,第 187 页。
② 钟敬文主编:《民俗学概论》,上海:上海文艺出版社,1998,第 1-2 页。
③ 罗岗生、李莲芳主编:《刘三姐研究资料集》,南宁:广西人民出版社,2007,第 535 页。

们的思想信念主要是巫文化。”[①]原始的巫文化建立在以血缘结合在一起的氏族部落基础上，因而同一血缘的氏族部落或血缘相近的部落联盟之间有自己独立的神祇。从原型分析的理论来看，把刘三姐传说置于母系社会向父系社会转化的文化背景中去考察，会得出比较合理的答案。恩格斯曾说道：“根据唯物主义观点，历史中的决定性因素，归根结底是直接生活的生产和再生产。但是，生产本身又有两种。一方面是生活资料即食物、衣服、住房以及为此所必需的工具的生产；另一方面是人自身的生产，即种的繁衍。”[②]男权虽然取代了女权，但为了人类继续生存和繁衍，这就需要产生一种能激发起原始部族自身繁衍的口传作品。原始艺术是实用性的艺术符号，其目的指向部族的实用功能，同时它要激发人们的参与热情，就要突出其非功利的审美价值。作为部族集体代言人的巫师，起初是由氏族首领兼任的，后来才出现专门的巫师、祭司，既有人性，又有“神性”，是人与神交往的中介，这正是巫师的身份。上达民情，下传神旨，具体从事释兆、占卜、祭祀、巫术、巫医等活动。巫师解释神的意旨，往往把当时民间流传的神奇故事结合自己的想象力加以编造。神话是人类早期的不自觉的艺术创作。这样，原始神话就披上了宗教信仰的外衣，成为宗教神话了。因此，原始宗教的神话往往保留有原始神话的胚胎。巫师根据集体长期以来所孕育、积累的心理经验的直接材料——神话原型，加工出娱神并娱人的作品——嘹三妹神话。这个任务当然是由担当与神祇嘹三妹沟通的巫师来完成。歌唱与求偶的整合，人类繁衍需要的审美化生成了生存与艺术的良性互动。人类的进步是文化积累的结果，文化是处在不断流动变化之中的。随着社会生活的理性化和世俗化，大众化的口头传说往往在原发性文化基础上不断改型、更迭、再创造，甚至覆盖其原生的原型，产生复合型文化综合体。这个文化综合体与各个民族的原始崇拜有着密切的关系，慢慢形成一种文化符号，具有了相对固定的、独特的文化含义。所谓世俗化指的是社会和文化的一些部分摆脱了宗教制度和宗教象征的过程，宗教从控

① 张声震主编：《壮族通史》，北京：民族出版社，1997，第 383 页。

② 《马克思恩格斯选集》第 4 卷，北京：人民出版社，2012，第 13 页。

制人们社会生活的全部退到了只是涉及个人的生活和心理。理性的逻辑排除了神圣感,功能性代替了象征性。歌圩世俗化的求偶功能体现了歌唱的实用性。在祭祀神坛中产生的嘹三妹神话演变成了世俗歌圩中的刘三姐传说。这个过程可以简单归结为:文化背景+原型+客观需要+加工=刘三姐传说。于是,神话就演变为一种具有象征意义的概念符号,并成为一种民族的共同记忆保留在文化里。信奉嘹三妹的宗教信仰从意识形态顶端的位置在不断世俗化的过程中完成了向民间信仰的变迁,退回精神信仰的单一社会功能。

三、民俗女神信仰的功能拓展

文学自神话发展而来,由"原型"以及传说发展而来。文学逐渐趋向于脱离神话、宗教仪式。神话趋于消亡,但变形为文学而继续存在。"神话乃是文学构思的一个极端,另一个极端是自然主义,二者之间则是传奇文学。……它一方面朝着人的方向置换变形,另一方面又不同于'现实主义',而是朝着理想化的方向使内容程式化。置换变形的中心原则在于:神话中可以用隐喻表达的东西,在传奇文学中只能用某种明喻的形式来表达。"①"文学的模式越往后发展,来源于实际生活条件的诗歌意象也就越多。"②"表明了置换变形的一个方向,即向道德的置换变形。……人类的文明倾向于使合乎欲望的行为与合乎道德的行为相吻合。"③刘三姐传说是由一种神话转换而来的语言系统的民间艺术。从象征人类学视角来看,神话的言语代码是神话故事中所包含的由若干情节单位组合而成的复杂指符,从而发送了神话所指的信息。神话的意义存在于那些神话素的整体排列组合之中,神话素整体排列组合为高级的象征符号。神话符号的指符是许多符号种类、神话素的排列组合形式和联想方式,能够引导并使人们联想出这个神话的深层意义。

---

① 叶舒宪选编:《神话—原型批评》,西安:陕西师范大学出版社,1987,第175-176页。
② 叶舒宪选编:《神话—原型批评》,西安:陕西师范大学出版社,1987,第202页。
③ 叶舒宪选编:《神话—原型批评》,西安:陕西师范大学出版社,1987,第205页。

刘三姐传说是一个个言语代码排列组合起来的,构成了“歌唱成仙”的情节,包括了如下几个并列的情节要素:极善唱歌、对歌、唱歌误工、拒婚、受迫害、顺水漂流、唱歌升仙。这些情节要素形成一个完整的指符,用来隐喻一个崇尚歌唱的社会观念。壮族视歌唱为神圣,诚如民国学人刘锡蕃的《岭表纪蛮·蛮人好歌的原因》所说:“无论男女,皆认为唱歌为其人生之切要问题。人而不能唱歌,在社会上即枯(孤)寂寡欢,即缺乏恋爱求偶的可能性;即不能通今博古,而为一蠢然如豕之顽民。”[①]善唱歌被视为聪明才智的标志,能博得大家的尊崇而享有盛誉。在歌圩这样的赛歌盛会里显露过人才智还会赢得众人的尊重,进而取得社会地位。民歌是民众表达情感的产物,刘三姐传说表达了民间视歌如命的人生观和民族文化心理。“所谓的歌仙刘三姐,历史上根本就不存在,不是实有其人,而是歌海之乡的各族民众寄托自己愿望的虚拟性人物,是歌唱民族的象征性符号。”[②]

民俗信仰具有一定的崇拜对象。歌圩自唐宋以来成为壮族人民传统文化娱乐活动的一种重要习俗,至今仍久盛不衰。“歌圩的活动,虽以男女欢会和对歌择偶活动为主体,但并非仅以恋情作唯一的内容和目的。它是在某种特定的观念的作用下,所举行的唱歌聚会和社交活动,属一种综合性的民族传统文化形态。”[③]这种综合性的民族传统文化形态体现在多功能的刘三姐民间信仰上。黄桂秋先生曾对刘三姐作为民间信仰女神的各种形态转换作过总结:随着时间的推移,刘三姐的信仰神格逐步升级,信仰功能逐步扩大,演变过程如下——女巫、歌仙、爱神、龙母、多功能保护神。演变规律都有神格定位不断升级、保护功能逐步扩大的特点。在广东西部,广西东部、东北部、东南部,随着汉文化影响的逐步加深,原先的歌圩习俗逐步消失,向世俗歌会演变,与此相应,刘三姐的信仰神格自然地由歌仙向龙母、农业保护神以及其他功能神转变,产生了汉族庙会文化;随着刘三姐信仰文化的不断扩大,神的形象更趋完美,保护功能更加齐全,老百姓

---

① 转引自潘其旭:《壮族歌圩研究》,南宁:广西人民出版社,1991,第 144 页。

② 黄桂秋:《桂海越裔文化钩沉》,北京:中国书籍出版社,2011,第 77 页。

③ 潘其旭:《壮族歌圩研究》,南宁:广西人民出版社,1991,第 79 页。

的信仰需求也就更加全面。①

1.歌仙。歌仙刘三姐的产生是歌圩形成的标志，人们把歌仙刘三姐作为歌唱活动的精神支柱而崇之奉之。现实生活中歌才超群的歌师往往被视为刘三姐的化身。刘三姐是全民信仰的歌唱之神，关于她唱歌的神话传说和唱歌成仙的遗迹遍布广西各地。在广西贵港一带，至今仍保留着接请刘三姐临场助歌的风俗。当地每逢佳节和婚娶喜庆都要举办“歌堂”盛会，男女集于主家堂屋对歌唱和。在开歌堂之前，要先派人到刘三姐与秀才对歌的遗址去唱歌延请刘三姐来坐正堂，希望刘三姐与秀才来帮助大家唱歌。歌词云：

刘三姐，秀才郎，我请你来坐正堂，
我请你来正堂坐，歌声不出你来帮。

当歌堂已升，便杀鸡祭拜歌神：

刘三姐，秀才郎，我请你来坐正堂，
我请你来正堂坐，捉只黄丝鸡仔剀②。

歌毕散堂，要恭恭敬敬地唱歌把刘三姐的神灵送走：

刘三姐，秀才兄，送你慢慢不出厅，
送你慢慢不出屋，嫌我瓦盆酒肉轻。③

在扶绥，有刘三姐石墓，当地每逢歌节，必到刘三姐的石墓前焚香祭拜，以求歌神佑护。有“天上刘三姐，人间黄三弟”之称的广西柳城歌王黄

① 参见黄桂秋：《桂海越裔文化钩沉》，北京：中国书籍出版社，2011，第78-81页。
② 剀：方言，宰杀的意思。
③ 参见覃桂清：《刘三姐纵横》，南宁：广西民族出版社，1992，第298-299页。

三弟，一生珍藏一尊刘三姐的桃木雕像，每月烧香跪拜，临上歌场也要先向歌仙刘三姐的雕像敬香后才出门。在玉林水月岩附近有刘仙洞，当地民间认为，唱山歌是和刘三姐对歌，因此，又称“和刘歌”。凡歌会，必在歌棚上立刘三姐神位。在广东阳春的通真岩内，有刘三姐唱歌升仙的歌台，当地人们每学会唱歌，必先作歌一本，供奉在刘三姐庙内。

2.保护神。人们还把刘三姐当作保护神来膜拜。在广西、广东的很多地方，从前每逢久旱不雨，便抬刘三姐的神像游行，祈求风调雨顺、国泰民安。在广西马山、东兰一带，相传刘三姐同情民工，鄙视强权，用飞沙走石之术替民工修石墙、石城、石桥等，刘三姐还成为抵御外侮、保卫地方安宁的守卫神；在广西桂平一带，则相传刘三姐用歌请求神仙下凡帮农友插秧；而在广西富川等地，相传刘三姐保佑人寿年丰、国泰民安；在广西平南，相传刘三姐能为农作物驱除害虫，每年农历二月初一乡民将犁耙竹器拿到歌圩场临时搭棚摆卖，据说此时摆卖的农具竹器没有虫蛀；等等。作为保护神，刘三姐具有神话般的魅力、宗教般的感召力，例如在太平天国起义中，不少女将把刘三姐作为自己起义军的绰号。①

3.劳动能手。“歌仙”也是出色的劳动能手。广西宜州的刘三姐传说，故事开篇便着重渲染刘三姐从小善歌、开口成歌而无处不歌。刘三姐天生丽质、天性好歌，本来是黄莺的化身，在刘三姐的歌唱生涯中，远近前来听歌赏歌的青年男女如痴如醉。刘三姐爱唱歌，但遭到了哥哥刘二的阻挠，刘二生怕她唱歌误工而给她出了各种难题，如比砍柴、比锄地、比插秧，若赛不过就不能再唱歌。结果刘三姐边唱歌边干活，各样都比哥哥干得快又好，刘二再不敢以误工来阻止妹妹唱山歌了。刘三姐和歌伴唱情歌，刘二又责怪她败坏家风而进一步刁难，甚至要把妹妹置于死地，但这都不能动摇她的意志。民间以幻想式的夸张“歌化”刘三姐的劳动生活，歌声伴随着她劳动并产生了超常的神奇力量。广西各地都流传刘三姐上山砍柴、下地插禾的山歌。

---

① 参见覃桂清：《刘三姐纵横》，南宁：广西民族出版社，1992，第 49–51 页。

三姐世居在罗城，生养在那古立村；
爹娘生下哥和姐，刘家三代是农民。
姐年六七就唱歌，肚里山歌有几箩；
唱歌唱到不知饿，世人难比姐歌多。
姐歌唱到下枧村，村排下枧紧相邻；
居住山间石崖下，茅草盖棚来安身。
初到外乡生活苦，姐年轻轻跟随哥；
几年鼎锅无米煮，同哥砍柴上山坡。
姐去砍柴不用刀，只用脚踩手来摇；
姐唱山歌口渴了，攀藤上树吃葡萄。
冬寒百鸟把巢归，姐去砍柴夜里回；
半途之中把歌唱，喜鹊听见难舍飞。
回到后园拣艾菜，晚间明月照石崖；
姐心想到月宫去，脚下又无腾云鞋。
天光出门姐就唱，歌声引得凤凰来；
涧村姐妹称赞姐，唱歌人中姐最乖。……①

三妹种田真能手，
赶插一时田就完；
赶插一时田就了，
上到天边拉二弦。
赶插田，
赶插一时田就完；
四角田边插四蔸，
霎时满田绿连连。

① 覃桂清：《刘三姐纵横》，南宁：广西民族出版社，1992，第394-395页。

（扶绥故事歌《刘三姐》，左年秋等搜集）[1]

4.反抗英雄。在宜州流传的刘三姐故事中，刘三姐敢于蔑视封建伦理道德和宗法制度，反抗“官府禁歌”和“财主诱婚”，反映了“倚歌择偶”的传统风习。她为情而歌，维护爱情和婚姻自由，追求婚姻自主，因此遭受迫害。刘三姐为惩罚财主，将财主骗至岩洞内，封闭洞口，最后升仙。

州官出门打大锣，和尚出门唱弥陀；
皇帝出门坐大轿，穷人辛苦就唱歌。
唱歌不是人发狂，当初孔子有文章；
不信打开古书看，古代就有唱歌娘。
山歌越唱心越开，江水越舀越有来；
山歌好比长江水，前浪推去后浪来。
有歌就唱不怕丑，短笛横吹不怕羞；
哪个禁得山歌断，除非龙江水倒流。[2]

在民间刘三姐传说中，本来是歌神歌仙的刘三姐已经泛化为全知全能的民间信仰神灵。她的力量无穷无尽，她的意志不可违背；她惩恶扬善，是正义和自由的伸张者，是民间道义的化身；她是云游各地传播山歌的使者。民间传说的人物形象内涵往往单一，更具符号的规定性和明确性。常见的最基本的叙事模式是人物类型化、情节模式化，这是民间叙事的一大特色。作为在多民族文化交流中传播民歌的文化英雄，刘三姐总是能够以唱歌和传歌来达到自己的目的，具有非凡的智慧和惩恶扬善、救苦救难的神奇本领等。刘三姐崇拜实际上是民间把刘三姐作为自己意志的代言人。这种民间信仰功能的不断拓展，是民间将唱歌神圣化的一种表现，把世俗的歌唱活动寄寓在刘三姐的神奇力量中，以显示“歌仙”的超人神通技能，赋予

① 邓凡平选编：《刘三姐传说集》，南宁：广西民族出版社，1995，第 212 页。
② 李海峰、邓庆主编：《刘三姐传世山歌》，南宁：广西民族出版社，1992，第 61 页。

其浪漫主义色彩而使之更富有传奇性的艺术魅力，这是歌唱神圣化的生活理念的寓意和精神寄托的体现，神圣化了的刘三姐形象体现了民间想象并生发出“刘三姐文化”。

传统刘三姐文化是在刘三姐原始宗教信仰基础上产生的。岭南多民族在长期生产、生活中形成的歌唱习俗，包括刘三姐民间信仰、民间风尚、民间文艺和文献资料等，以及与刘三姐传歌相关的人文、自然景观。格尔兹在《文化的解释》中谈道：“当我们企图把握自然、自身和社会的某些方面时，当我们企图将某种难以捉摸的现象，纳入可以用文化来系统表述的事实的范围内时所遇到的持久存在、反复经历的困难，人们长期被它困扰着，因此，他们更加稳定地用源源不断的象征符号来判断它的特征。”①当“刘三姐”被神话化，被赋予了传播山歌文化的互动符号时，她也获得了一种相对稳定的在歌唱社会情境中的民众的世代认同。

---

① 克利福德 · 格尔兹：《文化的解释》，上海：上海人民出版社 1999，第 117 页。

第二节　歌圩:生成刘三姐文化的场域

一、作为传统壮族婚俗的歌圩

歌圩,是壮族人民喜爱的审美活动之一,包含着丰富的内容,具有广泛的群众性。以青年男女为主体的群聚对歌,是歌圩活动的固有形式和鲜明特征。"所谓'歌圩',壮语北部方言叫'圩蓬',意即欢乐的圩场;南部方言叫'航端',意为峒场圩市。是因其群集欢会酬唱,情如欢乐的集市而得名。歌圩的活动形式,类似《诗经》中记载的'溱洧之风'。它源于氏族部落时期群体祭祀活动的'欢敢',即祭岩洞唱歌之意。从'欢敢'到'圩蓬'的发展过程,是从唱歌娱神到娱人的演化。"①这种节期性的歌圩习俗,在壮族各地称谓有所不同,如"窝墩""窝岩""行墩""坪蓬""坡会""放球"等。"窝墩"即"去野外";"岩"即岩洞,"窝岩"即"出岩洞";"行"即"圩市","行墩"就是"峒场圩市";"坡会"系借汉语用词;"放球"则是唱歌活动的一种形式。在那坡,人们现在一般把歌圩叫作"风流街"。在汉文古籍中,这种习俗被称为"浪花歌"。歌圩在古代典籍和文人的作品中均有记载,清代的张心泰在《粤游小记》中写道:"西省(按:即广西)平(平南)、梧(梧州)等郡,离城数里,男女夜半对歌……故夜半闻歌声,有溱洧风焉。"②1936年刊的《龙州县志》也说当地歌圩"每场聚集人众不下千人,一

---

① 张声震:《壮族历史文化与〈壮学丛书〉——〈壮学丛书〉总序》,《广西民族研究》2003年第1期,第49页。

② 潘其旭:《壮族歌圩研究》,南宁:广西人民出版社,1991,第59页。

似溱洧遗风”。所谓“溱洧之风”，就是指周代郑国每年三月上巳节，青年男女在溱水和洧水之滨拔禊游乐，互赠香草定情。明代邝露在《赤雅》中记载的“浪花歌”（后来的歌圩）亦是同类：“峒女于春秋时，布笙箫于名山，五丝刺同心结百纽鸳鸯囊，选峒中之少妙者伴峒官之女，名曰‘天姬队’。余则三三五五，采芳拾翠于山椒水湄，唱歌为乐。男女亦三五成群，唱而赴之。相得唱和竟日，解衣结带，相赠以去。春歌正月初一，三月初三，秋歌中秋节。三月之歌，谓之浪花歌。”①

据原广西师范学院民族民间文学研究所和广西社会科学院少数民族文学艺术研究所的初步调查，在当时广西壮族自治区的85个县、市中，已知有歌圩活动的为40个，共有642个歌圩点，大部分布于桂西左右江和红水河流域的百色、南宁、河池地区。其中，有10个歌圩点以上的有17个县、市；歌圩点最多的是百色，为71个，其他依次为凭祥51个，靖西50个，崇左48个，东兰47个，龙州43个，武鸣35个，那坡34个，德保31个；歌圩规模在一万人以上的有75个。② 对于歌圩的起源，学者并没有一个统一的观点，广西各地民间都有歌圩由来的多种传说故事，有的还有相应的记载，具有代表性的主要有以下几种。（1）祭祀乐神、祷祝丰年：在靖西、大新、平果、宾阳等地都有祭祀神农，祈求五谷丰登、六畜兴旺的活动，后演变为年复一年的定期歌圩，反映了“歌圩”活动为“春祈秋报”的性质和意义。（2）唱歌择偶：德保、平果等地都传说，从前有个老人养育了三个女儿，在圩场上举行赛歌，优胜者即娶其女儿为妻，歌圩就此产生。（3）悼念殉情者：武鸣一带传说，有两个男女青年，从小就相爱，后来，他们受封建势力的迫害，终于在八月十五日（中秋节）那晚双双上吊自杀，此后，青年们为了纪念他们，每年的八月十五就聚在一起唱歌，从此歌圩就出现了。（4）赛歌招商：平果的山心歌圩，是以前的土司为了繁荣贸易以多征税收，开辟赛歌圩场以招各路客众。（5）赛歌选美：在靖西，有的歌圩是土司为了寻欢作乐，下令住在各个岩洞的男女青年，每年一次按期集中到圩场唱

① 潘其旭：《壮族歌圩研究》，南宁：广西人民出版社，1991，第62页。
② 潘其旭：《壮族歌圩研究》，南宁：广西人民出版社，1991，第48页。

山歌，以便他们挑选漂亮的女人作妻妾，强权之下，人们不得不依从。因为大家当时都还住在岩洞里，所以把出来参加这样的唱歌聚会叫“出岩”。当然，更多地方的歌圩乃是歌仙刘三姐传歌所致。[①]

民间传说中的歌圩起源众说纷纭，民间传说和一些文献记载虽然不能完全当作信史，但从这些传说折射出来的文化信息中，我们仍然可以看出歌圩具有多样性的功能，并且歌圩远非一些人想象的那样是一个浪漫的“歌海”，而是一个各种力量、多种文化“较量”的场域。布迪厄等给场域作出了明确的界定：“一个场域可以被定义为在各种位置之间存在的客观关系的一个网络，或一个构型。”[②]场域是一种由各种客观的权力关系交织而成的社会空间。在这个充满着竞争的活跃空间里，各种势力凭借资本力量进行角逐而获得支配地位和利益。“一个场域的结构可以被看作不同位置之间的客观关系的空间，这些位置是根据他们在争夺各种权力或资本的分配中所处的地位决定的。”[③]这些位置之间存在的客观关系包括支配关系、屈从关系、结构上的对应关系等。场域中的行动者不断“博弈”，场域成为各种力量以及它们之间争夺合法性的场所。人们生活在场域中，就是生活在场域关系中，行动者必须根据自己对社会场域的认知来把握自己在场域结构中的准确位置和各种行动。场域是各种行动者通过“实践”为中介“建构”的动态关系，是社会行动者按照行动规则共同建立的社会活动的场所。歌圩始终是同壮族群众的物质生活、宗教信仰、心理素质、传统观念相关联并互相制约的，是物质生产和精神生活构成的一个整体，体现了壮族人民的生活环境和审美观念，以及对生活的向往与追求，从各个方面反映了风俗民情、伦理道德、民族性格等。壮族社会的农耕制度、婚姻制度、经济制度、权力制度、文化制度等都在歌圩中反映出来。作为各种权力竞争的场域，歌圩中各种权力主体竞争、协商、妥协而取得合法化地位，并以此为依据来决定自己的行动。

---

① 潘其旭：《壮族歌圩研究》，南宁：广西人民出版社，1991，第50-54页。

② 皮埃尔·布迪厄、华康德：《实践与反思——反思社会学导引》，北京：中央编译出版社，1998，第133-134页。

③ 皮埃尔·布迪厄、华康德：《实践与反思——反思社会学导引》，北京：中央编译出版社，1998，第155页。

从人类社会发展的历史来看,歌圩的群众性和歌唱性的特征与原始宗教活动关系密切。人类学研究表明,在原始宗教支配和影响下的人类童年时代社会里,人们的生产、生活及各种群体活动,往往都是宗教观念的表现形式。从这种原始观念出发,他们把男女欢会作为祈福禳灾、促使作物丰产和人畜兴旺的一种手段而举行庄严的仪式,并把参加这种活动作为一项宗教义务来履行。原始社会文化生活有两个显著的特点,一是"集体性",二是"综合性",它们是伴随着人类的劳动生产而产生和发展的。从这个意义上说,壮族歌圩脱胎于原始宗教仪式,是乐神活动的必然演化,这一结论是无可置疑的。其缘起、意义及表现形式,均属以自然崇拜为基础,以生殖崇拜为核心,以图腾崇拜为表征。"原始仪式是一种多职能的混融性现象。"①早期的歌圩作为一种原始巫术仪式,也履行多种社会职能,满足人们在求知、教育、认同和审美等方面的需要。歌圩不断演化发展为男女欢会的节日活动,并且与壮族的婚姻制度融为一体。"'歌圩'是壮族的婚姻文化的缩影。首先,歌圩中群体性的'倚歌择配'的习俗,反映了壮族地区的婚姻关系,是建立在男女社交比较自由的社会生活的基础上,并使之在沿自原始群婚—对偶婚——一夫一妻制婚的发展历程中,从性质到形态都具有自己的民族特点。"②清代乾隆三十二年(1767)出任粤西镇安(今广西那坡、德保等地区)知府的赵翼在《土歌》中具体地描绘了歌圩风习:

春三二月圩场好,蛮女红妆趁圩嬲。
长裙阔袖结束新,不睹弓鞋三寸小。
谁家年少来唱歌,不必与侬是中表。
但看郎面似桃花,郎唱侬酬歌不了。
一声声带柔情流,轻如游丝向空袅。
有时被风忽吹断,曳过前山又袅袅。

---

① 德·莫·乌格里诺维奇:《艺术与宗教》,北京:生活·读书·新知三联书店,1987,第50页。

② 潘其旭:《壮族歌圩研究》,南宁:广西人民出版社,1991,第247页。

可怜歌阕脸波横，与郎相约月华皎。
曲调多言红豆思，风光罕赋青梅摽。
世间真有无碍禅，似入华胥梦缥缈。
始知礼法本后起，怀葛之民固未晓。
君不见双双粉蝶作对飞，也无媒妁订萝茑。①

赵翼作为封建文人和一府的最高长官，虽然全诗流露出他对壮族人民这一传统风习的好感，也意识到了“始知礼法本后起”的封建礼教束缚了人性，但是出于中原主流文化的立场，他仍然沿用“蛮女”这类统治阶级对少数民族的蔑称。赵翼所撰的《檐曝杂记》第三卷“边郡风俗”篇载：“粤西土民及滇黔苗、倮风俗，大概皆淳朴，惟男女之事不甚有别。每春月趁圩唱歌，男女各坐一边，其歌皆男女相悦之词。……当圩场唱歌时，诸妇女杂坐，凡游客素不相识者，皆可与之嘲弄，甚而相偎抱，亦所不禁。并有夫妻同在圩场，夫见其妻为人所调笑，不嗔而反喜者，谓妻美能使人悦也，否则或归而相诟焉。”②其实，壮族民间同样实行真正的一夫一妻制，亦有自己的婚姻道德规范。歌圩作为一种婚俗与生活发生着难分难解的关系并随着时代的不同而发生变化。长期存在着的歌圩自由社交的习俗，使得壮族过去的婚姻形态及其礼俗多元化，传统的贞节观念也比较淡薄。谁能娶到歌才突出的“美妻”，显然也就显示了自己的歌才超群，从而产生一种胜利感和荣耀感。这与封建男权占有欲的婚姻关系形成了鲜明的对比。壮族青年男女缔结婚姻中的自主性表现在“倚歌择配”的对歌中，选择谁不选择谁，女性具有一定的自主权，可以通过对歌来考察男性的人品与歌才，这是经过带有审美性质的群体社交活动的对歌形式，经过抒发情感、相互交结而实现的。正如一首壮族传统情歌所唱：“竹篙打水浪飞飞，我俩结交

---

① 梁扬、黄海云：《古道壮风：赵翼镇安府诗文考论》，北京：中国社会科学出版社，2005，第429-430页。

② 梁扬、黄海云：《古道壮风：赵翼镇安府诗文考论》，北京：中国社会科学出版社，2005，第461-462页。

不用媒，不用猪羊不用酒，唱句山歌带妹回。”[1]“惟男女之事不甚有别”的壮族婚姻制度与习俗，与“父母之命，媒妁之言”的中原婚姻制度迥然不同，这正是精英文化与民间文化、中原文化与少数民族文化、官方文化与民间文化、男权文化与女权文化等多重文化主体之间发生冲突乃至对抗的焦点。有鉴于此，赵翼“在镇安欲革此俗，下令凡婚者不许异寝。镇民闻之皆笑，以为此事非太守所当与闻也。近城之民颇有遵者，远乡仍复如故云”[2]。这种婚后“异寝”的婚俗就是所谓的“不落夫家”，即“其俗成婚虽早，然初婚时夫妻例不同宿。婚夕，其女即拜一邻妪为干娘，与之同寝。三日内，为翁姑挑水数担，即归母家，其后虽亦时至夫家仍不同寝，恐生子则不能做后生也”[3]。“不落夫家”期间，新娘偶尔以“帮工”为名与新郎相会。新娘长住娘家的时间，取决于怀孕生子的早晚，短的一两年，长的十年八年。“不落夫家”被认为是“对偶婚向一夫一妻制过渡的一种家庭婚姻形式，反映了母系制对父系制的顽强抵抗”[4]。壮族相对自由的婚姻制度与习俗还体现在“拜同年”“以唱歌作良媒”“男固可以娶妻，女亦可娶夫”[5]等习俗上。某些壮族聚居地区自古盛行并延续至今入赘“娶夫”婚俗与不落夫家一样，历来被看成是对“母权制”的一种历史记忆。具体而言，它是“女娶男嫁、夫从妻居”，是壮族由母系向父系过渡的婚俗。这表明妇女在婚姻方面尚有一定的主动权，是与封建夫权制水火不相容的。壮族聚居地区对鳏寡者再婚也是比较宽容的，如“民国时的《武鸣县志》所概括的‘男不以悔婚为非，女不以再醮为耻’。而据《镇安府风俗考》记载：‘本府……正月男女抛球答歌，渎戏婚娶，不分亲疏，惟随所欲，稍忤其意，砍木刻，为离书，各自改配。’”[6]这些婚俗既是男女婚姻自主的表现，也是婚姻

① 潘其旭：《壮族歌圩研究》，南宁：广西人民出版社，1991，第 268 页。

② 梁扬、黄海云：《古道壮风：赵翼镇安府诗文考论》，北京：中国社会科学出版社，2005，第 462 页。

③ 梁扬、黄海云：《古道壮风：赵翼镇安府诗文考论》，北京：中国社会科学出版社，2005，第 462 页。

④ 潘其旭、覃乃昌主编：《壮族百科辞典》，南宁：广西人民出版社，1993，第 372 页。

⑤ 潘其旭：《壮族歌圩研究》，南宁：广西人民出版社，1991，第 265 页。

⑥ 罗志发：《壮族的性别平等》，哈尔滨：黑龙江人民出版社，2007，第 46 页。

容易破裂的表现。很多学者认为传统壮族社会是不成熟的壮族父权家长制，这与中原“夫有再娶之义，妇无再嫁之文”①的婚姻观念完全不同。壮族先民为西瓯、骆越人，“这种婚姻家庭制度，到秦汉之际，仍占主导地位。这种婚俗，同已经进入封建社会的中原华夏民族的婚姻家庭制度自然背道而驰”②。正是这些歌俗与婚俗维持了歌圩文化的生存与发展。在中国历史上，自汉以降，几乎所有的封建王朝都禁止“不落夫家”等婚俗，即使并不尊奉儒家思想的秦朝为了巩固王朝统一，对少数民族的风俗习惯也实行过改革政策。公元前210年，秦始皇在左丞相李斯和少子胡亥的随同下，巡行到今之浙江绍兴，登会稽山，祭大禹，并于会稽山上刻石留念。在会稽山刻石中，秦始皇针对当地经济、文化和风俗比较落后，男女间关系较乱的情况特别指出：“饰省宣义，有子而嫁，倍死不贞，防隔内外，禁止淫泆，男女洁诚，夫为寄豭，杀之无罪。男秉义程，妻为逃嫁，子不得母，咸化廉清。”③由此可见，对违背华夏伦理道德观念的行为，秦始皇是用“饰省宣义”的教化办法达到“咸化廉清”。“不管秦始皇及以后历代封建统治者，对瓯骆民族的传统婚姻家庭制度采取怎样恶劣的政策，这种传统的婚制还是或强或弱、或多或少地在其后裔民族中保存下来。尤其是‘女娶男嫁，夫从妻居’的婚俗，即‘入赘婚’婚俗，至现代，有的边远地区，竟占同期结婚总人数的一半以上。”④1936年，广西省政府颁布“改良风俗规则”，仍把歌圩列为“陋俗”。“凡麇集歌圩唱和淫邪歌曲，妨害善良风俗，或引起斗争者，得制止之；其不服者，处以一元以上五元以下之罚金，或五日以下之拘留。”⑤

无论是“对歌择偶”“绣球传情”，还是其他恋爱交往形式的婚俗，起作用的主要是个人表现和两情相悦，传统壮族婚俗有不少“男女平等”的意义，在某种场合下，男子很多时候还是配角，“女权”得到充分展示和体现。

---

① 转引自罗志发：《壮族的性别平等》，哈尔滨：黑龙江人民出版社，2007，第45页。

② 张声震主编：《壮族通史》，北京：民族出版社，1997，第188页

③ 司马迁：《史记》，北京：中国友谊出版公司，2004，第41页。

④ 张声震主编：《壮族通史》，北京：民族出版社，1997，第189页。

⑤ 转引自农学冠：《刘三姐文化初论》，载于潘琦主编《“刘三姐”文化品牌研究》，南宁：广西人民出版社，2002，第87页。

所以,“歌圩”中的男女欢会,唱歌为乐、以歌交情的风习,在历代的封建统治者的观念中,就是“苟合”“淫亵”等,歌圩的择偶功能,很早就被中原封建统治者列入“淫佚”之中。但中原王朝鞭长莫及,这些婚俗在某些民族地区仍延续至今。秦始皇统一岭南后,设置了桂林、南海、象郡,但只是控制一些交通要冲和军事据点,汉武帝平定了南越王赵佗建立的南越国,郡县制度逐步严密,但对岭南的民族地区,尚采取“以其故俗治”的措施;东汉王朝亦认为“自古圣王不臣异俗”,“是故羁縻且绥抚之”。这说明当时岭南的少数民族,尚难以接受封建制的“王化”。至唐宋之际,桂西壮族聚居地区仍作为“羁縻州峒”,与封建王朝建立一种依附关系,实行土官制度,“推其雄长者为首领;籍其民为壮丁”;由朝廷把土地赐给土官,并规定其世袭统治地位,出现了庄园形式的领主经济,开始向封建生产关系转化。明代之后,广西部分地区“改土归流”①,中原封建文化的影响进一步强化,封建统治者在壮族聚居地区推行封建礼教,传统习俗虽在那些“穷乡下邑”仍然保持强大的势力,但总体上还是男权和父母包办逐渐取得了优势。统治阶级实行民族同化政策,歌圩习俗虽然没有因封建文化的冲击而消失,但“父母之命,媒妁之言”的封建婚姻制度日渐代替传统的“倚歌择偶”。“壮族的婚姻形式基本实行自由恋爱和父母包办的双轨制,所以男女青年虽然婚前有社交自由,但双方即便情投意合,也需征得父母的同意才能结婚。”②这既是壮族社会自身演变的产物,也是中原强势文化改造的结果。

二、多功能混融的歌圩文化

歌圩是特定历史生活条件下形成的复杂的混融性文化节日。节日礼俗是生活的范式,礼俗活动是符号化的民生诉求,是一种仪式性的社会活动。礼俗符号包括实物符号、行为符号、抽象符号、艺术符号等。歌圩中的

---

① 改土归流:自明代中叶以后,中央王朝开始在广西等少数民族地区废除世袭的土司制度,派遣有一定任期的流官管理地方事务。

② 罗志发:《壮族的性别平等》,哈尔滨:黑龙江人民出版社,2007,第 35 页。

青年男女对唱、抛绣球活动等构成了歌圩的系列符号。我们可以通过分析歌圩这一符号系统的能指(歌圩的节日、仪式、活动等表现形式)与所指(节日的人文意义)来破解其潜藏着的文化密码。

“仪式是由‘象征符号’、‘象征意义’和‘象征方式’三个方面有机地组织起来的一个结构体。这三个方面相互关联、相互依存、不可分割。”①仪式执行者本身既是表现者、传达者,又是符号的接受者和解释者。“仪式不仅是对社会需要的回应,更是人类创造意义的行为。”②一个仪式,就是一个充满意义的世界。仪式是通过象征来暗示、代表一个远远超出其自身含义的大事物,用人可感知的具体物象来暗指某种抽象的、不能感知的人类情感或观念。这正如弗莱所说的:“某些原型如此深深地植根于程式化的联想,以至于它们几乎无法避免暗示那个联想。”③源于原始宗教信仰的歌圩通过一定的礼仪形式才能表现出神圣性,它本质上是程式化、规范化和制度化的文化活动。神话与仪式的共生是人与“神”之间的一种沟通方式。仪式活动总是群体性的活动,通过群体对宗教经验的重演把个体与群体的力量和慰藉沟通起来。仪式具有文化濡化的作用,能够起到传承文化的功能。具有共同关注的情绪和观念的集体仪式,通过规范化的行为模式和统一的仪式活动,增强群体内部的共同的集体记忆、联系和内聚力,并从根本上起到强化与巩固信仰的作用。

歌圩为何总是在春秋两季的荒山野岭举行,为何总伴有各种宗教巫术仪式?总是以男女对唱为主?广西巴马的老人们说,过去三月三要祭祖,一般在初三前后的四五天内就会下雨。歌圩唱歌的日子也有相应的禁忌,巴马一带三月三歌节到谷雨为止,过了三月不许再唱歌。

首先,歌圩的男女对唱是有原始宗教观念基础的。“在壮族先民看来,世界万物都区分为‘波乜’(公母)两性类别互相对立又相互联系,万物发展变化都是依照‘波乜’(公母)相配的规律来进行,形成了万物‘波乜’

---

① 薛艺兵:《神圣的娱乐——中国民间祭祀仪式及其音乐的人类学研究》,北京:宗教文化出版社,2003,第35页。

② 维克多·特纳:《象征之林——恩登布人仪式散论》,北京:商务印书馆,2006,第3页。

③ 诺思罗普·弗莱:《批评的剖析》,天津:百花文艺出版社,1998,第104页。

(公母)观。”[1]传统壮族的歌圩,每年有数次定期的民歌集会,如正月十五、三月三、四月八、八月十五等。举办歌圩的时间主要在春秋两季,春季“三月三”为最盛;秋季是中秋节最隆重。“据材料介绍,传说壮族创世女神姆(姝)洛甲的女阴是一大岩洞,壮族先民就是从岩洞里出来的。后人为了纪念姆(姝)洛甲的创世生育之恩,以后逢年过节就聚集到岩洞里对歌娱乐。”[2]这反映了原始先民的穴居遗俗。歌圩举行时,有道公打醮、巫师跳舞等宗教仪式。广西德保、靖西一带的民间说法是,歌圩之所以盛行不衰,其原因之一是会唱山歌的男女青年越多,农事生产就越丰收,这也反映了南方农业民族的生产生活特点。桂西部分壮族聚居地区的歌圩以前还伴有自由狂欢活动。但在古代先民看来,这些活动是促进人类繁衍和农作物丰收的巫术仪式的基本组成部分。新中国成立后,一些边远地方每逢歌圩日,各村屯的青年男女都盛装打扮,三五成群地聚集在山坡、街头对唱山歌,物色意中人。中国古代中原居民,素有祭祀“高禖”,以求得是年谷物丰收和人类繁衍的习俗。“中春之月,令会男女,于是时也,奔者不禁。”[3]《礼记·月令》篇有详细记录:“是月也……乃礼天子所御,带以弓韣,授以弓矢,于高禖之前。”[4]这类活动“无不渊源于农业生活的变化,即因二月为农耕之始,所以在此时会和男女,祭祀高禖,拔禊求子”[5],“遂演成一系列的礼俗,自远古以迄于今”[6]。封建时代歌圩之所以被责以“风流歌圩”等,当与这种遗俗有关。东兰、凤山一带的“蛙婆歌圩”就带有明显的宗教性功利目的,具有浓郁的自然崇拜、图腾崇拜、生殖崇拜的遗风。东兰人把青蛙奉为“雷婆的女儿”、掌管人间祸福的“天女”(即天上女神);而凤山人则说青蛙是“雷王的儿子”,每年跟着雷王到地上来“收云雨租”,充当求雨祈年的传话使者。歌圩活动有两个部分:一是把青蛙作为牺牲来祭祀;二

---

① 张声震:《壮族历史文化与〈壮学丛书〉——〈壮学丛书〉总序》,《广西民族研究》2003年第1期,第45页。

② 蒙宪:《歌圩壮称的语言民族学探讨》,《民族研究》1988年第3期,第39页。

③ 崔高维校点:《周礼·仪礼》,沈阳:辽宁教育出版社,1997,第25页。

④ 崔高维校点:《礼记》,沈阳:辽宁教育出版社,1997,第51页。

⑤ 孙作云:《诗经与周代社会研究》,北京:中华书局,1966,第302页。

⑥ 孙作云:《诗经与周代社会研究》,北京:中华书局,1966,第329页。

是举行青蛙放生仪式以后男女对唱情歌。对此潘其旭认为，蛙婆歌圩是“村寨的全体成员开展宗教活动，联合举行崇蛙的传统祭祀仪式”①。歌圩举行的地域为旷野，也正暗合了行为与歌词之自由放纵。这反映了歌圩来源于原始宗教。原始宗教主要表现为图腾崇拜、生殖崇拜和自然崇拜，原始人类的生殖崇拜是一种遍及世界的历史文化现象。起源于史前阶段的生殖崇拜乃是人类一切崇拜中最根本的崇拜。壮族歌圩歌舞娱乐和男女两性关系应是史前宗教祭典中不可缺少的宗教仪式的一部分。这种宗教仪式性质的对歌活动都是在农历春月和秋收之后进行，主要出自“会歌则年岁丰佳，人无疾病”的目的。男女青年相聚野外，通过歌声合欢相悦的做法，是一种祈求风调雨顺、农业丰收的巫术之一，这种巫术在古今中外的一些民族曾虔诚地施行过。壮族在古代是典型的农耕民族，人畜兴旺的殷切希望都寄托在原始宗教和巫术上，其是用来进行人类自身生产的“种的繁衍”的婚姻形式。壮族这种群婚残余与生殖崇拜文化的原始宗教和巫术有着千丝万缕的联系，娱神择偶是密不可分的统一性活动。概而言之，“春祈秋报”的歌圩是原始文化与农耕文化的融合。“一是为了祷祝维持生存的物质生产即粮食作物的丰收，二是为了祈求自身种族的延续继承即子孙后代的繁昌。而这种古老的仪俗，又通过群体歌唱和男女欢会的形式来体现，它与氏族社会的生产关系和生产人的关系（即婚姻关系）相适应。”②

随着社会的发展，这种原始宗教仪式性的群体歌舞由“娱神”向“娱人”过渡。“直到现在，仍盛行于广西钦州一带的‘跳岭头’习俗……包含双重文化内容，一种是巫化的边鼓边跳，具有娱神性质；另一种是群众的自由歌唱，具有娱人性质，是歌、鼓、舞向清歌互答发展的过渡阶段残存的一个例证，也是保留至今的壮族歌圩原始形态的活化石。”③原始祭祀仪式是舞祭和歌祭合一，后来，有的祭祀仪式的舞祭淡化或变异，有的祭祀仪式

① 潘其旭：《壮族歌圩研究》，南宁：广西人民出版社，1991，第111-112页。

② 潘其旭：《壮族歌圩研究》，南宁：广西人民出版社，1991，第247页。

③ 潘春见：《歌墟源流——壮族歌圩与其他民族歌场之比较（一）》，《广西民族研究》1995年第4期，第82页。“墟”，原文如此。

“歌”与“祭”趋向分离，祭祀之后人们就自由对歌，特定的祭期和祭地遂成为人们一年一度欢聚唱和的契机。壮族的歌圩就是在这样的历史文化背景下逐渐发展而形成的。从宗教原始仪式分离出来后，歌圩突出了择偶功能和娱乐功能。男女欢会和交情结缘的基本内容使歌圩相对稳定地世代传承。由于壮族聚居地区各地发展不平衡，因此歌圩保留着不同历史阶段的婚姻习俗惯制。由于古代壮族没有文字，许多历史文化是通过口头传承的。歌圩以男女对唱山歌为主，随着社会的发展，歌圩的文化功能越来越突出，活动内容越来越丰富，除了男女对唱，还有抢花炮、演戏、杂技和武术表演、舞彩龙、舞彩凤、斗蛋等活动以及商品贸易。步入文明社会后，很多地方歌圩的原始娱神习俗逐渐消失，歌圩活动成为广大人民群众的文娱活动。“仲春三月，奔者不禁”的情况不复存在，这也是中原王朝封建礼教日渐渗透壮族社会的结果。歌圩唱的不仅是爱情歌，还通过盘问等形式（盘歌对唱）唱历史歌、传统故事歌、生产歌、风俗歌，以及其他有关政治、经济、天文、地理、生活常识等内容的歌。这是一个典型的学习过程，既学文化，又学许多专门知识。歌圩歌唱内容包罗万象，使人们了解农业生产和社会生活的知识。许多天文地理、历史故事、民间传说通过歌圩得以代代相传，歌圩继承了民族民间的优秀艺术遗产。通过歌圩活动，人们获得了各种知识，丰富了生产生活的经验。这就是歌圩的社会教育功能，而歌圩的择偶功能仍然很突出。“斗蛋”就是来赶歌圩的男女青年，都带有一二十只染成各种色彩的熟蛋，双方各持彩蛋一只，以尖头互相对撞。其意是卜测吉运。若双方的蛋都同时碰破，则象征命运相连，可以结交姻缘。抛绣球是壮族青年男女传情求偶的一种风习，又是传统的娱乐活动形式之一。所谓“绣球”，是壮族姑娘用各种颜色的绸缎或花布，内包裹豆粟、棉籽等物，制成球体或方形、菱形、鱼形等各种形状，大的如拳，小的如蛋，上端系一根飘带，下端连一束彩丝带子，十分精致。此俗由来已久，据宋代周去非的《岭外代答》，古越人“上巳（三月三），男女聚会，各为行列，以五色结为球，歌而抛之，谓之飞驼。男女目成，则女受驼，而男婚已定”[①]。这

① 周去非：《岭外代答》，上海：上海远东出版社，1996，第263页。

"飞驼"就是绣球。绣球是歌圩中最具特征的符号。"壮族抛绣球传情、求偶可说是反映农耕文化特点的一种风俗,其目的和功能是祈求农业的丰收和人类自身的繁衍增殖。"[①]绣球后来演变成壮族男女表达爱慕之情的信物,其艺术性、娱乐性的审美价值日益增强。抢花炮是歌圩中的一种竞争性的活动形式。"它源于古时的放炮还愿酬神仪式","谁拾得花炮(即铁环),就会获天神赐福,五谷丰登,人畜兴旺"。[②] 原来歌圩是有节期的,后来婚嫁、满月、新房落成等喜庆吉日也都形成歌圩,娱乐功能越来越突出。所以说,歌圩是一种多功能综合性的民族文化传承事象,是壮族民间传统文化活动的场所,也是男女青年进行社交的场所。歌圩歌唱内容的丰富性及其艺术表现的审美价值越来越起主导作用,满足了人们在求知、教育、审美等精神生活方面的需要,由此歌圩也就成为壮族最富有特色、最有影响的文学作品即民间诗歌的自然载体。从隋朝以后,在壮族部落或部族当中,由于已有人专事宗教活动,歌圩从原来的宗教祭祀歌舞中独立发展出来。"我们之所以说'歌仙刘三姐'的产生是'歌圩'形成的标志,正是因为古代的群体歌唱活动已从原始祭祀仪式分化出来,开始形成以对歌娱人为主体的文化活动形式。"[③]歌仙刘三姐与刘三姐歌谣,就是建立在壮族传统歌圩习俗的基础之上。刘三姐象征符号因表达原始的宗教观念而产生,人们通过一次又一次的祭祀与歌圩活动,在人神沟通的祭拜活动场景中,自然地流露出虔敬的感情,进而出于对刘三姐的崇拜与依赖之情,把她神圣化。作为"歌圩女儿"的"刘三姐"是歌圩习俗的象征符号,被赋予歌唱的神圣意义,与人们的日常生活的情感交流有着密切的联系。从刘三姐传说表象来看,刘三姐是歌仙,是民间将唱歌神圣化的一种表现,是在歌圩这种社会文化习俗中被虚构出来的人物。在人们遵循各种歌圩规则与禁忌的同时,族群成员关于刘三姐的思想观念在日常生活和祭祀中不断得到强化。刘三姐歌仙的产生以及刘三姐歌谣的盛行作为壮族实践经验的体现

---

① 李富强:《抛绣球:反映壮族农耕文化特点的风俗》,《农业考古》1997 年第 3 期,第 162 页。

② 潘其旭:《壮族歌圩研究》,南宁:广西人民出版社,1991,第 230 页。

③ 潘其旭:《壮族歌圩研究》,南宁:广西人民出版社,1991,第 234 页。

和壮族社会的一种表征,整合着人们生活的方方面面。

总之,传统歌圩文化是原始宗教文化、生殖文化、女神信仰文化、农耕文化等多种文化混融的文化,并与婚姻制度紧密相连,具有心理调适、倚歌择偶、文化传承、娱乐等多样性的功能。

三、歌圩的规则与禁忌

审美人类学是人类学研究由传统的对政治、经济、社会、婚姻、家庭、亲族制度等的研究进一步触及审美现象和艺术领域的研究。人类学研究表明,在人们"以什么为美"以及"如何表现美"的方式上存在着很大的文化差异。在不同的文化体系中,人们的审美价值是不同的。这些审美差异产生的主要原因是审美与艺术制度对审美与符号在不同的文化语境中隐藏着不同的被社会约定的规则与禁忌。制度不仅包括正式规则、程序和规范,而且包括为人的行动提供"意义框架"的表征系统、认知模式和道德模式等非正式制度,意识形态则处于制度的核心地位。审美与艺术制度规则不仅包括观念、符号、资本等制度的隐性存在形式,而且包括界定艺术的体制性机制,主要包括国家及社会制度,神圣化或认可机制(如博物馆、剧院、音乐厅、艺术馆、学院、出版社等),生产者和消费者的再生产机制(如书店、传媒、广告、公司等),文化惯例和习俗(如传统节庆、仪式、禁忌、日常生活习惯等),以及由经纪人、批评家、收藏家等专业化代理人建构的批评机制等。审美制度作为意识形态的表达产物,其表达机制及效果还需要一个内在的结构模式加以保障,并且具有强大的群体性认同功能。这个内在结构模式就是文化变迁过程中的"情感结构",它集中反映了一代人在日常生活中所体验到的意义与价值,它与意识形态之间的关系表明了"客观结构"与"主观感受"之间的张力,突出了个人的情感和经验对思想意识的塑造作用,以及体现在社会形式之中的文本与实践的特殊形式。审美和艺术与日常生活、文化传统密不可分,审美活动和艺术的重要性不是体现在美和艺术远离人生的自律化自恋,而是体现在美和艺术的深入人生。审美制度的确立使社会生活中的人与人、人与社会关系的内容、本质更加清晰，是审美人类实践精神的集中表达。

歌圩后来发展成一种宗教仪式和审美活动的综合体，其审美制度表现为一套不成文的规则与禁忌。禁忌是一种不成文的社会规范，是社会控制的最原始的重要手段之一。它以制裁为前提，具有“准法律”的强制作用。从原始祭祀分离出来以后的歌圩，按场合地点或按时间、歌圩内容与形式可分为两种，一种是野歌圩，另一种是夜歌圩。野歌圩一般唱故事歌、盘歌、情歌等；夜歌圩一般习惯唱造屋歌、农事歌、花果歌、婚嫁歌、猜谜歌等。传唱之时都要遵守约定俗成的礼仪规范，不能瞎唱乱唱。特别是时政歌、仪式歌和情歌，在什么场合唱是有规矩的。进入文明社会的歌圩，男女社交和对唱已由一些相约成俗的习惯法规定，表现出一些由道德规范所形成的不成文字的习惯法。比如，赶歌圩的服装，妇女要分出已嫁未嫁或已有对象的记号，男子也有已婚未婚或已有对象的装饰。有些地方未婚或没有对象，已婚或已有对象，已婚并已有了孩子的妇女都有不同的发型。未婚妇女要有刘海覆于额上，已婚妇女则盘发髻于后脑勺，有对象的人则需将情人赠送的饰物持在手上。有的地方男青年只要看妇女的布鞋跟是否有红丝线刺绣的花草图案，就可以判断对方是否有对象。有了这些区别，在唱歌的时候就要注意能不能涉及谈情说爱的内容，如果乱唱，就会被人们认为不道德而被鄙视。壮族民间有一规矩：在家中父母及亲人面前，不许唱情歌，因为情歌都是用来表达爱情的。在桂西巴马、都安等地，每到歌圩前夕，邻近歌圩地点的村庄，男女青年们往往以村屯为单位参加活动。就梳洗打扮而言，特别是女青年，同一个村屯的要统一打扮，梳一样的发辫，系一样的头绳、花结，剪一样的刘海发式，包一样的花头巾，穿一样的上衣、长裤和花鞋。众人进入歌场，先游逛一番“物色”对象，然后入棚对歌。有的女坐一排，男坐一排，也有男女共坐一排，但保持一定距离。而同村的则不能相邀对唱，赛歌到情投意合时，双双对对可以离开人群到偏僻之隅谈情说爱。很多学者认为这是远古时代普那路亚婚姻的遗风。因为在古代，氏族或部落内禁止同族男女相互结婚，他们必须和别的氏族（部落）的异性结合，实行族外群婚。歌圩的对唱程序、男女组合对唱方法，服饰装束的身份标志等，保留了远古族外婚的残余。邕宁的“放球”“还球”歌圩，是村与村之间以彩球为媒介进行的对唱活动。歌唱时需在两村之间商定进行，且规定一方为男歌手，另一方为女歌手，主唱歌手配对进行，从女方歌手居主动地位来看，明显保留了远古氏族部落间相约互访、联娱交情以及远古族外婚的残余的痕迹。夜歌圩不但不能在野外，只能在村里，而且男女要有别，不能混杂在一起，一般都是女的在屋内或天井里，男的在屋外，双方隔着门窗或墙篱对唱，这是为了避免男女之间发生“越轨”的行为。这显然是受封建礼教规范所致。情歌对唱的程序是非常复杂而严格的。一般来说，从初交到初步确定恋爱关系，要经过引歌、初会歌、大话歌、初问歌、盘歌、赞美歌、追求歌、初恋歌、结交歌、定情歌、赠礼歌、嘱别歌等对唱阶段，各地略有区别。双方初次见面，首先唱“见面歌”（“初会歌”），互相了解对方的家庭住址、姓名、身份等信息之后便开始第二阶段的“求歌”，男方邀请女方对歌，女方若愿意，则开始和歌作答，这是“接歌”阶段；双方一问一答相互盘问以此来考验对方的聪明才智，这是“和歌”之后必经的“盘歌”阶段，若彼此倾慕便以歌暗示爱恋、互相赞美。对歌程式随着恋情的发展步步推进，逐渐加深，程式与恋情两条线索结合在一起，不可分割。男女对歌恋情具有随意性，但婚姻作为一种社会约定俗成的习俗，符合社会的规范。所唱之歌既生动地反映了壮族的文化心理、婚姻观念和社会生活风貌，也表现出鲜明的地域文化特色。

这些地方特色也表现在民歌曲调方面。在各个民族及方言区中，民歌在长期的群体唱诵的过程中形成一定的格律，形成自己特有的曲调结构和歌咏旋律，以相对稳定的形式咏唱传承，成为吟诵的依托。“仪式和艺术都是形式化的。动作——人们做什么——是规定好的，事件的顺序是结构好的，个体参与者的感觉情绪和解释因而也是被塑造的。”①壮族各地歌圩音乐千姿百态，其曲调均采用本地群众熟悉的山歌曲调，因而各地歌圩音乐均具有鲜明的地方特点和浓郁的民族风格，而各地的民歌曲调却相对固定，许多歌手解释说，这些曲调是祖上传下来的。民歌内容的丰富性与艺

① 埃伦·迪萨纳亚克：《审美的人——艺术来自何处及原因何在》，北京：商务印书馆，2004，第80页。

术流变形式的迟钝性，表现了歌圩对歌的文学性要比音乐性更重要，歌手更加看重对歌的内容而不是对歌的音乐。一般情况下，这些曲调仅仅在一个小的范围内流传，说明这些曲调是地方性族群所共享的。“民歌存在的基本条件是它的流行，也就是它立即被团体的成员所能接受的适应性。民俗艺术的聚合特性在于它的非占有性，因此无人会去考虑其原作者的一些个人情况。”[①]再者，民歌曲调是在人们长期的劳动、生活实践中形成的，人们经常是“以曲填词”，不但要符合曲调的格律，歌手们演唱时还要有一定的严格的音节和韵律的限制。所以说，这些曲调是程式化了的音乐结构。“程式是在相同的步格条件下为表达某一特定意义而经常使用的一组词。”[②]程式化的曲调，是经过世世代代流传而固定下来的程式化、规范化的歌唱形式。程式的一个重要方面是社会的或者文化的仪式，属于悠久的传统，通过长期的积累而获得，“是传统诗歌的惯用语言，是多少代民间歌手流传下来的遗产，对口头创作的诗人来说具有完美的实用价值，还包含了巨大的美学力量”[③]。口头传唱是民歌主要的流传形式，程式的核心在于“经常使用”或“重复出现”，歌者正是通过程式来编唱他的歌词，程式化的结果使人很容易循着共享的曲调编唱歌谣。程式化的特点为歌手的即兴创作与记忆提供了客观上的便利，对于边缘的少数民族来说，其族群记忆便主要依靠口耳相传、口传心授的方式，并以基于该方式的口头来传承，口头传唱的歌谣便是其文化特性与民族个性最突出、最集中的表现物与承载体。

原始宗教仪式被认为是一种系统性的符号活动，具有程式化的特征，形式的程式化使原始氏族传承其艺术有了可能。符号是程式的早期阶段，它是同一图腾集团的成员互相识别的抽象的视觉标识。原始祭祀的酬神歌唱作为程式化的仪式，为了娱神，要边唱边跳，人们在祭祀中形成了很多固定的程式。在祭祀的过程中，神歌的演唱是程式化的，产生了一套程式化的歌词和歌调，它是被传统固定下来的、规范化了的行为方式。而神歌

---

① 阿诺德·豪塞尔：《艺术史的哲学》，北京：中国社会科学出版社，1992，第 291-292 页。

② 尹虎彬：《古代经典与口头传统》，北京：中国社会科学出版社，2002，第 103 页。

③ 尹虎彬：《古代经典与口头传统》，北京：中国社会科学出版社，2002，第 104 页。

的程式化与仪式程式的对应关系一旦大体定型，后人只要按传统规定下来的语言方式吟唱就行。仪式从表面上看也有一些规定，祭祀程式是由各种不同的行为组合而成的一组行为系统，仪式举行过程中的一些程式化的行为也帮助人们记住神歌。歌圩从娱神走向娱人，人们转而开始注重审美观念和审美情感，歌唱的艺术性、娱乐性的审美价值日益增强，而祭祀歌调成为带有普遍性的程式化的曲调。这种程式化曲调是特定的历史文化的积淀，它的形成受民族、地区、文化传统和审美观念的制约，成为约定俗成的程式化审美符号。由于歌圩功能从娱神转变为娱人，程式化曲调作为娱神的仪式符号在原始祭祀中代表什么意义已经不再重要，从而获得了审美意义上的价值独立。

❖ 第三节　歌仙:走下神坛的刘三姐 ❖

一、跨文化视域中的审美实践

“同声相应,同气相求”,这句俗语隐含了人类审美实践具有的一种特征:通过流动性、弥散化的互通与关联来弥合不同主体分裂或对立之间所存在的距离而获得一种精神趋同性的模糊的精神体验。文化差异与精神体验关联是审美交流中互相纠结的常态话题。审美是一个充满矛盾的复杂概念。首先,从审美发生的角度来看,不同文化语境中以习俗、惯例、仪式、禁忌等为标志的地方性传统文化成规隐藏着不同的审美制度,“规定”了不同的审美意义和内涵,影响着审美个体的审美观念、审美选择、审美价值与表现方式等,造成了彼此不同的审美经验。其次,人的审美感受是以个人的感受为基础的,审美主体的主观审美体验在审美过程中始终起着主导性的作用,不仅审美主体难以体验审美对象的全部意义,而且个体在不同时代、不同情境的审美观念与审美趣味也会改变。最后,作为审美对象的审美符号是包含多种复杂含义的综合体。人们在审美活动中,审美对象给人带来的审美感受和审美经验是很复杂的,不同的主体对同一审美对象也会形成不同的体验与理解。这些都不可避免地给人们的审美需求和审美交流带来困难。

审美形象所具有的相对独立的审美意义以及共同美感,是建立在人类长期的社会生活的情感体验和形象体验的历史积淀过程中的。审美是一种生命体验方式，它对人与自然关系的领悟、对人类生命存在意义的追问是一种超越了人们当下理性秩序和功利目的的情感体验和精神享受。普遍性的情感联系和审美需要形成了跨文化审美实践的基础。跨文化审美实践聚焦于不同审美文化的对话过程。对话要求克服自我中心论，着眼于多样性文化的互补状态，承认不同文化、不同时代中的审美价值的平等性，意识到不同民族和地区的审美文化都具有同等价值的审美观和美学形态，审美对话有利于促进不同审美文化多元共生的和谐并存。这种对话是一种理解的过程，不同文化在进行审美对话的同时，也在进行着审美理解。从认识论层面来看，跨文化审美实践蕴含了比较中求同一的理念，引导着我们探讨不同民族的审美共性。

文化交流虽然可以促进文化融合，缩小不同文化的差异，但是在任何形式的文化交流中，不同文化的参与是不完全平等的。政治经济的不平等必然导致文化之间的权力差异，使得强势文化在交流过程中取得优势，而弱势文化则往往有失去自身特色、被同化的可能。审美活动同样隐藏着文化权力斗争和权力运作。在跨文化审美实践中，文化差异不仅意味着等级和权力，更意味着不同的阐释意义。在复杂的跨文化审美实践中，审美活动的“我者”与“他者”交往活动是跨文化交往的核心问题之一。

审美活动总是处于特定的历史情境中，不同文化态度的民族或个体，形成了不同的审美观念。不同语言中的专有名词更具文化符号意义，其不可通约性和文化流失现象因观念不同而造成审美意象的弱化或改变更加突出，反映了人们所处的文化背景和社会环境转化为语言文化符号的差异，进而受不同文化主体民族心理状态的影响，无疑会造成文化的流失。在审美习俗方面，带着不同习俗的人极有可能套用自己的民族文化去理解带有其他民族文化特色的审美意义。不同地域文化的独特性也决定着在传播文化或者接受外来文化时，人们有选择地利用或吸收会造成文化意义的扭曲或流失。除了情感流失，审美习俗差异和各民族之间的地理位置、生活习俗、文化传统等差异还会造成意义流失。“十里不同风”，文化习俗的差异造成了明显的文化传播障碍。由于语言、地域、文化、民族心理及审美价值的差异，两种审美符号之间的语言、美感、文化方面的转换往往体现出跨文化审美主体的意义建构，这也有可能加深了文化差异。

跨文化审美交流过程中，来自不同文化认知体系、规范体系、社会组织、物质产品、语言符号与非语言符号系统的相似与不同混溶在一起，其文化不可通约性是显而易见的。由于各民族悠久的历史文化、神话传说、历史事件等都是构成独特文化意义的因素，因而人们表达思想感情的方式也就丰富多彩。因文化传播方式与传播媒介不同，审美交流有“在场”与“不在场”之分。人、书籍、器物等交流载体不同也会导致文化的流失。人们的思想、感情、认知、行为、宗教信仰等因素导致人们在交流与解读解译的过程中不可避免地出现偏差、歧义。由语言结构包容在内的精神气质如意境、神韵、气势、情态、韵味、风貌等非物质形态的、非直观的审美要素，构成很高的审美境界，具有重要的审美价值，含有语言信息以外的美感因素，不同语种的读者除从中获得美的享受外，还能得到道德的熏陶、求知欲望的满足。人们的非语言交流，即语言交际行为以外的所有交流行为，如身体动作、面部表情、空间利用、触摸行为、声音暗示、穿着打扮和其他装饰等许多方面，同样包含着文化元素及审美情感成分。由于受到审美情趣、艺术气质以及所处文化范式、审美标准和文化价值取向等的影响，审美文化交流涉及多种文化的深层次转换，每一种文化相互作用的强弱程度不同，会导致文化因子转化过程中的文化流失、文化过载和文化沉降等。就广西壮族聚居地区传唱的山歌而言，各地壮族山歌的体式、曲调、唱法、格律、押韵等都不一样。壮语山歌有散歌、勒脚歌、组歌、排歌和长诗五大类。把壮语山歌翻译成汉语山歌时，因为有不少壮语形容词和动词无法准确地用汉语翻译，所以只能把大概意思翻译过来。汉语山歌是比较单一的末字押韵。由于词语之间的等值翻译很困难，不同语言的歌咏旋律更是难以移植到另一种文化中，因此跨语际审美交流的意义流失无疑是很明显的。

人类文化的类型多种多样，因而在跨文化交流的文化解读中，人们对一种文化符号的理解往往是依据自我心理去构建文化符号的意义。就跨文化审美交流而言，某个审美符号一旦脱离具体生成的地方性文化语境，进入另一种文化语境之后，剩下的就不过是一具空洞的艺术形式躯壳，切断了这个符号与社会意识形态、政治、伦理、历史、现实乃至原作者、观者、复制者、改写者、反文本、伪文本、预文本的一切联系，来自异质文化的人们就可能对这个审美符号产生文化误读。在跨时空、跨民族、跨语际的审美实践中，审美符号传播和接受所经历的筛选、改造、移植、渗透、变形等一系列的合力作用，是一种文化间性的开放对话和创造性的意义建构。

根据接受美学的理论，任何文本都存在不确定性和空白，读者也存在期待视野以及前理解。由于审美经验、生活阅历、认识水平的不同，读者不可能实现与作者根据其体验写出的作品的原意完全重合，读者解读的结果往往是作品多种潜在意义的某一种或几种选择。读者与作者的意图、作品的意蕴及其艺术价值发生冲突，便产生了误读。时代背景与文化主导思想的改变也会产生误读。误读的过程也是读者在与文本的对话中重新构建文本意义的过程，文本的生命力正在于读者在不断的误读中促进意义的增值，不仅体现出文本意义的新的生成，而且也能够折射出历史文化语境的演变与人们价值体系的重构。

文化误读也可能导致一些思想偏离和谬误，给不同文化背景的人们之间进行跨文化交流带来障碍，只有在知己知彼的文化观照中，交流双方都平等参与到文化意义的建构中，才能推动跨文化审美实践创造性地进行。这种文化交流使得文化意义的建构不仅是一种历史纵向的意义延展，而且是一种本文化和异文化在相互理解中达成的视野融合，又以创造性的理解和解释参与传统的进化，使其获得新的意义。跨文化审美实践要符合艺术审美规律，创造出一种新的、有价值的审美的意义，重要的是文化交流双方思想与方法论的使用和文本自身的属性应是融合的。

文化增值是一种文化的再生产和创新。由于先进传播媒介的使用、传播时间的缩短、文化交流的繁荣，文化传播超出特定区域，衍生出一种新的价值和意义。[①] 文化增值存在于社会互动和群体参与的整个社会文化活动过程中，是对象、主体、对象与主体之间关系的系统组合所带来的量变和质变，文化增值因而是对象、主体、对象与主体之间关系循环的过程，是人造文化、文化造人的人与人之间共存关系之内的一种文化互动现象及文化

① 周毅：《传播文化的革命》，杭州：浙江人民出版社，2001，第3-4页。

自身相互作用的结果，文化的价值和意义在这个循环中不断丰富和沉积。作为文化受体的一个民族学习、吸收、借鉴其他民族文化的过程，也是自己的文化被其他民族学习、吸收、借鉴的过程。不同民族群体和个人之间的跨文化实践具有促进不同文明和谐相处、互通有无、相互补益、共同发展的对话性质，他们在保持自己文化边界的同时又通过跨越边界的交往实践认识和吸收其他民族的文化。所以，交流与对话在涉及不同文化之间共同关心的行为准则问题上是一种双向性影响的辩证关系。

在审美文化方面，文化增值不仅创造或应用了不同的全新的艺术形式和种类，而且随着多元化文化的发展，一些审美符号能够成为多民族共享的文化符号。审美文化表现出的共性正是全人类共同拥有的具有超越性价值的共享文化。共性使文化的对外传播成为可能，个性、差异则赋予这种文化传播和交流以价值和意义。审美文化交流之所以往往成为不同文化形态在文化交往过程中的共同点、联系点和生长点，成为能够彰显人类共享文明成果的共享性需求，是因为审美文化作为对人类生命体验的趋同性感悟，是一种能够引起不同时代、不同地域、不同种族、不同文化的人或民族共鸣的跨文化的共享文化。跨文化审美实践可以超越人们在地域、环境、经济、文化、教育、职业、民族甚至是宗教信仰上的差别，表现出精神和心理层面上的稳定性、内聚性、亲和性。跨文化审美实践，意味着人们可以更多地在多样化文化模式的不同思想、艺术和风格等方面受益，丰富文化生活，同时也意味着可以承担起更多的发展多样性和多元文化的责任。跨文化交往不断增强，多元文化共生、共存和互补日益成为人们的基本共识。努力扩大不同文化的共享的话语，建设尊重多元、消除差异、凝聚共性、平等对话与互惠共生的共享文化，具有重要的区域性乃至全球性意义。

二、壮族歌谣的跨文化传唱

刘三姐是壮族歌圩的女儿，这位能歌善舞的“歌仙”是广西的文化形象。跨民族传唱且文本化了的刘三姐歌谣一直以来都是汉语歌谣，为什么被认为是壮语歌谣？壮语歌谣转换成汉语歌谣，刘三姐歌谣及刘三姐形象发生了什么样的变化？要探讨这些问题，就要从跨民族、跨语际的审美实践去观察审美文化交流是怎样进行的。

1959年5月，广西“柳州市《刘三姐》创作组”部分成员前往传说中刘三姐故乡的宜山（今宜州）、罗城采风，“凡有关刘三姐的传说，不管现在能否用得上，应有闻必录，不漏只言片语；凡当地群众口传习诵的山歌和民谣，不管其思想内容如何，都要一字不漏地记录下来”①。创作组采集到的刘三姐歌谣都收入1996年出版的“刘三姐丛书”中的《刘三姐山歌集》。2010年9月13日，在宜州文化馆，正在整理“刘三姐壮族歌谣”的63岁刘三姐歌谣传承人壮族歌师莫仁禄先生，从保存已久的古壮字手抄本中为笔者把几首壮族刘三姐身世叙事歌谣翻译成汉文：

古壮字歌词：	汉译歌词：
芶绕邛其盆	青藤在那起，
芶门邛其起	薯藤那里出。
老班亇班你	前朝到如今，
扶尔知口欢	哪个造唱欢？②
老班伝拉伶	老班人也伶，
知口情斗腊	会传情歌玩。
台看刘三达	前朝刘三妹，
讲话之盆欢	讲话就是欢。
歪委分口四	天上分成四，
夳地分口双	地下分成双，
咱知比要欢	谁先编成欢，
者地方热闹	给世间热闹？

① 邓凡平：《歌海遇仙记》，北京：中国戏剧出版社，2007，第29-30页。
② 欢：宜州壮语音译，是壮族民歌的一种形式，指曲调优美的山歌。

台看刘三达	前世刘三妹，
香腊奔地方	日玩在世间。
口牛肯地方	传情在地下，
伝仿累热闹	世间得热闹。

1998年出版的《宜州市志》记载，清道光八年（1828）《庆远府志》和1918年《宜山县志》均载："刘三妹[①]，相传唐时下枧村壮女，性爱唱歌，其兄恶之，与登近河悬崖砍柴，三妹身在崖外，手攀一藤，其兄将藤砍断，三妹落水，流至梧州，州民捞起，立庙祀之，号为龙母，甚灵验。今其落水崖高数百尺，上有木扁担斜插崖外，木匣悬于崖旁，人不能到，亦数百年不朽。"[②]壮族歌谣里的"刘三妹"就是"刘三姐"，俨然是创造歌圩、高居于天界的山歌"始祖神"。20世纪五六十年代民间文学采集者和"柳州市《刘三姐》创作组"采风小组采集到的刘三姐山歌以及1998年的《宜州市志》记载的刘三姐歌谣，均是"七言"的汉语歌谣，都没有古壮字刘三姐歌谣。当年"一字不漏地记录下来"的刘三姐歌谣显然忽略了壮语歌谣。宜州原市志办主任莫瑞杨先生也在整理"刘三姐壮族歌谣"，笔者就这个问题请教了他。他认为，当年民间文学的收集者如邓凡平等人多数为汉族人，都听不懂当地壮语，采集到的均是汉语山歌，而且，他们都没有采集古壮字手抄本歌书的意识。覃桂清先生在《刘三姐纵横》中记载广西有贵港、桂平、平南、容县、岑溪、玉林、罗城、宜山、柳州、梧州、苍梧、永淳（横州）、扶绥、合浦、东兰、都安、大新、马山、上林、环江、来宾、象州、金秀、融水、鹿寨、柳城、三江、蒙山、荔浦、阳朔、灵川、龙胜、桂林、灌阳、富川、贺县（贺州）、平乐、恭城、昭平、钟山等40个县市流传刘三姐传说。[③] 宜州这种情况在广西绝非特例，笔者以此推测，如果考虑到壮语山歌，这个数字恐怕就有所遗漏了。根

① "妹"壮语音读"达"，意为姑娘，亦为壮语未婚女性之意。

② 广西壮族自治区宜州市地方志编纂委员会编：《宜州市志》，南宁：广西人民出版社，1998，第714页。

③ 参见覃桂清：《刘三姐纵横》，南宁：广西民族出版社，1992，第61-78页。

据笔者田野调查以及罗宾2005年选编的《刘三姐传歌故事》中所收集到的刘三姐故事，就有邕宁、巴马、平果、武鸣、崇左、上思、钦州等县市是覃桂清先生所没有提到的。[①] 民间歌舞剧《刘三姐》执笔人之一、邕宁人古笛先生就说："从孩提时代我就听老一辈爷爷、奶奶们传说着歌仙刘三姐与秀才对歌的故事。"[②]越南的《高栏民歌》有大量关于"刘三姐"的情歌，传唱赞颂"刘三姐"的民歌就有30多首，不仅在内容上传承了壮族的历史文化，在形式上也保留了壮族民歌的传唱技巧和风格。[③] 因此，可以认为，刘三姐传说遍及广西各地，很难确定流传刘三姐传说县市的数目。笔者就此问题曾对覃桂清先生做过电话访谈，他认为，壮族部族繁多，以前刘三姐传说又不能登大雅之堂，遗漏是难免的。

刘三姐由壮语山歌中的"歌神"变成了"龙母"和汉语山歌中的"歌仙"，那刘三姐是怎样传歌的呢？壮语歌谣和汉语歌谣是怎样在互动中改写了刘三姐形象的？

壮族民歌浩如烟海，种类繁多，从内容和形式来看，主要有古歌、叙事长歌、生活歌、劳动歌、时政歌、仪式歌、情歌、童谣等。山歌作为一种民俗，承担的多是社会生活的世俗功能。《广西通志·民俗志》记载：

每当中秋节前后，本地女青年经常做催眠的玩意。在明月当空的晚上，众多女青年围着一个女青年，用布巾把她的头盖起来，然后围着她唱"娅敬"歌，唱得她昏头转向、胡言乱语的时候，便认为是"仙姑"附身了，于是人们开始向她卜问吉凶，久而久之，被捉弄的女青年有的便成为巫婆。过去，仫佬族有的人很相信"娅敬"的话，有什么疑难都去求她解决。"娅敬"是本民族妇女，几乎每屯都有一个。上述各民族巫婆，建国后经过土地改革、农业合作化等运动，破

① 参见罗宾选编：《刘三姐传歌故事》，北京，中国广播电视出版社，2005，第150-217页。

② 古笛：《"新""老"刘三姐之争　歌仙哪能不唱歌》，《中国民族》2001年第4期，第40页。

③ 参见吴盛枝：《越南高栏民歌与壮族文化的传承认同》，《河池学院学报》2007年第1期，第89-94页。

除迷信，到60—70年代，几乎绝迹。进入80年代，又有一些巫婆恢复活动。[1]

这就是广西壮族各地以及其他少数民族许多村寨都举行的祭祀月亮女神的活动。这种活动各地称谓不同，桂中、桂北一带称为“做娅敬”或“做月镜”，桂西一带称为“请囊亥”，都是汉译“请月亮姑娘”的意思。这是山歌风俗的一种表现形式，即“祭月活动”。“壮族虽与汉族及其他民族一样信仰月亮女神，但壮人心目中的月亮女神不仅是善之神，而且还是巫师神。”[2]壮族民间认为，月亮女神有超凡的智慧，能给人们预卜吉凶，能知卜者的过去，预测卜者的未来，也能给人以灵性。“请囊亥”的具体仪式是这样：

祭月活动一般从八月初十开始，二十日以前结束；时间的长短视内容而定，长的七天，短的仅在中秋节晚上举行。场地选在村头村尾比较平敞的露天处。场地中央设一供桌，桌上摆着以碗盛装的月饼、瓜果、蔗糖以及五谷苗（谷、麦、玉米、小米、稗子或黄豆浸泡发芽至一寸长左右）作为供品，并置放三或五个盛着清茶或糖水的小杯；桌子正前安放一只盛有白米的碗，用作香炉；左边竖一根木桩，顶端倒插一个柚子，上扎香火，称为“朝天香”；右边竖一高约一尺的树（或竹）枝，上扎彩花，谓之“果隆”，象征“社树”，亦作为月神下凡或上天的梯子。……月神便下凡附于一妇女（不限在场妇女）身上，是谓“替身”（如“替身”不出现，当晚活动便告结束，待来晚再唱）。……

同一次活动的“替身”，可能是一个，也可能同时两个。若是两个，则二者同在座席上，异口同声地唱歌，对答如流，这两人平时并

---

① 广西壮族自治区地方志编纂委员会编：《广西通志·民俗志》，南宁：广西人民出版社，1992，第376页。

② 曾杰丽、韦宗协：《壮族的女神信仰文化》，《广西右江民族师专学报》2001年第4期，第21页。

不相识，唱歌时亦不互相交流，却能唱出同样的歌词，令人费解。……据当地老年人言，自古至今，从未见过月姑娘（替身）的歌才输与众人，无论该替身平时会不会唱山歌，亦不论替身的年纪大小，平时口才如何。……①

祭祀月亮女神活动通常以自然村为单位，整个祭祀过程分为四个阶段，即请女神、神人对歌、神算、送月神等。“月神下凡”则是以“神魂附体”的形式表现。在“祭月请神”活动中表现出来的“替身”实为凡人。“通神”方式有二：一是附体；二是过阴或出魂。这二者在“祭月请神”中均有之。这种现象与柏拉图的“灵感说”颇为接近。柏拉图“把文艺看成是神的诏语，‘诗人只是神的代言人’。‘诵诗人又是诗人的代言人’”。“荷马在两大史诗开头呼唤诗神的启示，酒神祭者和女祭司在迷狂状态中宣示阿波罗的神谕，日常生活中的‘迷狂’形象，人们都誉之为‘灵感’。”②这种仪式中许多“替身”往往做出不可思议的一些超常规事情而事后却安然无恙，如以荆棘为坐凳、攀爬树枝等高危动作，科学理性话语很难解释这种现象。成为“替身”的妇女事后往往成为“巫婆”，壮语称为“娅敬”。笔者就曾见过一个60多岁的女巫师进入一种巫术仪式后，在迷糊状态中笔走龙蛇地写下很多颇见功底的诗歌。其实，若在平时，她不可能写出这些诗，因为她只是一个退休了的小学数学教师，并没有什么文学素养。需要指出的是，这些“替身”脱离了这种仪式语境，其歌才十分平庸，被人们尊为歌师的歌手与这些“替身”没有任何联系，两类歌手分别属于“神职”与“世俗”两个系统。广西宜州、扶绥等地流传的刘三姐攀爬悬崖绝壁上的葡萄藤唱情歌激怒了她的哥哥，哥哥因此斩断支撑刘三姐生命的葡萄藤，恐怕是接受了封建主流话语才做出这种极端的事情。“如今广西成歌海，都是三姐亲口传。”笔者对覃桂清先生做电话访谈时，覃桂清先生认为，刘三姐就是以这种仪式传歌的，因为在这种仪式中，一些“替身”往往能用自己平时根

① 凌树东：《壮族的民间信仰与社会主义精神文明建设的冲突——靖西“祭月请神”活动反思》，《广西民族研究》1989年第3期，第129-130页。

② 马新国主编：《西方文论史》，北京：高等教育出版社，2002，第23-24页。

本不会说的方言来唱歌，不进行这种仪式，刘三姐不可能精通岭南各民族的语言。这种说法确实是一种推测，但也提示了我们应该关注边缘社会的特殊文化事象及其文化传承模式。叶春生对刘三姐的成长过程做过描述：刘三姐云游两广，四处传歌。年轻时在广东梅县传歌，叫刘三妹；在广西宜山、广东清远和肇庆时已经成年，叫刘三姐；在广东阳江、广西富川等地时已经成婚，叫刘三姐、刘三姑、刘三娘等。[①] 这个相当理性化的描述，看来是把刘三姐传歌当作真人真事了，但这很难解释年纪轻轻的女孩何以有超人的歌才和语言天赋，也无法解释岭南歌圩既是一人所创，各地歌圩曲调又何以千差万别。可能叶春生意识到这个描述会受到质疑，因此他说刘三姐传歌“也许这项工作不是由刘三妹来完成的。……这些善于歌唱的姐妹组成了刘三妹的形象”[②]，这种说法恰恰也默认了“刘三姐”实乃“歌圩”或“歌俗”的象征人物。当然，这个描述也反映了刘三姐文化的某个侧面，神话传说中的刘三姐被赋予汉姓以后应该说是从广东向广西流传的，因为即使是广东梅州（梅县）古时也是越人活动的地方，接受汉文化比较早。唐宋时广东梅县、阳春地区的居民被称为“夷僚”“俚僚”[③]，而这些都是壮族先民的称谓，他们已经和中原移居过来的汉族人杂居。在唐代，七言四句汉语山歌兴起并传入岭南，俚僚民族与汉族杂居，既懂得讲汉话，又能歌善舞，自然能迅速将汉语山歌传唱开来。随着刘三姐歌谣的传唱，汉姓的刘三姐与原生的歌神“嘹三妹”契合，各地出现了不同的名称，这是每个地方对刘三姐形象加以地方化附会所致的。

就广西各地传唱的山歌而言，由于方言不同，各地对山歌的称谓也不一致，山歌的体式和歌唱的曲调、唱法、格律、押韵等也不一样。在《壮族文学史》和《壮族民间文学概观》中，“诗”是与“欢”“加”“比”“鱼”等并列的一个概念。“欢”多为五言句，多押腰脚韵，而“诗”多为七言句，押脚韵，显然是受汉语诗歌传统影响较深的缘故。一般认为，“诗”或“西”都是汉字“诗”的借音，“吟诗”相当于我们所说的唱山歌。壮族民歌有各种艺术

① 参见叶春生：《岭南民间文化》，广州：广东高等教育出版社，2000，第64-66页。
② 叶春生：《岭南民间文化》，广州：广东高等教育出版社，2000，第65页。
③ 覃桂清：《刘三姐纵横》，南宁：广西民族出版社，1992，第33页。

形式，体裁多种，而且韵律结构也非常独特，有勒脚歌和排歌等。韵律上腰脚韵或头脚韵互押，如一些五言四句壮族民歌是头脚韵体，讲究下句句中腰韵押韵处必须具有相对完整的词意。“刘三姐”的山歌，即属于七言体山歌。“壮语五言体变成汉体诗五言、七言体，又要符合汉诗体的押韵，这似乎已变成另一种语言文字符号。”[①]这个观点可以得到武鸣壮族歌师蒙水生的实证。蒙水生是20世纪60年代前期广西艺术学院民族声乐系的本科毕业生。2010年4月16日，在武鸣“三月三”歌圩节上，笔者就山歌翻译对他做了访谈：

问(笔者)：我听说你是武鸣“三月三”歌圩节的形象歌王，主要是把壮语山歌翻译成汉语山歌，请问你是如何做这项工作的？

答(蒙水生)：几年来新闻媒体把我称为歌圩的形象歌王，其实是期望我把壮歌翻译成汉歌。这只是炒作，我的工作实际上是搜集民间歌谣。跟民间歌王比，我自己无法望其项背。武鸣的五言壮歌不可能翻译成汉歌，一曲壮歌“古时发大水，剩下两兄妹，二人结夫妻，创造全人类”，歌词是可以翻译成普通话的，但壮歌的韵味完全丧失。

壮语的七言体山歌翻译成汉语的七言体山歌也很困难。宜州“广西歌王”黄月香对一位壮族歌手创作的山歌做过翻译：

Kjan xat no kai uei pin sai, (早上鸡肉随便吃)
Kjan xam no uai au la li, (晚上牛肉炒苦瓜)
Tu sen kja tin in ko li, (独生家庭真是好)
Lə kua in i xom ŋim ŋim. (锅里经常香喷喷)

---

① 农冠品：《泛说右江流域壮族嘹歌》，《广西右江民族师专学报》2004年第5期，第6页。

这是典型的七言四行壮歌，第二行和第三行最后的字押同一个韵，这叫押脚韵；第一行的最后一个字和第二行的第四字押同一个韵，第三行的最后一个字又和第四行的第四个字押同一个韵，这叫押腰韵。壮族山歌既押脚韵又押腰韵，唱起来十分和谐好听。把这首歌翻译成汉语山歌很费劲，要完全翻译出那种韵味很难。把大概意思翻译过来，再作一些润色，用汉语山歌就可以这样唱：

早早都有鸡肉摁[①]，夜夜牛肉摆上台。
独生家庭实在好，幸福生活早到来。

这样翻译和那首壮歌八九不离十了，押韵也很好。壮语山歌想要让更多的人听懂必须过翻译这一关，翻译的时候也不能局限于每个字眼，要灵活转变。即使这样，也只能翻译出大意，壮语山歌自身的土味和韵味是翻译不出来的。从目前来看，汉语山歌传播范围要广一些，因为听懂的人多。壮语山歌因为听懂的人不多，受到很大的限制，主要在壮族聚居地流传，传播不出去。[②] 这样翻译，壮汉语基本意义是相同的，但从审美意蕴和情感表达效果来看，应该说歌王是用汉语来创作了。歌舞剧和电影《刘三姐》里的很多山歌就是用广西汉语方言桂柳话唱的，因为很多歌词如果用普通话来唱就不押韵。

语言的意义是根据语形、语义、语用的规则和交际语境、语言使用者应用这种语言形式所表达的思想感情或传递的信息生成的。作为符号的语言词语包括理性意义以及附着在理性意义上的感性意义。任何语言的意义、价值、情趣、旨意等都依附于特定的语境。语境的创造都是理智与情感双向投入的结果，都隐含着由二者所构成的意义整体。语境的创造是受社会文化制约的，文化意义有理性与非理性之别。语境的可理解性要求创造者和解读者处于同一文化环境中，这样才能够进行沟通和达成共识。杨春

---

① 摁，宜州的汉语方言桂柳话（西南官话）“吃”的意思。

② 黄晓娟、黎学锐：《歌王黄月香口述史》，《柳州师专学报》2008 年第 5 期，第 4 页。原文为歌王黄月香口述记录，作者在语言上稍加整理。

时在《审美的符号创造》一文中提出:审美活动是符号的创造,是现实符号向审美符号生成的过程。而在现实符号转化为艺术符号的过程中,仅剩下能指,意义被消解而形式化。[①] 这是因为在审美活动中,一个"能指"形式所包含的"所指"内容,完全可以因人、因事、因地、因情、因境而变,这对语境创造者如此,对语境解读者亦如此,所以"所指"内容是多义的、不可重复的。审美活动总是处于特定的历史情境中,审美活动中的引申、象征、隐喻总是受到不同文化态度的民族或个体的影响。从象征人类学角度来看,引申、象征、隐喻是一种赋予事物以意义的符号行为,这种行为通过约定俗成的暗示与联想使人们的意义和情感实现"物化"。因此,这类语境符号的意蕴只能是默契的意会,是一种在一定的文化范围之内被创造和接受的文化行为,创造者和接受者都体现同样的文化观念。审美主体所隶属的文化传统、习俗心态、知识及实践状况形成一个先在的主体结构,支配和左右着他的创造或读解活动。不同的人处于不同的文化熏染之中,获得不同的文化指令,从而形成不同的审美观念。如中国人将"松柏"与"高洁的品格、顽强的生命力"等抽象意义联系起来,但在俄罗斯文化中,"松柏"一词根本没有此类文化附加意义,只是一种普通的植物而已,不会引起俄罗斯人的丰富联想。

由于人的文化实践活动和审美经验的积累产生不同的审美联想和想象,因而也就产生了不同的审美感受。不同文化语境的审美符号转换很难达到审美效果的等值转换,因为这不是简单的语言层面的转换,而是跨文化信息的转换。"审美符号的最深层的意义就在于它与主体的审美心理活动相联系而展示主体的审美实践活动的内容。"[②]这内容包括特定文化语境的自然景观、艺术形象形式、存在性的思想和观念、风俗人情等文化因素。在山歌翻译中,审美符号依附于语言符号却又超出单纯的语言符号的所指含义。翻译文本经过翻译主体的变形和改造,必然融入译者的主观审美意向,成为一种自足的艺术创造产物。跨语言、跨文化传播的文化交流,

---

① 参见杨春时:《审美的符号创造》,《创作评谭》2004 年第 4 期,第 27-30 页。

② 马国柱:《从符号学看审美主体与符号客体的价值关系》,《中国人民大学学报》1996 年第 3 期,第 74 页。

由于语言、地域、文化、民族心理及审美价值的差异,不可能逐字逐句地把一种语言切换成另一种语言,这无疑会遮蔽被译文本的多重意义。两种审美符号之间达到语言、美感、文化这三方面的转换往往体现出翻译主体的意义建构。就刘三姐歌谣翻译而言,除了要求译者会壮语懂壮歌、了解壮族民俗和壮族历史,他还要具备汉文诗歌修养和翻译知识,才能译出信、达、雅的上乘之作。"翻译"这一跨语际审美实践已经与他者文化在碰撞中交融。

壮语的词语比汉语丰富,尤其是在形容词和动词方面,这反映了壮语的丰富、生动和优美。壮语有22个声母(汉语21个)、108个韵母(汉语35个)、6个声调(汉语4个);有不少壮语的形容词和动词,用汉语是无法准确地翻译过来的。壮语山歌"(1)从体裁来分,有:单首独立存在的散歌;回环反复咏唱的勒脚歌;首数固定的组歌;长短灵活的排歌和连续叙唱的长诗五大类。(2)从押韵规律来分,有:脚腰韵、脚头韵、脚韵、勒脚韵和自由韵五大类。(3)从句式来分,即按它的字数多少、句子长短和长短句如何搭配、韵律如何变化来分,有五言、六言、七言、八言、十言和长短句等各种艺术形式三十多种"[①]。壮语山歌在押韵方面更具音乐效果。汉语山歌一般都是末字押韵,显得比较单一。壮语山歌有多种用韵,韵味无穷,比较活泼,情浓意足,可以反复咏唱而无拖沓之感。语音的声调是构成歌咏旋律的基础,声调不同曲调也不同,曲调又以相对稳定的形式咏唱传承。

在民间歌者的观念中,从唱歌能力来看,有歌手、歌师、歌王、歌仙四级"职称","歌仙"只有歌圩鼻祖刘三姐当之无愧。歌圩上歌手之间的对歌其实是一种群体性的诗歌创作活动。对歌时,一般是男女歌队(歌组)之间的对唱,歌队中有创编歌词能力的往往只有一两个歌师,他们担当"军师",其他人则跟着唱,周围是听歌、赏歌的观众,从而形成诗歌创作、欣赏、评论一体化的综合性艺术活动,此谓"赛诗"。赛诗人数不论,不分男女,内容非常丰富,语言生动感人,充满情趣。歌手唱的歌调几乎没有什么

---

① 黄革:《广西壮族民歌概略》,《广西大学学报(哲学社会科学版)》1989年第1期,第65页。

变化,对唱的歌调却可以不同,广西各地不同歌调加起来有1000种以上。[①]例如,据蒙水生说,武鸣山歌大体分为东部、西部、南部、北部、中部五种,目前已经调查发现36个歌调,很多歌调是代代相传下来的。“赛诗”很大程度上并不是比音乐意义上的演唱技能,主要是品赏诗歌艺术,展示歌手创作诗歌的智慧、技术和才能,通过歌调传情达意,从中获得艺术的美感享受。正如清代广西龙州壮族文人黄敬春描写壮族歌圩的诗所云:“木棉飞絮是圩期,柳暗花明任所之;男女行歌同如市,听谁慧舌制新诗。”[②]

歌圩上也有歌手之间的个人对歌,那是善“诗”的有创作能力的歌手之间的对唱。歌手对唱正是所谓“棋逢对手、将遇良才”,诚如宋代周去非的《岭外代答》所记述,壮人“迭歌相和,含情凄婉……皆临机自撰,不肯蹈袭,其间乃有绝佳者”[③]。山歌最富有情趣的部分就是对唱,对歌比唱山歌难度要大。对歌一般都以挖别人“墙脚”来堵自己的“漏洞”,谁挖不过别人,谁就得服输。对歌的时候每个人都拼尽所能各显神通,唇枪舌剑屡见不鲜,嘲弄讽刺司空见惯,这种对歌有突出的娱乐功能。有的对歌是考察对方的知识文化掌握情况,如“盘歌”,对方答不上就认输。盘歌是双方互相盘问对答的歌体,表现人们的聪敏智慧。有猜谜测智式盘歌、考问难题式盘歌、探情表意式盘歌、传授知识式盘歌,融知识性、生动性、趣味性、技艺性于一体。这是寓教于乐的一种歌式,主要是承担文化传承的功能,如已为大家所熟悉的刘三姐式茶园盘歌“什么水面打跟斗?……”多数歌手也有歌书,但对歌时必须即兴编词,以歌代言,所以,即兴发挥的编词能力考验着歌手的人格和智慧。歌手一般会有相对固定的对歌歌伴,双方都很熟悉对方身世、性格特点、审美情趣和歌唱风格等,很多歌手都跟歌伴结下深厚的私交。歌手对唱一般不会把输赢看得过重,有经验的歌手在对方“卡壳”的时候会有所谦让或转换话题,避免尴尬气氛的出现,使对唱得以持续进行,所以歌手对唱可以整日整夜地连唱。以前在节日或婚嫁仪式

---

① 范西姆:《论百越部族民间多声部音乐的现象和特征》,载于覃乃昌、潘其旭主编《壮学论集》,南宁:广西民族出版社,1995,第642-648页。

② 转引自潘其旭:《壮族歌圩研究》,南宁:广西人民出版社,1991,第234页。

③ 周去非:《岭外代答》,上海:上海远东出版社,1996,第88页。

上，歌手可以对唱几天几夜。歌唱习俗的观念就是："唱歌不是为输赢，只为玩耍与交情；蜜蜂为花飞断翅，画眉为伴喊断声。"[①]电影《刘三姐》中，刘三姐与秀才对歌时，双方以歌决胜中那针锋相对的敌视态度，在歌圩或歌会中极少出现。刘三姐骂地主的那首山歌"莫夸财主家豪富，财主心肠比蛇毒；塘边洗手鱼也死，路过青山树也枯"，原生山歌是"妹命毒，青春年少死丈夫，塘边洗手鱼也死，路过青山树也枯"。原生山歌的产生是在1949年以前的一次歌圩上，一位男歌手和一位守寡的年轻女歌手对歌，男歌手眼看即将败阵，情急之下，出言不逊。[②] 像这位男歌手那样在对歌中对别人进行人身攻击，是会受到舆论谴责的。在近年来广西各地常常举办的"歌王争霸赛"上，也很少出现争强好胜、逼得对手下不了台的对唱。民间传说中刘三姐与白鹤少年张伟望对歌，一连唱了七天七夜，最后化石成仙，这正是原生态对歌以歌会友的境界。

歌圩上壮族群众的聚唱合唱大多是为了获得情感交流和审美体验，但操不同方言土语的歌手无法进行这种合唱而达到这样的目的。例如，德保北路的多声部山歌，一般至少是5人合唱，高低声部固定分工。歌唱群体需要长期合作、相互协调才能默契地获得高低声部音色的协调统一。歌手们唱歌时都会自动围成一个圈，手拉手或肩靠肩，以便互相观察歌伴的表情和眼神，听到编词歌手现编的歌词。独特的领唱方法使领唱歌手和其他歌手之间心领神会地形成默契，他们不需要指挥和伴奏也能够将合唱声音处理得协调一致、美妙动听。不同民族语言或本民族不同方言或土语的歌手很难与他们进行类似的聚唱而从中获得艺术的美感享受。我们近年来在电视上或者演出中看到站成一排的所谓原生态合唱，只是为了方便表演，原生态的合唱很少有站成一排的。

因此，对歌实际上是审美能力竞赛，是以"对抗"为形式、以"合作"为本质的艺术创造，体现了平等和谐的精神。对歌或聚唱得以进行，双方都必须听懂对方的语言并了解其文化。壮族部族繁多，方言也多，只隔一座

---

① 李海峰、邓庆主编:《刘三姐传世山歌》，南宁:广西民族出版社，2002，第120页。

② 邓凡平:《歌海遇仙记》，北京:中国戏剧出版社，2007，第50、59页。

山或一条河就操不同方言或土语的情况非常普遍,因此壮语山歌的跨民族跨语言交流与传播无疑受到很大的限制。歌唱这种审美活动一定程度上依托于地方性知识。所谓地方性知识,不是指任何特定的、具有地方特征的知识,而是一种新型的知识观念。它的生成依托的特定语境,包括由特定历史条件所形成的价值观,其地方性主要是指在知识生成和传承中所形成的特定情境,诸如特定文化、价值观、利益和由此造成的立场和视域等。地方性知识总是在一个局部的地方性的文化语境下实现的。作为地方性知识的符号意义在使用中与具体的语境有关,天然与本土性契合,很多非成文性的规范、惯例、习俗、禁忌或内在的隐含默契就无法言明。它是特定的没有符号的所指,和当地人的知识、本土文化知识、地方观念等民间记忆紧密联系与互动,为特定的文化群体代代相传。这种意义很难被异文化的人了解和接受,具有特定语境中特有的"约定俗成"的特点。我国南方少数民族的音乐多是处在一种民族的礼俗文化氛围之中。它不仅是单一的听觉艺术,而且是一种具有丰富的立体文化内容的多维艺术。歌唱与本民族的语言、生活习俗和思想感情的表达方式等有着水乳交融的密切关系。由于地理环境不同,各民族的语言与生活习俗均有很大差异,表达思想感情的方式丰富多彩。歌唱是一种表现与感受相结合的复杂现象,而主体感受又被置于一种特定的文化背景之中,对歌唱的感受与认识必然出现两方面的情形:一方面,人类对歌唱具有一个普遍的感受能力和接受能力,因为人类在审美情趣上、文化共性上也有对共同精神产品需求的趋同性;另一方面,不同地域、不同民族、不同文化背景下的人对"和谐之声"的歌唱感受与认识有所差异。地方性文化差异很大程度上造成了审美交流的障碍,那么,跨语际传唱的刘三姐歌谣作为壮汉审美文化的交流是怎样进行的呢?

秦始皇攻占岭南以后,历代王朝都在岭南确立汉文的官方地位,并对当时还没有本民族文字的壮族先民进行汉文教育。覃乃昌先生说:"历史上,壮族与汉族在经济文化上的交往就十分密切,壮族人民长期在汉文化圈内生活,使用的是汉字。""壮族地区大约在西汉末年东汉初年即办有以汉语文教育为主的私学,自唐宋以后,设有孔庙和书院,继之设有府学、州学、县学和私塾。壮族文人还借助汉字的形、音、义和六书构字法，创造了表达壮语音义的古壮字。”①但是只有极少数壮族人能够接受汉文教育并使用古壮字，民间还是利用山歌去传承自己的文化。歌圩是壮族的综合性民俗文化形态，体现了壮族的诗性性格。传统的壮族人从出生到生命的终结，基本都沐浴在诗歌的海洋里。壮族民歌的触角深入社会生活的各个领域，用歌问路访寨、迎送宾客等。以前许多歌手一字不识，但在对歌时从容不迫，应对自如，没有经过什么准备的歌词随口就唱，却是句句押韵、含义丰富，这些都是壮族歌手在歌化的生产生活中不断锤炼出来的诗性体现，真正达到“开口一唱歌成河”的境界，这种境界没有千百年来山歌文化的传承和积淀是不可能达到的。歌圩的女儿“刘三姐”正是在浩瀚的歌海中熏陶、培育出来的。由于壮人长期与汉人相处，因此壮语不断地吸收汉语来丰富自己。壮族虽然没有规范的普遍通用的文字，但很多壮族人都会讲两种以上的语言，除壮话外还会讲白话（粤语）、桂柳话等汉语方言。“语言的词汇多多少少忠实地反映出它所服务的文化。”②壮族能用汉语正是壮族民众乐于接受外来文化的表现。

随着中原王朝统治的加强，全国各地经济文化交往更加频繁，壮族在保存歌圩文化的同时，逐渐接受了汉族文化。由于各地壮语方言土语很难顺利沟通，壮族多数以桂柳话等汉语方言与本族群以外的人进行交流沟通，很多人操持壮汉双语。在壮汉苗瑶等多民族杂居的地方，精通多种民族语言的各族民众也为数不少。汉语在传播方面的优势，很好地推动了壮歌的传唱。一些汉族民间传说在广西壮族聚居地区也得到广泛流传，而汉族文艺的审美理想和审美趣味自然也渗入壮歌中。赋、比、兴三种艺术表现手法，本来是从我国最早的民歌总集《诗经》中概括出来的。壮歌的借景抒情，重比兴，重意境，无疑是受汉族诗歌审美理想的影响，并带有自己鲜明独到的风格特征。壮族民众对汉族文艺的借鉴、吸收，本身就是认同汉族文化的一种体现。在多民族杂居的桂柳一带的壮族歌手，能够根据不

① 覃乃昌：《试论拼音壮文推行困难的基本原因》，《广西民族研究》1995 年第 2 期，第 109 页。

② 爱德华·萨丕尔：《语言论——言语研究导论》，北京：商务印书馆，1985，第 196 页。

同的场合及对象,在歌场上用壮语或汉语交错唱答,壮族歌仙刘三姐的传说和山歌因此得以走出壮族聚居区。在传播中,壮族社会生活和壮族文化又融入了汉族等多民族的文化因素。对异族文化的接纳吸收和发展创新,表现了壮族人民对外来文化采取开放的态度和宽容的文化心理。受广西的汉族地方剧种的影响,彩调、壮剧、师公戏等壮族地方戏在清代相继产生,汉族民间故事如《梁山伯与祝英台》等在这样的文化环境中也被改造成壮戏。长期的文化融合使壮族在保持本民族文化观念的同时表现出对汉文化的趋同心理,至今许多壮族人仍然坚信自己的祖先来自中原。

壮族歌谣接受汉族文化有诸多原因,主要是作为强势文化的汉族文化对少数民族具有巨大的辐射力,而壮族文化也具有开放性和包容性。壮族人民在认同汉族文化并利用汉语来传播壮族文化的同时,也接受了汉语的权力,特别是文字的权力。"文字的权力化表现出了一种不争的历史事实,更有甚者,它还成为社会价值系统中类似于福科(柯)所说的'区分/排斥'关系,比如,不懂文字的人被当作'文盲',那些无文字的族群、农民、妇女等,在历史上大都被视为'没文化'人群。"[①]历史上掌握书写权力者都受到儒家传统的教育,认同并传承主流文化,他们对壮族歌谣及习俗的观照是以儒家"伦理教化"为视角的,视无文字的壮族为"无文化"的异族,也就无法认可壮族口传文化的价值。不均衡的壮汉文化交流造成了壮族文化的部分内涵被遮蔽,这是语际交际活动中一种重要的语言文化现象。刘三姐传说受汉族文化影响十分突出。比如"三姐",按照壮语的表达语序是"姐三",对于古壮字手抄本"刘三姐歌谣"中的"刘三妹",歌师莫仁禄认为那应该是古时壮族文人按照汉文的语序表达习惯记载的。从传播学的角度来看,这个推论是成立的。当某一事象的称谓进入传播领域并逐渐为人熟知和接受时,则该称谓就具有一种规范的、标准的功能。刘禾在《跨语际实践》中提出了这样的论断:翻译的历史就是新词语、新概念乃至新文化生产的历史,转而应该强调现代汉语在翻译过程中产生意义的能动作

① 彭兆荣等:《口述/书写:历史的叙述与叙述的历史》,《广西民族研究》2004 年第 1 期,第 16 页。

用。由于语言之间要实现完全对等的“透明式”的翻译沟通是不可能的，因此一种语言的概念被介绍入另一种语言中并以它来传播，必然会在翻译中导致新的话语的改写和建构而最终得以“合法化”。[①] “刘三姐”的称谓从汉语文本的“他称”又转化为壮语的“自称”是可能的。1957 年，中央人民政府批准并推行拉丁字母的壮语书写文字符号，拉丁字母壮文成为官方法定的壮族文字，不仅民间文学的采集者，而且广西各地许多壮族民间歌手也都没有意识到新中国成立初期在许多壮族村寨都能见到的古壮字手抄本的文化价值，古壮字“刘三姐歌谣”歌书中那浓厚的神魅色彩在当时也被视为“封建迷信”，“文革”期间古壮文歌书更是被当作“四旧”加以“横扫”，因而古壮字手抄本的“刘三姐歌谣”就没有被“发现”。壮族如要传唱刘三姐歌谣必须掌握汉语，这是一个必要条件。在这方面，语言固有的霸权本质显露无遗，福柯所说的话语与权力共生无处不在。20 世纪 90 年代以来，广西举办的“歌王选拔赛”“歌王擂台赛”中，许多比赛就规定用汉语山歌演唱或者要求歌手必须把壮语山歌翻译成汉语山歌，获得“广西歌王”称号的大多数是来自桂中、桂北的歌手，而目前桂西民间的歌唱习俗兴盛程度依然不逊于桂中、桂北，却鲜有歌手被“封王”，主要原因还是桂西民间汉语普及程度远不如桂中、桂北。

在不同文化的对话交流中，文化借取不会是单向的，不仅是弱势文化会向强势文化借取，强势文化也同样会向弱势文化借取。秦汉以来，百越文化对迁徙岭南的汉族及其文化发展有着重要的深远影响。南朝宋沈怀远《南越志》载：“越之市名虚，多在村场，先期招集各商或歌舞以来之，荆南岭表皆然。”[②]壮族歌圩萌芽于氏族社会时期，形成于唐代，在宋代得到发展，兴盛于明清时期，此风由来已久，为人们歌舞娱乐提供了公共聚会与活动的场所。“荆南岭表皆然”，这说明由于各民族交错杂居，文化的相互影响和交融混合现象相当普遍。汉族影响少数民族的同时，少数民族也影

---

① 参见刘禾：《跨语际实践——文学，民族文化与被译介的现代性（中国，1900—1937）》（修订译本），北京：生活 · 读书 · 新知三联书店，2008，第 40-56 页。

② 转引自梅客、李小燕：《百越对客家经济生活影响举证》，《广西民族研究》2004 年第 4 期，第 73 页。

响汉族，与少数民族杂居的汉族也吸收了少数民族的歌唱习俗并保留至今。文化认同是文化融合的决定因素，多元文化并存是创造力的源泉。文化融合使得广西许多地区的壮汉民族身份和民族边界十分模糊，还形成了不少壮汉混合家庭，使得多民族杂居地区成为一个族群、地理空间、文化语言的交会区。广西“千百年来相互间发生了密切的互动关系，经历了由对立冲突到和谐共生的复杂演化历程，形成了多重的文化认同和共赢的族群汇融的独特模式”①。多重文化认同的双语精英作为跨族际跨语际实践者，当中自然有不少“刘三姐”。

汉语刘三姐歌谣不仅突破了原生壮语刘三姐歌谣的传播局限，也主导了刘三姐歌谣的传播和发展。汉语文本化的刘三姐传说标志着中原官方主流文化已经关注到刘三姐文化，使刘三姐文化得到部分汉族精英的赞赏和接纳，与此同时汉族文化也改写了壮族刘三姐文化。“在漫长的封建社会里，壮族地区的官方教育传播的是汉族封建文化，讲钦定的正统伦常。壮族文化不仅不能登大雅之堂，还要受到贬斥、丑化甚至明令禁之。”②“刘三姐”歌谣因而在传播中模糊了壮族的民族文化身份，刘三姐在多民族杂居地区就成为满足人们精神信仰需要的“龙母”。歌唱习俗作为岭南各族民众的共同习俗，在吸收汉族道教神仙文化的基础上，在强势文化和文字权力的“规范”下，民间口传文化中的刘三姐成了创造歌圩的“歌仙”，褪去了壮族原始神祇歌神、爱神“嘹三妹”的部分神性而变成“刘三妹”。于是，壮族刘三姐“五言”歌谣就转换为“七言”的汉语歌谣，至今广西北部地区所唱汉语山歌的格式仍然与五言或七言近体诗相同。据覃桂清考证：“唐代兴起的七言四句汉语山歌传入粤西后，首先在汉、壮杂居的地方传播。因为这些地方的壮人(在)与汉人长期交往中，学会了汉话，在感情上愿意接受，在技术上容易掌握，因而很快地出现了一批会唱汉族山歌的少数民族歌手，刘三姐就是他们当中学得最快最好的代表。”③从语言学的角度

① 覃德清：《多重的认同，共赢的汇融——壮汉族群互动模式及其对消解民族矛盾的启示》，《广西民族研究》1999 年第 4 期，第 28 页。

② 梁庭望：《壮族文化概论》，南宁：广西教育出版社，2000，第 588 页。

③ 覃桂清：《刘三姐纵横》，南宁：广西民族出版社，1992，第 98 页。

看，刘三姐唱的山歌以汉语为主，大体有三种形式：一是用汉语西南官话（桂柳话）唱的七言四句山歌，主要流传在桂林、柳州、宜州等地；二是用汉语客家方言唱客家山歌；三是用汉语粤方言唱的粤语山歌。[①] 汉语建构的刘三姐山歌不仅是汉壮文化交流的结果，也是多民族或边界民族文化交融互动的结果。这个互动过程就是文化改写与再生产的文化整合过程。"中国各族民间文学的交融整合，还表现在汉语和汉族民间文学起到的某种'标准化'作用上。在中华民族的发展史上，汉民族作为一个凝聚中心曾起到了特殊的作用。汉语在一些多民族聚居的地方成为'标准语'，使得这些民族无论是在共同的民俗节日活动中，还是在日常生活中，都以汉语作为民间文学的共同载体。"[②]岭南多民族杂居且壮族本身部族繁多的状况，使汉语客观上成了多民族顺利交流的通用语言。所以，刘三姐歌谣"广义的概念是指刘三姐家乡民众创作演唱的歌谣"[③]。一般来说，壮族歌谣要实现跨民族跨语际传播，多数是以汉语来传唱的，但也伴随着审美意义和文化内涵的流失。

三、刘三姐形象的不同书写

秦汉时，中国大一统的社会政治结构形成，封建王朝所统治的边远地区以及统治范围之外的少数民族文化被视为"蛮夷"文化。中原王朝与少数民族文化交流的主要形式是"以夏变夷"的"汉化"政策，就是用"华夏文化"去改造"蛮夷文化"，最终目标和结果是让"夷狄"接受华夏文化，其主流是汉族同化周边的少数民族。歌圩文化是壮族传统文化最突出的表征，是封建统治者集中攻击的目标，他们认为禁止歌圩就意味着壮族人与"蛮夷"文化彻底决裂。唐宋以后，儒家文化在壮族聚居地区日渐传播和扩大影响。明代之后，广西部分地区改土归流，中原封建文化的影响进一步强

---

① 参见覃桂清：《刘三姐纵横》，南宁：广西民族出版社，1992，第 100-114 页。

② 陈建宪：《中国各族民间文学多元一体格局鸟瞰》，《民族文学研究》2002 年第 3 期，第 13 页。

③ 黄桂秋：《桂海越裔文化钩沉》，北京：中国书籍出版社，2011，第 74 页。

化。推行"改土归流"以后,封建统治在壮族聚居地区不断加强,这种男女自由欢会"唱歌为乐""倚歌择偶"的活动,是与"男女授受不亲""父母之命、媒妁之言"的封建礼教、道德观念和婚姻制度相冲突的,故被视为"伤风败俗"的不轨行为而屡遭严禁,直到民国年间,政府仍三令五申,强行禁止。在广西,清末的东兰知州曾用蛮横手段禁止歌圩,捉去几个青年女歌手,涂上墨脸,游街示众,因而引起人们作歌反抗:"天上大星管小星,地上抚台管军门,只有知府管知县,哪个管我唱歌人!"到了民国年间,禁歌更为普遍。《上思县志》载:"每年春间,值各乡村歌圩期,青年男女,结队联群,趋之若鹜,或聚合于山岗旷野,或麇集于村边,彼此唱山歌为乐,其歌类多男女相谑之词。歌毕,以布匹糕饼相馈送。期至,小卖屠贩,沽酒买饼之客,到肆以待,男女皆醉饱而返。有伤风化,前悬为例禁。近年来,各乡仍有举行,已渐弛禁矣……有死灰复燃之势,尤望主持风化者继续防范,以杜绝其根株……"《岭表纪蛮》第二十二章《娱乐种种·圩会》载:民国二年(1913),广西罗城县长苏次河走马上任,"锐以维持风化自任,时值新岁,属境圩市,男女聚歌如云;即城外市场,亦歌声四起,驱之不去。苏大怒,捕歌者十余人系之。被捕者,大半为妇女"。[①] 从正统封建文化立场看,歌圩之风因落后、野蛮和淫逸而受到排斥与禁止,刘三姐被视为放荡风流的女人。"解放前,田东县'仰岩歌圩'在开始前,乡丁走村过寨鸣锣示警,让各家管好妻女儿媳,不得到歌圩上'伤风败俗'。而田阳县'春晓岩歌圩'则正相反。歌圩开场前由主持人宣布:到场的父老兄弟们不得像平时在家里一样再管束妻女儿媳,她们都可以参加对歌。这其实是对前一情况的反证,也是某种伦理规范的异体变相的表现……这种隐含了'男女授受不亲'倾向的现象。"[②]由于中原封建文化的改造,歌圩"倚歌择偶"的婚姻作用的情况是极少数的,只有个别出类拔萃的歌手才可以通过歌圩对歌与意中人结成夫妻,歌圩的婚姻媒介作用实际上受到极大的限制。

其实,中原王朝对于岭南婚俗自秦朝起就一直在改造,而对于民间出

① 参见周作秋等:《壮族文学发展史》,南宁:广西人民出版社,2007,第316-317页。

② 蒙宪:《歌圩壮称的语言民族学探讨》,《民族研究》1988年第3期,第44页。

现的歌仙刘三姐信仰，历代封建王朝并不是一开始就持否定的态度。很难确定在封建正统意识形态视野中的刘三姐何时由歌仙转而被视为伤风败俗的女人，这蕴涵着一个官方、文人和民间的复杂互动，到后来是民间和官府两者较量的历史积淀。最早出现刘三姐石刻的是公元 915 年的广东阳春春湾铜石岩内的“刘仙三姐歌台，乾化乙亥重阳日”。北宋咸平二年(999)，宋真宗赵恒将他祖父太宗赵匡义御书“通真岩”三字赐藏于阳春春湾铜石岩石室。[①] 刘三姐被封建王朝敕封仅此一次。与此形成鲜明对照的是，比刘三姐稍后得到封建王朝敕封的妈祖在后来的历代王朝都多次被敕封，妈祖祭祀不断升级为国家祭祀。唐宋时，朝廷执行扬道抑佛的政策，这个时期的刘三姐传说也就有鲜明的道教色彩。刘三姐形象寄寓着世代相传的歌圩文化心理，或者说它是歌唱民族文化的象征符号。“宋朝开发和统治南方时经常使用的策略就是，大量册封南方土著的庙宇和神明，使之成为本地居民顺从朝廷‘德化’与‘教化’的象征。”[②]对于岭南，由于中原王朝鞭长莫及，为了统治的需要，唐宋封建王朝顺应了民间对刘三姐的信仰，朝廷对民众信仰的刘三姐进行了赐封，使之作为一种象征“国家”或“朝廷”的符号，将之纳入封建统治体系。化外之民也乐于看到自己信仰的神灵得到朝廷的认可，这体现了民间对于国家正统的认同和接受。民间信仰习俗的正统化，在相对边陲的社会环境中，使被规训的民间信仰对岭南封建化起着重要的文化整合作用。民间信仰的封建正统化标志着民众对封建王朝的归顺和臣服，对封建统治体系的认可和融入。但中原王朝很快发现，岭南民众以歌为媒，倚歌择偶，对歌娱乐仍然是重要习俗，普遍“不服王化”，转而改变了对刘三姐的态度，从此冷落歌仙刘三姐。北宋“皇祐四年(1052)夏天，侬智高发动了反对北宋王朝的起义斗争”[③]。起义一度几乎席卷两广。很难说中原王朝冷落刘三姐与侬智高起义存在着因果联系，但起义被镇压后，桂州知府余靖“择江浙湖湘负材多智雄大之族，

---

① 覃桂清：《刘三姐纵横》，南宁：广西民族出版社，1992，第 53 页。

② 陈春声：《正统性、地方化与文化的创制——潮州民间神信仰的象征与历史意义》，《史学月刊》2001 年第 1 期，第 124 页。

③ 张声震主编：《壮族通史》，北京：民族出版社，1997，第 681 页。

迁居左右江平衍沃饶之地，使自力食，以渐化兹民，而民又一变”[①]。中原王朝一方面对岭南先民上层采取安抚政策，另一方面“移民实边”，加强在岭南传播中原文化的力度，凡是不符合中原伦理规范的民间信仰都被视为“淫祠”。倚歌择偶的歌圩是中原伦理文化所不能接受的，刘三姐被冷落也就在情理之中了。与此同时，封建文人也对岭南刘三姐形象进行“归宗化”改写，就是把刘三姐进行神话历史化的改写，把神话形象的刘三姐置换变形为恪守封建礼教的出身“大家”的“才女”，刘三姐形象相应地发生了由神到人的“角色”转换。在记录刘三姐的书写文本中，汉族封建文人对刘三姐民间传说的吸收与改写是显而易见的。

最早记录刘三姐的南宋王象之《舆地纪胜》卷九八《三妹山》，寥寥一句而已：

刘三妹，春州人，坐于岩石之上，因名。[②]

而明朝时的《阳春县志》仍然承认刘三姐的神仙身份，但其却是由人变仙的：

铜石岩，在城北八十里思良都，岩有石室向西，高三四丈，深广丈余，高明轩豁，内有古佛，相传新兴女子刘三妹于此修行，得道去。宋胡铨经游，有题咏；周濂溪亦按部，有石刻。（录自明万历十六年版《阳春县志》第一卷“山川”“岩类”。）[③]

明清文人记载逐步增多，其中明代广西贵县（今贵港）孙芳桂的《歌仙刘三妹传》则云：

---

① 《粤西丛载》卷四十九。转引自广西民族研究所编：《广西民族历史与文化研究》第四辑，南宁：广西人民出版社，1991，第302页。

② 覃桂清：《刘三姐纵横》，南宁：广西民族出版社，1992，第53页。

③ 邓凡平选编：《刘三姐传说集》，南宁：广西民族出版社，1995，第21页。

歌仙刘三妹，其父汉刘晨之苗裔，流寓贵州（今贵港市）西山水南村，父尚义，生三女，大妹二妹皆善歌，早适有家，而歌不传。少女三妹，生于唐中宗神龙三年（705年）己酉，甫七岁即好笔墨，聪明敏捷，时呼为"女神童"。年十二，通经史，善为歌。父老奇之，试之顷刻立就。十五艳姿初成，歌名益盛，千里之内闻风而来，或一日，或二日，率不能和而去。十六，来和歌者终日填门，虽与酬答不拒，而守礼甚严也。十七，有邕州白鹤少年张伟望者，美丰容，读书解音律，造门来访，言谈举止，皆合节，乡人敬之，筑台西山之侧，令两人登台为三日歌。……三妹因请于众曰："此台尚低，人声喧杂，山有台，愿登之为众人歌七日。"遂易前服，作淡妆。少年皓衣元裳，登山偶坐而歌。山高词不复辨，声更清远，如听钧天之响。至七日，望之俨然，弗闻歌声，众命二童子上省，还报曰"两人化石矣！"共登山验之，遂以为两人仙去，相与罗拜。时玄宗开元十三年乙丑正月中旬也，至今粤人会歌盛于上元，盖其遗云。①

明末清初广东屈大均的《广东新语》说：

新兴女子有刘三妹者，相传为始造（山歌）之人。生唐中宗年间，年十二，淹通经史，善为歌。千里内闻歌名而来者，或一日，或二三日，卒不能酬和而去。三妹解音律，游戏得道，尝往来两粤溪峒间，诸蛮种族最繁，所过之处，咸解其语言。遇某种人，即依某种声音作歌与之唱和，某种人率奉之为式。尝与白鹤乡一少年登山而歌，粤民及傜、僮诸种人围而观之，男女数十百层，咸以为仙。七日夜歌声不绝，俱化为石。土人因祀之于阳春锦石岩，岩高三十丈，林木丛蔚，老樟千章蔽其半，岩口有石蹬，苔花绣蚀，若鸟迹书。一石状如曲几，可容卧一人，黑润有光，三妹之遗迹也。月夕辄闻笙鹤之

① 参见邓凡平选编：《刘三姐传说集》，南宁：广西民族出版社，1995，第39-40页。

声。岁丰熟，则仿佛有人登岩顶而歌。三妹今称歌仙，凡作歌声，毋论粤民与瑶壮山子类，歌成必先供一本，祝者藏之，求歌者就而录焉。不得携出，渐积遂至数箧。兵后，今荡然矣。①

清代张尔翮在《古今图书集成》里对刘三姐的描述说：

世传仙女刘三妹者，一善歌之佳人也，余不知其所由来。……甫七岁即好笔墨，慵事针指，聪明敏达，时人呼为女神童……年十五，其父受聘于林氏，和歌者仍终日填门，无一较胜。至其貌之羞花掩月，光彩动人，见之者无不神驰意荡，但受授之礼甚严，终不可犯。年十七，将于归。忽朗陵白鹤乡一少年秀才张姓讳伟望者，闻歌仙之名而慕焉；不辞跋涉，登门叩防，礼尊宾主，言谈举止，皆以歌为节。……二人径登山顶，偶坐而歌。若出金石，声闻于天。至七日望之，则见其形而不闻其声矣。乡人曰：二人竞歌已久，可请下山。乃遣数童登山以请；而童子讶然报曰：奇哉！奇哉！二人石化矣。……②

清代王士祯的《池北偶谈》载有据说是刘三姐的几首经典遗曲：

妹相思
妹相思，妹有真心弟也知，
蜘蛛结网三江口，水推不移是真丝（思）。
蝶恋花
思想妹，蝴蝶思花也为花。
蝴蝶思花不思草，兄思情妹不思家。

---

① 邓凡平选编：《刘三姐传说集》，南宁：广西民族出版社，1995，第78页。
② 参见邓凡平选编：《刘三姐传说集》，南宁：广西民族出版社，1995，第41-43页。

黄菊花

科举秀才取红豆，相思及早办前程。

黄菊花开九月九，枝枝叶叶有娘名。

藤缠树

入山忽见藤缠树，出山又见树缠藤。

树死藤生缠到死，树生藤死死也缠。[①]

汉族封建文人笔下的刘三姐大都强调其身世高贵，年幼好笔墨，善为歌，与秀才对歌成仙的内容。他们也没有否定刘三姐的歌才，而是把她“归宗”为正统的通经史、识诗书的才女行列。这部分封建文人以汉族精英文化的立场改写了刘三姐的民间形象，由于他们的中原文化立场，他们观照刘三姐的视角仍然是封建的伦理教化，他们按照儒家传统的审美标准对刘三姐的人格进行了改写，改写后的刘三姐形象是遵从“三从四德”等礼教规范的才人，更符合中原文化的艺术审美，突出了教化功能。这与孔子对黄帝等进行历史化改写非常相似。虽然如此，我们仍然不难看出他们对刘三姐开明的赞赏态度，肯定刘三姐的歌才。他们当中的一些人如屈大均就有反清复明的倾向，这可能也是他们关注民间文化的原因之一。因为一般来说，与封建王朝立场一致的文人，特别是作为国家政权代表的士大夫会竭力依据正统话语改写乡土话语，使它能适合“大传统”的语境。

然而，在民间，壮族男女交往比汉族自由宽松得多，不受三从四德、男尊女卑的礼教约束，他们能在对歌中眉目传情，自择佳偶。至于官府、文人鼓吹的礼教观念，在他们看来，几乎同自己的生活毫无关系。由于古壮字不普及，壮族民间文化完全靠歌圩口传心授得以保存并世代传承，封建礼教对边远壮族聚居地区的影响较为薄弱，正如钟敬文先生所说，歌圩这种歌唱风俗“具有一定强度之生命力，从远古到现在，仍兀立于其地民众社会生活之原野中，如一株常绿不凋之大树”[②]。刘三姐的歌依然顽强地传

---

① 邓凡平选编：《刘三姐山歌集》，南宁：广西民族出版社，1996，第3-5页。

② 钟敬文：《钟敬文民间文学论集（上）》，上海：上海文艺出版社，1982，第117页。

唱着,其根源就是满足人类情感交流的需求。民间仍然传唱歌仙刘三姐的故事,渲染她的山歌魅力,并把她提升为可以用山歌来为百姓禳灾祈雨,能以歌声代替劳作,从而将刘三姐变成无所不能的歌仙。流传各地的刘三姐故事差异有大有小,刘三姐的歌仙形象却是很多传说都认同的。民间口传塑造了兼有世俗性和神圣性的刘三姐形象。广西贵港、桂平,广东肇庆、高要、新兴、阳春等地的传说均说刘三姐与白鹤少年(或秀才)张伟望对歌,两人一连唱了七天七夜,最后化为两块石头。[①] 广东梅州(梅县)、翁源及江西等地的传说中,与刘三姐对歌的是撑几船歌书的罗隐或饱学先生,为三姐用“自古山歌从(松)口出”所败。广西永淳县(今横州)传说:由于刘三姐歌才出众而远近闻名,有四个广东人,姓李、陶、祝、石,同到粤西搜采山歌,他们将歌书装满一船,停在永淳江边,想一道去访三姐并与她对歌。刚好三姐在江边洗衣,问了四人姓氏,三姐随口唱道:“姓李唔见李花白,姓陶唔见桃花开,姓祝(竹)要来塘边种,姓石要来路底埋。”四人翻遍歌书也答不上,最后把歌书烧光,把船打沉在江边。[②] 这些民间传说反映了壮族歌化的社会生活风貌、人们崇尚歌唱活动的心理。歌仙刘三姐就是在这种社会文化习俗中被虚构出来的理想人物。在这样以能歌为美的文化中,歌仙刘三姐成了智慧与美丽的象征。民间赞颂刘三姐的歌比比皆是:“柳州有个鱼峰山,山上有个鲤鱼岩,岩里有个刘三姐,唱歌好来成歌仙。”[③]在柳州,刘三姐骑鱼上青天;在桂林,刘三姐与白马郎在歌仙台对歌化石成仙;在扶绥、宜州,刘三姐受到哥哥的迫害坠崖落江,顺水漂流歌唱而成仙。

在历史上,广西地方官府为了禁歌而抓人问罪的事时有发生,但遭到壮族群众的反抗。这种反抗,表现了下层民间文化与上层文化的对立,地方民风与封建政权大一统专制统治的对立。不过,官府的“正统化”和文人的“归宗化”努力取得的成果虽然有限,但并非全无效果。民间传说中,刘三姐的哥哥不喜欢她唱歌,希望她嫁给有钱有势的求婚者,最后刘三姐被害跌崖落江而死的内容,这对壮族自古至今都有自幼习歌、好歌善唱的

---

① 参见覃桂清:《刘三姐纵横》,南宁:广西民族出版社,1992,第 61-62 页。
② 参见覃桂清:《刘三姐纵横》,南宁:广西民族出版社,1992,第 67 页。
③ 参见邓凡平选编:《刘三姐山歌集》,南宁:广西民族出版社,1996,第 217-218 页。

习俗来说是不可思议的。很明显，这里刘三姐传说已经包含汉族文化观念和色彩。按照中原封建宗法制度和男尊女卑等级观念，在家庭中，父亲是权威，父亲死了就“长兄为父”。刘三姐一年到头都以唱歌为乐，在哥哥看来，不仅不务正业，而且伤风败俗，加上她拒绝财主的婚事，所以砍藤害三姐。哥哥对妹妹的所有管教和伤害，是符合汉族家庭伦理秩序的。在宜山的传说中，是刘三姐的哥哥不让她晚上出去唱歌，他把床铺在大门口，晚上睡在床上拦住刘三姐。刘三姐使“隐身法”出门后，在门外唱道：“我兄癫，我兄癫，我兄担凳把门前，你妹走跟凳底过，正知你妹是神仙。”“我哥癫，我哥铺床在门边，三姐半夜走出去，我哥睡梦不知天。”哥哥醒来后，不见妹妹，妹妹回来后就让她用手掌把石头煎得像糍粑一样软，这样下次就可以去唱歌了。三姐接过石头立刻烧柴，当场用手掌煎软石头，唱到：“我哥癫，拿块石头给妹煎，若还石头煎得软，哥变石头妹变仙。”围观的小伙子们拍手称赞，哥哥只得回家。[①] 兄妹冲突反映了本土壮族文化与中原文化的冲突日趋激烈，以致不仅出现了带有对立阶级思想文化较量性质的对歌，也出现了壮族民众对接受汉族封建制度和思想意识的不同态度。刘三姐勇于抗争的精神体现为以歌抗恶、以正压邪，也体现在家庭伦理冲突中。刘兄反对三妹唱歌不仅是出于家庭矛盾，也是接受封建思想影响的产物。封建制度在壮族聚居地区确立，导致壮族男女自由对歌的传统风尚与封建道德观念水火不容，统治阶级与壮族之间的矛盾和文化冲突成了相当突出的社会问题。

概而言之，壮族歌谣在跨文化传播中也接受汉文化的改写，原本作为巫魅文化形象的刘三姐在与中原主流封建礼教文化的冲突中经历了由神到仙到人的祛魅过程。在复杂的文化互动与交融中，不同的文化主体根据自己的意识形态和审美观念选择性地增减刘三姐的符号要素来塑造不同的刘三姐形象，这是唐宋至民国，民间民众、封建开明文人、封建统治者分别对刘三姐形象进行“神仙化”“归宗化”“正统化”改写所造成的。

---

① 参见覃桂清：《刘三姐纵横》，南宁：广西民族出版社，1992，第398-402页。

四、多民族文化共生体的刘三姐形象

古代岭南被中原王朝称为“南蛮”之地，其居民被称为化外之民，然而与中原文化交流由来已久。夏、商、周几代，岭南岭北交往已经很频繁。壮族歌圩以“三月三”最为隆重，“究其源，得追溯到华夏古代的上巳节”①。到汉代，三月上巳，才确定为节日。每逢该日，官民都去水边洗濯，不仅民间风行，连帝王后妃也去临水除垢，拔除不祥。但中原上巳节后来演变为春游踏青和水边宴饮的娱乐性节日。中原上巳节习俗实际上已经与壮族歌圩相融合。《诗经》里许多恋歌也充满男女挑逗的色彩，这说明古代中原上巳节男女聚会展开的唱歌、恋爱社交活动与壮族的歌圩活动是非常相似的，古代中原也有过自己的歌圩时代。《诗经》中的不少诗篇潜藏着生殖崇拜的信息，是对青年人的性意识的教育和传递。壮族歌圩也是古代中原“社祭”遗风，系“桑林之舞”的再现，与古代上巳节的节期相合，这说明歌圩也融合了古代中原文化的因素。“礼失而求诸野”，一些文化事象在文化中心消失而在边缘文化中却得以延续，这是一种常见的文化现象。其实，歌圩也并不是壮族独有的群众文娱活动节期。我国西南地区的各个民族都有此类文娱活动，如白族的“三月街”、彝族的“火把节”、布依族的“囊冒囊哨”、仫佬族的“走坡”、侗族的“花炮节”、苗族的“游方”等。距今2500年的《越人歌》，就是壮侗语族的先民们唱的。汉代刘向在他所著的《说苑·善说》中，记载有越人船女给鄂君子晰唱的一首《越人歌》。该歌用近音汉字记录，然后译成楚语：

今夕何夕兮？搴舟中流。

今日何日兮？得与王子同舟。

蒙羞被好兮，不訾诟耻。

心几烦而不绝兮，得知王子。

山有木兮木有枝，心悦君兮君不知。

---

① 覃桂清：《“三月三”源流考》，《民族艺术》1994年第1期，第59页。

20世纪80年代，壮语文学家韦庆稳先生经过潜心研究，用壮语成功地再译了这首《越人歌》，再现了这首歌的本来面目。壮语《越人歌》是一首五言体的壮“欢”，押腰脚韵。韦庆稳先生用现代汉语重新翻译如下：

今夕复何夕？盛礼举舟游。
中舟坐者谁？楚宫美王侯。
蒙王子礼遇，越歌谢知音。
欲与君再游，同舟待来日。
受惠我心知。

晋代邓中缶在《交州记》中说：“俗好鼓琴，牧于野泽，乘牛唱辽辽之歌，僮隶于月下，抚掌发烈谣。”交州在汉代至唐代是指岭南广大地区，包括今中国广东省、广西壮族自治区以及越南北部。今天的平果《嘹歌》中，也有这种“辽辽”之音，即在唱句的结尾有“辽——”的衬腔。现在邕宁一带，还有一种在歌首引子、句间衬词和收腔落音均以“辽罗辽——辽辽罗——辽罗”为助音行腔的山歌，俗称为“辽辽歌”。在河池市宜州区和环江毛南族自治县一带的壮族山歌中，有一种收腔为“啦了啦了啦——啦——”的山歌，俗称为“啦了啦”。可以认为，嘹歌和这些“辽辽歌”“啦了啦”等与上述《交州记》中记载的“辽辽之歌”是一脉相承的。[①] 电影与歌舞剧《刘三姐》中被人们广为传唱的“什么水面打筋斗咧，嘿了了罗……”就是原籍广西邕宁的郭冠芳“纯粹的个人创作”，“学生时代的郭冠芳曾对广西横县（今横州）和桂南一带称为‘了了罗’的原始民歌进行收集和记谱”[②]。

歌圩虽然遭到历代中原王朝的禁止，但中国南方各民族向来喜歌善唱，日常生活中，他们基本上是以歌代言，唱歌成为他们表情达意的主要方

---

① 参见覃乃昌：《壮族〈嘹歌〉的传承与传播研究——壮族〈嘹歌〉文化研究之七》，《广西民族研究》2005年第4期，第89-92页。

② 李林：《彩调剧〈刘三姐〉音乐考源》，中国艺术研究院硕士学位论文，2010，第38、41页。

式。移居岭南的汉族同样接受了歌圩文化,当然,这不是说移居岭南的汉族人放弃了本民族文化,而是有选择性地接纳歌圩文化。中国南方的客家人是自晋末到宋代陆续移居闽粤赣地区的汉族支系,他们接受了许多古代越人的文化。“客家地区‘歌圩’之俗,是受南方诸族特别是直接受岭南越俗的影响。”[①]而广西“贺州客家人的歌节(庙会)与壮族人的歌圩如出一辙”,虽然“没有出现像壮族歌圩上那种以歌结情的现象,但是与汉族人‘男女授受不亲’的观念相比,他们的道德观念已经跨出了很大的步子,这很大程度是受壮人歌圩倚歌择偶习俗上表现出的开放观念影响所致”[②]。广西阳朔白沙的“六月廿三”歌圩并没有择偶功能,“更注重商业贸易的目的,这具有汉族的文化形态特点。在受封建思想禁锢的汉族中间,恋爱没有自由,男女婚配要听‘父母之命,媒妁之言’,因此,即便借用少数民族的民俗活动来表达自己的意愿也注意到自己的文化特点。同时这个‘六月廿三’的宗教色彩也是汉族式的,纪念关羽这一内容,在汉族地区比较普遍,关帝庙在许多城镇都有设立这一宗教信仰特点也是更具汉族的文化形态的”[③]。壮族文化与客家文化的相互融合吸收是毋庸置疑的。可以说,歌圩文化在被禁止中发展,岭南多民族文化反而互融互化地被包容在歌圩文化中,但是王朝教化与地域社会之间的磨合,则经历了长期复杂的互动过程。

中原主流文化是以儒家思想为主导的儒、道、佛三教圆融,相互之间的渗透、融合与互补。“儒”主要指的是儒家的政治伦理学说,基本上中国历代封建王朝都以儒家的思想作为统治阶级的主体思想。一般认为,“子不语怪、力、乱、神”的儒家学说在很大程度上限制了人们对宗教体系中神魅思想的接收和吸纳,但袁珂先生提出:“孔子不但不排斥神话,不阻碍神话的发展,与此相反,从比较可信的史传的记载看,他倒是第一个有记名的中

---

① 梅客、李小燕:《百越对客家经济生活影响举证》,《广西民族研究》2004 年第 4 期,第 73 页。

② 谢育坚:《论贺州客家民歌的文化内涵》,《广西民族大学学报(哲学社会科学版)》2009 年第 4 期,第 66 页。

③ 苏韶芬:《白沙墟“六月廿三”试新节的民俗活动》,《社会科学家》1987 年第 3 期,第 107 页。

国神话的传播者。”[①]孔子以“存而不论”的实用态度看待神话，后世的儒者也以这种态度对神话进行了改造，以尧舜禹汤文武周公到孔孟的圣人谱系来取代神话体系。一般认为，道教形成于东汉后期，理论来源纷繁驳杂，包括古代的民间巫术、神仙传说和成仙方术、道家哲学、汉代阴阳五行说等，其信仰内容具有汉民族原始宗教意识的特点。道教与民间信仰千丝万缕的联系更容易获得下层民众的认同，后来又融入了佛教的文化成分，反过来又塑造着中国人的民族文化心理。魏晋以后，道教理论的建树者认为道教与儒家学说是可以互相补充、相辅相成的。“欲求仙者，要当以忠孝和顺仁信为本。若德行不修，而但务方术，皆不得长生也。”[②]在葛洪的神仙思想中，原始道教的神仙信仰得以系统化，儒家的伦理思想占有着十分重要的地位。儒家的仁义礼智信等伦理纲常与道教的养生戒律结合起来，遵守封建伦理道德被葛洪当作修仙求道的先决条件。而“壮族的历史经历了从独立起源、自主发展，到逐渐依附中原中央王朝和被儒家文化长期濡化的过程”[③]。那么，这两种文化何以能够实现文化融合呢？

客观地说，与汉族先进的经济文化相比，无论是北方草原的游牧民族还是南方山地的少数民族都是比较落后的，汉族靠先进的经济和文化把少数民族吸引到自己的周围而逐步同化了他们。而儒家文化是一套以周礼为核心的家国一体的宗法社会文化，充满了伦理道德意识。任继愈认为，周礼“这套礼仪一定程度上又仍然保留了原始的民主性和人民性”[④]。儒学文化蕴含有部分超越时空的普遍意义和恒常价值。人伦秩序、道德教化是儒家文化恒常价值的一个重要层面。人类进入文明社会以后，作为社会的人必须规范自己、约束自己，必须用道德教化自己。岭南社会的封建化确实推动了岭南社会发展。《后汉书 · 循吏列传 · 任延传》记载，西汉末年，岭南仍然“以射猎为业，不知牛耕”，“骆越之民无嫁娶礼法，各因淫好，无适对匹，不识父子之性，夫妇之道。延乃移书属县，各使男年二十至五

---

① 袁珂：《孔子与神话》，《中华文化论坛》1994 年第 3 期，第 78 页。
② 葛洪：《抱朴子内篇》，北京：北京燕山出版社，1995，第 56 页。
③ 黄家信：《论壮族的历史文化特点》，《学术论坛》2004 年第 3 期，第 137 页。
④ 任继愈主编：《中国哲学发展史》（先秦），北京：人民出版社，1983，第 172 页。

十,女年十五至四十,皆以年齿相配。其贫无礼娉,令长吏以下各省俸禄以赈助之。同时相娶者二千余人。其产子者,始知种姓”。“锡光为交趾太守,教导民夷,渐以礼义,化声侔于(任)延……岭南华风,始于二守焉。”①显然,当时岭南有的地方甚至处在原始社会末期或保留原始公社制的残余,社会生产力十分落后,婚姻制度仍然是群婚状态。随着社会经济政治制度的封建化,岭南在思想领域也灌输了“三纲五常”等封建思想意识。随着秦汉统一岭南,儒学在西汉早期就传播到岭南越人地区。道教在东汉末年也传入广西,而“道教在南传衍播中,与岭南文化交流,出现‘互化’效应:一方面是道教‘南化’现象,道教不少斋醮科仪有岭南巫祝文化的成分;另一方面是岭南文化的‘道化’品格,岭南信仰富有道情、岭南民俗蕴涵道味、岭南文学艺术饱含道韵、岭南思维方式体现道教哲理,岭南无论是民族心理、情感思维、民风习俗、伦理道德或是文学艺术诸方面都打下道教深刻的烙印。总之,道教南传是中国道教史上,也是岭南古代史上的一件大事,它无论对道教或对岭南来说,都有很大的影响,也是一种文化的发展和进步”②。在广西,道教传入壮族聚居地区,对壮族的思想文化产生了影响,逐步为壮族人民接受。壮族巫教吸收佛、道的成分,巫、佛、道相结合而形成师教,加速了壮族社会封建化的进程。

“道教与岭南文化的互化现象,体现了道教在南传衍播中的特征和作用,一方面,道教渗入岭南社会,影响社会生活的许多方面,另一方面,道教自身也不断发生很大的变化。因此说,互化的影响是深远的。”③在民间传说的刘三姐故事中,就有许多外来文化特别是道教文化的象征符号与“刘三姐”纠结在一起。她熟识天神,可以“在天宫劝说风伯和龙王,降下雨水,鼓动和风,保五谷丰登,民康物阜”④。而文人和地方县志大都强调她“修道脱化”而飞升。⑤ 从刘三姐传说形成的年代来看,可以追溯到唐末,刘三姐为唐人,这只是就汉文献记载而言,作为一个神话传说人物,被文人

---

① 范晔:《后汉书》,郑州:中州古籍出版社,1996,第708页。
② 王丽英:《道教南传及其影响》,华中师范大学博士学位论文,2004,第145页。
③ 王丽英:《道教南传及其影响》,华中师范大学博士学位论文,2004,第142页。
④ 覃桂清:《刘三姐纵横》,南宁:广西民族出版社,1992,第79页。
⑤ 覃桂清:《刘三姐纵横》,南宁:广西民族出版社,1992,第81页。

改写后其真实性是值得怀疑的,民间传说更是很难引以为据。她的故事绝不会仅仅在唐朝才形成,但为何文献记载一般都认可她出生于唐朝?值得注意的是,柳宗元在唐代被贬为柳州刺史四年,对以儒家文化为代表的中原文化的传播、人才的培养、移风易俗等均起到了非常重要的作用和产生了不小的影响。这一事件后来被赋予重要的文化象征意义,在文人视野中,柳宗元在广西地区已经成为一个在边远蛮荒地区化育百姓的先驱,是向边远地区传播中原正统文化的象征,于是刘三姐的出生就被附会于唐朝。有意思的是,2009 年,广西柳州投拍的电视连续剧《刘三姐》在原彩调剧的基础上力求创新,故事的时代背景设置为传说记载刘三姐生长的唐代,剧中首次将历史人物柳宗元和传奇人物刘三姐放置在同一时空里,表现以柳宗元为代表的中原文化和以刘三姐为代表的山歌文化的碰撞、交流和融合①。

神仙信仰是道教的核心信仰。明清时期,道教神仙信仰转向民间,与民间信仰相融合,给下层民众以安全感与心理抚慰,其对下层民众的影响得以快速扩展。"神仙"不再是高高在上,而是和普通人生活在一起的,人和神之间并没有不可逾越的鸿沟。神仙可以满足人们的生活需求,并与人们的信仰心理相契合。同时,道教也广泛吸收民间信仰并与之交融。同样,在广西,"道教传入壮族地区后,也有了很大的变化。道教为了满足壮族群众的心理需要,先后吸收了壮族原始宗教和佛教的一些成分,任意发展道教内容,自由地改变道教的形式,既尊奉太上老君,同时又引进壮族原始宗教和佛教的一些东西,把道、师、佛等内容杂糅起来,使道教更能为封建统治阶级和壮族社会接受"②。明清时期,文人记载的刘三姐传说越来越多,这也反映了当时岭南民众对歌仙刘三姐的信仰越来越兴盛。神仙形象的刘三姐经过"人性化"与道教的"世俗化"以后,具有非常明显的世俗色彩和平民意识。这表现为刘三姐唱歌虽然具有非凡的神力,甚至可以呼风唤雨,但依然面对哥哥的刁难或官绅的欺压。这样的神仙形象更接近于

---

① 秦雯:《广西柳州投拍电视剧〈刘三姐〉》,《广西日报》,2009 年 5 月 26 日。

② 玉时阶:《壮族民间宗教文化》,北京:民族出版社,2004,第 96 页。

普通人的形象,也更容易被普通民众所认同。所以,道教的世俗化为刘三姐由神变仙甚至变成人提供了契机。

刘三姐传说是岭南多民族文化涵化的结果。文化涵化是指两种以上的文化相互接触、影响,进而导致横向的文化变迁的过程。不管在文人还是民间口传中,与刘三姐对歌的人中都有一个形象——白鹤少年(或秀才)张伟望。白鹤是道教一个重要的仙化意象。白鹤意象在中国古典文学中也汇聚了古代文人的价值取向,其中,最突出的象征意蕴则是表示文人那洁净脱俗的人格和孤独自由的生活方式,隐喻着君子人格。壮族《布洛陀经诗》多处提到的十二个部族的图腾中就有一个白鹤图腾,这十二个图腾在后来的流传过程中掺杂了一些道、儒、佛的神祇和观念。在粤语刘三姐传说中,刘三姐与白鹤少年对歌数日后化石为仙,没有兄妹矛盾和官绅禁歌等带有封建烙印的情节,比较符合岭南当时的社会状况。“粤方言区流传的刘三姐传说比较接近原型,而且形成体系。”①由此可见,白鹤少年出现在刘三姐传说中,应该说是壮汉文化混融的一个鲜明意象。而“歌仙”刘三姐挫败载着满船歌书来对歌的三个秀才,虽然也反映了两种文化观念、文化风俗及不同文化阶层审美意识的差异与抗争,但传世的刘三姐山歌多为七言四句体的汉语歌式,这显然是民族文化交流交融的产物。神话研究专家袁珂先生在《中国神话通论》中认为:“文学的因素是伴随着神话与生俱来的。从神话起源的角度立论,审美的文学的因素实在就是神话的基因,当神话一开始以故事的形式出现的时候就有了这种东西。”②这种神话故事在中国后来转换为仙话,由于仙话产生后长期在民间流传,其思想已经远远超出了神仙家的思想,仙人的惩恶助善、人仙婚恋等,反映了普通百姓对美好生活的追求和愿望。岭南古称百越之地,直至明朝,土司制度仍日趋发展,盛极一时。“明代广西全省土司总数接近四百家,其分布遍于广西每一个府:广西西部是土司的汪洋大海,随着改土归流的发展,明初以后出现一些流官的岛屿;广西东部是流官的汪洋大海,明初以后出现

① 覃桂清:《刘三姐纵横》,南宁:广西民族出版社,1992,第154页。
② 袁珂:《中国神话通论》,成都:巴蜀书社,1993,第30页。

了星罗棋布的土司的小岛。”[①]古代越人分化成目前岭南的壮、汉、瑶、苗、侗、仫佬、毛南、回、京、彝、水、仡佬等民族，比较通用的本地语言是西南官话和粤语。唐代中原七言四句体汉语山歌传进岭南后，各民族的“刘三姐”们都学会唱汉语山歌，他们既唱本民族的民歌又唱汉语山歌，歌圩也就成为各民族共同参与活动的文化交流场所，扩大了各民族间的交往，与移居岭南的汉族共同创造越来越丰富的刘三姐文化，刘三姐成为岭南多民族文化交融的产物。

① 苏建灵：《明清时期壮族历史研究》，南宁：广西民族出版社，1993，第156页。

第三章

刘三姐形象的层累性建构

"在人文科学里,所有门类的知识的发展都与权力的实施密不可分。当然,你总是能发现独立于权力之外的心理学和社会学理论。但是,总的来说,当社会变成科学研究的对象,人类行为变成供人分析和解决的问题时,我相信这一切都与权力的机制有关——这种权力的机制分析对象(社会、人及其他),把它作为一个待解决的问题提出来。所以人文科学是伴随着权力的机制一道产生的。"[①]话语是权力的表现形式,构成了意识形态、伦理道德、文化传统与美学观念等一系列准则,形成了一个庞大的话语网络,作为话语生产的文学活动自然不能独立于这个网络而存在。我们与世界的关系就是一种话语关系,我们对话语的理解当然难以摆脱其预设的影响。

① 米歇尔·福柯:《权力的眼睛:福柯访谈录》,上海:上海人民出版社,1997,第31页。

第一节 民间艺术的国家征用

一、新中国成立初期民间艺术的发展

新中国成立初期民间艺术的发展，实际上是延安时期革命文艺对民间文艺的利用和改造在20世纪50年代的延续，强化国家意识形态，其着眼点主要放在民间文艺形式的通俗普及，民间文艺成为新中国文艺发展的主流。当时，民间文艺是在“推陈出新”的指导下实行改革，“让民间文化承担起严肃而重大的政治宣传使命”①。这主要体现为新中国成立初期的戏曲改革，经过改造后的民间艺术演变为歌颂新政权的新文艺，承担国家权力意识形态向社会沟通信息和宣传政治教育的功能。

在广西，有一种具有深厚群众基础的壮族采茶歌舞剧，地方色彩和民族风格非常鲜明。比如，新中国成立之前，左江地区几乎每个村寨都有采茶歌舞队。1955年，广西各地的地方剧种才有了统一的名称——彩调。同歌圩一样，在民国时代，彩调也遭到国民党政府的严厉禁止。新中国成立初期，歌圩和各种地方戏都迎来了新生。各地歌圩和彩调恢复了生机，民间艺人也和所有的劳动者一样，成为国家的主人，受到了社会的尊重和人民政府的关怀。著名彩调艺人“吴老年任广西文联戏剧部副部长、中国戏剧家协会会员、剧协广西分会副主席”②。各地彩调艺人和民间歌手也

① 陈思和：《中国当代文学关键词十讲》，上海：复旦大学出版社，2002，第140页。
② 蔡定国：《彩调艺术研究》，南宁：广西人民出版社，1988，第40页。

成为基层文化艺术部门或业余艺术团体的骨干力量。新中国的诞生，使歌圩和彩调得以迅速发展。“大批剧团的建立，是这个发展时期的重要标志。”各地城乡业余彩调团的发展如雨后春笋，“桂林地区业余彩调团发展到一千多个，演员数以万计……其他像百色、柳州、梧州、南宁、河池等地区的业余彩调团到底有多少，就难于统计了”。[①] 这些彩调团演出的剧目，以自编自演和移植现代题材的戏曲为主，如《兄妹开荒》《夫妻识字》等。

1958年，在毛泽东的倡导下，全国掀起了一个大规模的采风运动。民间文化得到国家权力主体的极大重视，新民歌的地位迅速得到提升，新民歌搜集、创作被当成政治任务，或者说是国家政权对民间文化的一次有选择、有目的的倾斜。民歌，顾名思义，就是指在民间口头流传的民众自己创作的歌谣。新民歌就是要在旧民歌这种形式中注入新兴意识形态的内容，用民歌的形式来宣传党的政策。广大文艺工作者在各级党组织的提倡和组织下，纷纷深入农村、厂矿、部队，向工农兵学习，自觉地进行采风，使新民歌在当时获得超常规的发展。1958年新民歌运动的特点是对传统民族民歌的改编、加工和再创造。由于新民歌运动承担着传播社会主义思想的重要使命，创作和搜集民歌成了社会生活中的一项重要的“政治任务”，新民歌基本意识形态化。在这个诗歌写作的“狂欢节”时期，“当时不仅是许多省、县、乡举行群众创作大会、民间歌手大会、民歌创作积极分子会议，在文艺界也组织了一些会议来推动民歌创作的开展”[②]。这个运动创作了许多新民歌，但与真正的民间精神很少有联系。这些新民歌所发出与其说是“工农”的声音，毋宁说是意识形态的声音。“随着‘大跃进’运动的波折，新民歌运动逐渐退潮。1958年底，全国各大报刊刊载的新民歌就大大减少了。”[③]但是“新民歌作为一种能更好地与工农大众相结合的艺术形式也逐渐取代了原有诗歌的地位”，“它消解了诗歌的神圣化，实现了精英文学

---

① 蔡定国:《彩调艺术研究》，南宁:广西人民出版社，1988，第41页。

② 谢保杰:《1958年新民歌运动的历史描述》，《中国现代文学研究丛刊》2005年第1期，第32页。

③ 谢保杰:《1958年新民歌运动的历史描述》，《中国现代文学研究丛刊》2005年第1期，第41页。

和民间文学的合流,有利于诗歌的大众化"[①]。普通的工农兵老百姓接近了知识分子垄断的文化圈,获得了平等创作的权利,这是应给予充分肯定的。在"柳州市《刘三姐》创作组"当中,黄文祥等几名民间歌师也都成为创作组的成员。

20 世纪五六十年代彩调剧《刘三姐》虽然也与 1958 年新民歌运动有着直接的联系,但创作这部彩调剧是为了向国庆 10 周年献礼。新民歌运动退潮后,1959 年 5 月,广西"柳州市《刘三姐》创作组"才成立,创作组成员在"市文化局特别召开地方老者故事座谈会,多方面征求意见和收集材料,并派专人负责素材的采访和资料的收集工作"[②],并"召集老艺人、新文艺工作者,山歌手等有关人员参加提纲讨论,然后由专人执笔写成初稿"[③]。这相对尊重了民间山歌的创作规律,很大程度上回归了原生民歌。正是代表了壮族的山歌和彩调的民间艺术较大程度上得到保留,借助政治宣传的力量,歌舞剧《刘三姐》为广西赢来"歌海"的美誉。

二、作为时代主流的阶级话语

20 世纪 90 年代以后,广西发生了有关《刘三姐》的剧本(包括同名电影剧本)著作署名权连环纠纷案,先是"柳州市《刘三姐》创作组"的几名成员因电影《刘三姐》署名为"编剧乔羽"而状告乔羽侵权。1999 年,经有关部门调解,长春电影制片厂和乔羽同意在今后出版电影《刘三姐》的光盘中增加"根据广西柳州同名彩调剧改编"的字幕。2001 年 5 月,邓昌伶的子女邓仪等四人向南宁市城北区人民法院提起诉讼,将当年"柳州市《刘三姐》创作组"的成员邓凡平等人和柳州彩调团告上法院,要求法院确认被告创作、表演的彩调剧《刘三姐》为原告父亲剧本的改编作品,原告依法享有原著署名权。2007 年 3 月,广西壮族自治区高级人民法院维持南宁

---

① 常帅:《全民乌托邦的歌唱——以〈红旗歌谣〉为例阐释 1958 年新民歌运动》,《安徽文学》2008 年第 8 期,第 89 页。

② 邓凡平选编:《刘三姐评论集》,南宁:广西民族出版社,1996,第 422 页。

③ 邓凡平选编:《刘三姐评论集》,南宁:广西民族出版社,1996,第 424 页。

市中级人民法院的一审判决:邓昌伶为《刘三姐》剧本的著作权人。

这些纠纷虽然已经被法院判定,但实际上这些纠纷如同刘禾所说的那样,是“一场难断的山歌案”。因为《刘三姐》不同版本的剧本反映了带着不同文化背景的不同主体,他们的叙事模式不同但又在相同的时代话语中讲述刘三姐故事,赋予了刘三姐符号以既相同又不同的意义,都推动了刘三姐文化的发展。刘三姐成了广西少数民族女性形象的代表,让全中国乃至全世界人民从艺术形象中认识了壮族,这与20世纪五六十年代发生在广西的群众性刘三姐文化运动是分不开的,而纠纷案的不同剧本也都出现在那个时代。这场文化运动中共有1209台《刘三姐》的演出,观众达1200万人次,占当时广西总人口的60%。不同地区、不同版本的《刘三姐》大都是参考柳州彩调剧改编而来的,各种版本一脉相传——内容相近、主题类同、形式类似,都是由大规模的群众性创作《刘三姐》的文艺运动同期催生。不同地方的一千多台戏主要情节、主要人物,人物性格、剧情结构、思想感情和创作主题惊人地类同,应该说这是一个被话语主导的讲述。早在延安时期,《在延安文艺座谈会上的讲话》就被确立为文艺工作指导思想,为文化艺术意识形态建设提供了基本的理论概念、逻辑和方法。以马克思列宁主义、毛泽东思想为基础的意识形态成为主导意识形态和权威话语。20世纪五六十年代的中国,文艺创作在题材内容、主题人物、风格样式等各个方面都与“以阶级斗争为纲”的时代主流话语高度契合。毛泽东《在延安文艺座谈会上的讲话》指出:“任何阶级社会中的任何阶级,总是以政治标准放在第一位,以艺术标准放在第二位的。”[①]艺术从属于政治,艺术是为了强化政治宣传的效果,艺术在很大程度上成为一种工具。毛泽东要求“文艺工作者,要使自己的作品为群众所欢迎,就得把自己的思想感情来一个变化,来一番改造”[②]。把立场和思想感情转变到民间大众来,才能更好地发挥文艺的政教功能。这也是中国儒家文化和美学中“文以载道”的承续,实际上是国家话语和知识精英话语“合力”对民间话语的改写。

① 《毛泽东选集》第三卷,北京:人民出版社,1991,第869页。
② 《毛泽东选集》第三卷,北京:人民出版社,1991,第851页。

在这种语境下,1954 年,覃桂清将搜集的民间刘三姐传说几乎一字不改地寄到报社,被退了稿。其同事萧甘牛在退稿版的基础上,增加了与刘三姐相爱的劳动青年李示田,想要三姐做小老婆不成而加害三姐的财主莫仁怀,最后三姐设计将莫仁怀压在石洞里,带着李示田到各地传歌的情节。这一改编后的整理本发表在 1956 年 5 月第 9 期《新观察》上。被改编了的刘三姐传说得以发表显然是民间文学搜集者自觉或不自觉地符合国家主流话语的书写,决定了刘三姐传说在这一新的社会历史语境中的符号意义。

这样的情况也发生在民间《刘三姐》戏曲中。笔者在田野调查的过程中了解到,广西扶绥县 1952 年的《左江采茶剧刘三姐》是新中国成立后第一台《刘三姐》地方戏。[①] 2010 年 7 月 13 日,笔者前往扶绥了解情况,当时县文物所蔡辽聪所长说,在扶绥县城至渠黎镇方向十多千米的(新安村)左江岸边,至今保存有刘三姐的坟墓,刘三姐故乡是扶绥的新安村。20 世纪 50 年代初,刘三姐的故事最早是由扶绥县文艺队的邓敬生根据民间传说挖掘整理出来的,当时编成了 40 分钟的采茶戏,由扶绥县文艺队演出。作者随后将剧稿投寄到《广西日报》副刊,因为剧稿缺乏阶级斗争、武装斗争的内容而没有得到发表。显然,在当时符合主流话语的阶级叙事才更容易传播,并在传播中才会更容易产生意义。在这样的话语讲述时代,刘三姐文化运动中不同版本的“刘三姐”形象必然契合主流的国家话语,刘三姐反抗地主、追求自由的斗争精神因而也惊人地雷同。尽管如此,文学审美话语并不先在地排斥阶级斗争,以阶级斗争为主题的文学叙事也并非必然丧失其审美价值。英国马克思主义理论家伊格尔顿不断重申这样的观点:意识形态话语与审美话语总是积极地相互渗透,意识形态在任何文学作品中都控制着人物的性格设置、故事情节走向、叙事角度、人物语言和叙事者语言等,文学不可能与意识形态无关。因此,虽然歌舞剧、电影《刘三姐》确实存在明确的政治性主题,但由于艺术形象的丰足性在不同的历史语境、不同读者的阅读视野内仍然获得复杂多样的阐释,审美意义作为情

① 广西诗人、词作家古笛的《从刘三姐的坟谈起》,也持此说。

感和想象力的符号意义超出意识形态意义是可能的。并且,作为讲述话语的不同主体也并非完全被动,因文化背景不同,讲述的叙事模式、叙事策略和叙述倾向的区别也会在审美意义上体现出来。

福柯认为国家掌握着一套权力话语,通过建构有利于自己的性话语、知识话语、道德话语,使知识分子群体认同国家的社会制度和道德规范。权力的运作与知识的帮助是分不开的,两者是互相依赖与共谋的关系。所以"我相信不存在独立自主、无所不在的普遍形式的主体。……我认为主体是在被奴役和支配中建立起来的……当然这是建立在一系列的特定文化氛围中的规则、样式和虚构的基础之上"①。这种文化氛围和规则实际上是国家意识形态与作者及读者之间建立的一种契约,有了这种契约,艺术形象才能获得权力规约的具体的时代语境中的意义。阶级斗争话语作为强势的国家政治话语对审美话语的干预,就要求"文艺很好地成为整个革命机器的一个组成部分,作为团结人民、教育人民、打击敌人、消灭敌人的有力的武器,帮助人民同心同德地和敌人作斗争"②。文艺工作者首先面对的是"阶级"的位置和处理,"在具体选材过程中,凡符合当时的文艺政策的就作为'真'和'精'采纳,否则就当作'伪'和'芜'加以摈弃"③。彼时民间传说中多义性的刘三姐形象被"阶级斗争"简单化处理了。歌舞剧《刘三姐》的导演郑天健当时说:"在有些记载中,刘三姐被描写成一个七岁'能读书',十二岁'通经史',与劳动人民毫不相干的女才子;宣扬所谓的'艳事说三姐,风流万代香'……某些传说用一些陈词滥调,把刘三姐形容成一个不事劳动的女二流子。如'唱歌得耍又得玩,唱歌得坐鲤鱼岩'。……诸如此类,分明是旧时代的统治者,对于这个出自人民的想象、被广大人民尊敬的歌仙的歪曲和污蔑,他们千方百计地企图改变民间传说的本来面目,意在消灭或贬低刘三姐的山歌在人民群众中的影响。"④阶级斗争简单化后的刘三姐形象被政治话语彻底地符号化而纳入现实政治标准之内,

---

① 米歇尔·福柯:《权力的眼睛:福柯访谈录》,上海:上海人民出版社,1997,第19页。
② 毛泽东:《毛泽东选集》第三卷,北京:人民出版社,1991,第848页。
③ 陈思和主编:《中国当代文学史教程》,上海:复旦大学出版社,1999,第127页。
④ 邓凡平选编:《刘三姐评论集》,南宁:广西民族出版社,1996,第439页。

成为一种规范化的阐释。1960年,中国戏剧家协会于8月28日邀请首都文艺、戏剧界人士,举行了座谈会。到会的有萧三、林山、马少波、薛恩厚、吴雪、卢肃、金紫光、孙福田、伊兵、孟超、风子、张真等30多人。在会上发言的同志们都认为,《刘三姐》的富有革命性、战斗性的内容,和富有民间艺术色彩的形式和谐地统一起来,不仅有强烈的政治鼓动作用,又给人以很好的艺术享受。……现在的刘三姐,是劳动人民的代言人,并且一道站在斗争最前线,比传说中的刘三姐更提高、更典型化了。[①] 1953年,周扬在第二次文代会上明确提出:"文艺作品所以需要创造正面的英雄人物,是为了以这种人物去做人民的榜样,以这种积极的、先进的力量去和一切阻碍社会前进的反动的和落后的事物作斗争。"[②]作为政治榜样的典型化艺术形象解构了艺术的娱乐、愉悦功能,仅仅是一种意识形态话语的间接表达,艺术形象也附带获取了政治意识形态的文化权力。

三、民间话语与国家话语的契合

新中国成立初期,以"古为今用""推陈出新"等文艺思想理论为方针,中国文艺界当时提出"写中心、唱中心、演中心"的口号,文艺创作被视为政治任务,其核心和内蕴是革命的功利主义。"柳州《刘三姐》创作组"把几份剧稿称为"第一方案""第三方案"等,这本身就使文艺创演具有了明显的时政色彩。文艺创作既要符合主流意识形态的要求,又要满足"工农群众"的精神需求。高度政治功利的文艺创作如何在政教功能和艺术审美的不同功能取向之间获得协调呢?文艺工作者以什么样的书写策略达成政治话语与审美话语的和谐呢?这都需要一个民间话语与国家话语高度契合的文化氛围。

巴赫金认为:"符号的意义属于整个意识形态……任何意识形态的符号不仅是一种反映、一个现实的影子,而且还是这一现实本身的物质的一

① 参见邓凡平选编:《刘三姐评论集》,南宁:广西民族出版社,1996,第89-92页。

② 周扬:《周扬文集(第二卷)》,北京:人民文学出版社,1985,第251页。

部分。”①虽然符号领域的内部存在差异，但每个意识形态创作领域都以自己的方式来折射现实，在整个社会生活中都有自己特殊的功能。当时中国社会现实是政治意识形态向社会生活全面渗透。民歌本来就是具有多种功能的特殊文学样式，其教化功能与政治规训功能并不矛盾，两者思维模式就有可能被同化。民间话语对世界的简单化甚至模式化解释，契合了当时主流阶级话语二元对立的程式化的主题。1957 年以后，中国群众文化艺术活动曾形成空前的活跃态势，民间艺术在很大程度上成为政治宣传载体，国家出于政治或经济目的改造民间文化。作为“接受者”——民间并没有完全处于被动接受状态，而是主动地、乐意地参与，如此刘三姐文化狂欢现象才能真正出现。柳州彩调剧《刘三姐》初稿成于 1959 年 4 月，称柳州第一方案，彩调剧《刘三姐》第一方案采取以山歌曲调为主与彩调戏曲音乐相结合的演出形式，在南宁参加国庆献礼剧目汇报演出时，引起了一些人的非议，认为“歌剧不像歌剧”“彩调不像彩调”“风格不统一”等。当时中央戏剧学院院长张庚和诗人贺敬之也前来看戏，二人一致叫好，大加鼓励，区党委宣传部部长葛震也坚定支持，并肯定民歌。② 彩调剧《刘三姐》第一方案演出以后，民间反映极为热烈。有鉴于此，1959 年 5 月，“柳州市《刘三姐》创作组”才成立，时任市委宣传部副部长的邓凡平还是编剧创作组成员。在彩调剧《刘三姐》第一方案基础上修改的第三方案发表于 1959 年 9 月出版的《剧本》，同年 12 月由广西人民出版社出版，印数近 30 万册。几乎与此同时，广西各地的《刘三姐》的彩调剧、桂剧、粤剧、木偶剧、采茶剧、师公剧、牛娘剧、山歌剧、歌舞剧、歌剧，各地区、各民族，各种各样的地方剧种都参加了“刘三姐”的大创编、大展演。无数民间艺人和民族歌手纷纷献歌献艺，“刘三姐”的歌声传遍了千村万寨。如，柳州市郊区 8 个公社 76 个大队都上演了《刘三姐》。《刘三姐》第三方案演出后，广西各农村、城镇、机关、学校、医院、工厂、农场直至幼儿园都纷纷排练演出。民众的参与越来越受到政府的关注和重视，1960 年 4 月，广西壮族自治区

---

① 巴赫金：《巴赫金全集（第二卷）》，石家庄：河北教育出版社，1998，第 350 页。

② 参见邓凡平：《歌海遇仙记》，北京：中国戏剧出版社，2007，第 13-15 页。

党政领导决定在首府南宁进行《刘三姐》文艺会演。于是，主流意识形态、编创人员、接受群众“合力”营造刘三姐文化运动。民间文化依赖国家话语获取了优越的发展空间，与之互动、融合，从而获得了合法地位。会演后，广西区党委组织有关创作人员吸收各地剧团的演出剧本，整理改编成民间歌舞剧《刘三姐》。1960 年 7 月，民间歌舞剧《刘三姐》赴京进行汇报演出，其间五次进入中南海表演。接着，剧团又到天津、长春、沈阳、上海、广州、武汉等 13 个地方巡回演出，前后历时将近一年。各省市的歌舞团和部队文工团也都纷纷加入，刘三姐的古老传说从此变得家喻户晓。陈思和认为：“共名与无名是一对专指文化形态的相对立的概念。20 世纪中国的各个历史时期，都有一些概念来涵盖时代的主题，如‘五四’时期的‘民主与科学’、‘反帝反封建’……五六十年代的‘社会主义革命与建设’、‘阶级斗争为纲’、‘两条路线斗争’……这些重大而统一的时代主题深刻地涵盖了一个时代的精神走向，同时也是对知识分子思考和探索问题的制约。这样的文化状态称之为‘共名’。”①

“阶级斗争为纲”作为那个年代的“共名”，促成了政治话语与民间话语的互融，民间文化得以复兴。所以说，民众广泛参与成为政治话语与民间话语相互结合的一个重要切入点。然而，被国家政治话语改造的民间文化变成了政府→民间艺术→民间社会的单线传播方式，民间艺术与民俗之间的互动被政治话语置换了。经过巧妙置换，艺术与政治联姻。然而，对于艺术审美来说，尽管政治意识形态对其改造、置换，但民间意识在审美形态上还是顽强地保存了下来。“在 50—60 年代的文学创作里，我们可以看到一个相当有趣的现象，即国家意识形态对民间文化进行改造和利用的结果，仅仅在文本的外在形式上获得了胜利（即故事内容），但在‘隐形结构’（即艺术审美精神）中实际上服从了民间意识的摆布。”②民间艺术以对白、程式、婉语等隐性方式对主流政治进行着反改造、反渗透，将概念化的政治话语转化为鲜活的民间话语，并依照自己的观念秩序进行民间文化的再

① 陈思和主编：《中国当代文学史教程》，上海：复旦大学出版社，1999，“前言”第 14 页。
② 陈思和：《中国当代文学关键词十讲》，上海：复旦大学出版社，2002，第 151 页。

造。比如，歌舞剧《刘三姐》中的“盘歌”：

问：什么结子高又高，什么结子半中腰？什么结子成双对，什么结子棒棒敲？

答：高粱结子高又高，玉米结子半中腰，豆角结子成双对，收了芝麻棒棒敲。

这些对歌表现了劳动人民对劳动成果的热爱和对生活的赞美。再如“唱山歌，一人唱来万人和，唱得穷人哈哈笑，唱得财主打哆嗦”，“唱得天旋地也转，财主官家莫奈何”，这些对歌与民间传说将刘三姐唱歌神圣化如出一辙。这些“民间的隐形结构同样反映了民间对自由的强烈向往精神，但是除了原始的民间文艺形式外，它一般并不以自身的显形形式独立地表达出来，而是在与时代思潮的汇合中寻找替代物。它往往依托了时代主流意识形态的显形形式，隐晦地表达出来”①。民间隐形结构还表现在刘三姐与三秀才对歌的“一女三男”的模式，“一女”一般是民间的代表，她常常是泼辣智慧、向往自由的角色，她的对手三秀才代表了传统民间社会的对立面，即权力社会和知识社会，以财主帮凶的形象出现，在对歌中受到了辛辣的讽刺。三男的不同的身份变化可以隐喻不同的意识形态内容，但隐形结构本身所体现的民间特点、民间趣味以及民间对自由生活的向往，依然是这类作品受到喜爱的深层原因。②

---

① 陈思和：《中国当代文学关键词十讲》，上海：复旦大学出版社，2002，第156页。

② 参见陈思和：《中国当代文学关键词十讲》，上海：复旦大学出版社，2002年，第127-128页。

第二节 平民英雄形象的建构

一、刘三姐传说的戏曲化

1954年,原宜山克强中学校长邓昌伶创编《刘三姐》彩调剧本,从剧本的内容情况看,剧情结构主要是传歌、对歌、抢亲、除恶、成仙等,剧本的主题思想主要表现的是刘三姐反抗封建包办婚姻,这剧本此前并没有上演过。宜山文化馆罗茂坤、周伟和吴老年三人合作的叙事山歌《歌仙刘三姐》于1956年8月25日发表在中共宜山地委机关报《宜山农民报》文化生活版。1955年,业余彩调剧作者、宜山著名歌师黄文祥也编演了《刘三姐》彩调剧,戏分四场,主要情节有投亲、传歌、退婚、对歌、抢亲、投江、成仙等。1958年,宜山桂剧团也曾上演过桂剧《刘三姐》并在1959年3月参加柳州地市文艺会演。[①] 该剧戏分四场,主要情节有投亲、传歌、退婚、对歌、抢亲、投江、成仙等。可以看出,与1952年扶绥版的《刘三姐》一样,这些剧本基本上都是把民间故事改编为戏曲,都没有为当时主流阶级话语所强调的阶级对立的武装斗争内容,虽然也有反抗财主逼婚的阶级冲突,但主要冲突还是民间传说的伦理冲突。这些戏剧都属于地方文化,传播范围有限,未引起更多人的关注,都还是原生的民间文化,是部分文化精英以民间立场讲述的民间故事。就刘三姐故事由民间传说上升为戏剧而言,这也是民间文化的发展逻辑。因为新中国成立初期,彩调演出十分活跃,业余彩

① 参见蔡定国:《彩调艺术研究》,南宁:广西人民出版社,1988,第44页。

调团遍布广西城乡，仅宜山就有业余彩调团 400 多个。[①] 因为新中国成立之初，广西政府在文化政策上支持民间文化，有意扶植彩调，业余彩调剧团也就遍及城乡，呈现一派繁荣的景象。

将山歌提升到情节化的戏曲是民间主体在新中国成立初期对刘三姐文化发展的主要贡献。“彩调是在广西民间歌舞和说唱文学的基础上，逐步形成发展起来的”[②]，是广西壮族聚居地区家喻户晓的戏曲艺术。彩调剧大约有 500 种，流行于桂林、柳州、河池、百色等地区，以称“调子戏”“采茶戏”最为普遍。彩调源于汉族的“对子调”，顾名思义，早期传统的对子调只有两个角色，一个小生、一个小旦。演唱时采用一问一答、一逗一挑、一唱一和的边歌边舞形式，表现的内容比较简单。广西对子调与流行于上海、江苏等地的沪剧和锡剧早期的“对子戏”颇为相似。对子调中的对唱形式，在彩调演出中得到了充分发挥，发展成多种类型。在表演方面，彩调载歌载舞的基本特征，使歌和舞尤其是歌始终处于全剧的主导地位。彩调艺人往往又是民间歌师，得以广泛吸收民间歌舞和说唱艺术成分。新中国成立初期，宜州彩调艺人吴老年、莲妹唱的山歌颇负盛名，他们在表演彩调时把山歌融进去，大大增强了彩调艺术的表现力。彩调艺术是广西各族群众的共同创造。“彩调在进入壮、仫佬、侗、瑶、苗、毛南等少数民族地区之前，在舞台上的表演是比较简单的。进入少数民族地区之后，不仅表演技巧有显著提高，表演风格也更活泼多样，艺术魅力大大增强。”[③]外来文化，如湖南花鼓戏及江西采茶戏，对彩调的形成和发展产生了重要的影响。彩调在传播过程中，还吸收地方文化的特点，表现出多样性风格。任何剧种的任何剧目，要塑造人物就要讲述故事，“从剧种的产生和发展的角度来看，由民间故事表演唱发展成戏曲，这在我国戏剧史上例子是很多的”[④]。为了更好地表现故事（包括剧情和人物），故事也就很自然是当地的民间故事。彩调是群众进行自我娱乐和自我教育的工具，它的唱词具有通俗易

---

① 参见蔡定国：《彩调艺术研究》，南宁：广西人民出版社，1988，第 41 页。
② 蔡定国：《彩调艺术研究》，南宁：广西人民出版社，1988，第 5 页。
③ 蔡定国：《彩调艺术研究》，南宁：广西人民出版社，1988，第 53-54 页。
④ 吴国钦：《中国戏曲史漫话》，上海：上海文艺出版社，1980，第 11 页。

懂、口语化的鲜明特色。在民间广为流传的刘三姐自然也登上了彩调的舞台。在"'联臂踏歌'中插入故事,这是彩调发展史上的一个飞跃,意味着已在民间歌舞的基础上向戏剧化的道路前进了"[①]。历代艺人往往都在唱词语言方面力求做到言浅而意深。所谓浅,就是通俗易懂,口语化;所谓深,就是含义丰富,耐人寻味。宜山的彩调艺人在新中国成立前别出心裁地创作了一批"半壮半客(汉)"的彩调戏,汉、壮两种语言交替出现,一问一答,一唱一和,贯穿始终。这种"半壮半客"彩调令壮汉杂居地区的观众感到特别亲切。

彩调大致产生于清中期(乾隆年间),清末民初开始兴盛,绵延至今。"彩调是一种从产生以来,就和民间习俗密切相关的乡土艺术,农村中的祭祀、社村庙会及村民家中的婚丧庆典等民俗活动,都离不开彩调的演出。"[②]它是民俗活动不可缺少的一部分。早期彩调在艺术表现上没有固定格式,彩调剧的演员多数是普通劳动者,上台演出时才是演员,演的也是老百姓的日常生活。彩调剧演出时,演员可根据各家的不同情况临时编词,即兴演唱,逐步发展成为一种兼容、复合的戏曲,表现为吸纳丰富的民歌因素。早期彩调衬腔的灵活运用也与歌圩的"临机自撰"呈现出明显的相似性。戏曲中"戏"是基础,而"曲"是灵魂。民歌是人民群众日常生活中的娱乐形式,彩调吸收大量民歌因素,以单纯、流畅的音乐来表现娱乐主题。彩调剧《刘三姐》中的《山歌好比春江水》一曲从柳州山歌《石榴青》变化而来,并作为全剧的主要音乐。[③] 在多民族杂居的地区,只要会用桂柳话进行交流,壮、汉、苗、瑶等民族都会唱彩调,这种跨民族的共享文化为彩调演变为非宗教超民俗的纯粹大众审美文化奠定了基础。在流播的过程中,彩调吸收了很多具有乡土特色的各地方言俗语,也吸收了各地民间山歌、小调。彩调唱腔中融汇各地各民族的山歌,既能满足各民族观众的审美需求,也增强了彩调音乐的表现力。彩调还以民歌为基础吸收融化兄

---

① 蔡定国:《彩调艺术研究》,南宁:广西人民出版社,1988,第4页。

② 唐艳红:《彩调的生存方式及其变迁初探》,《承德民族师专学报》2007年第3期,第52页。

③ 参见蔡定国:《彩调艺术研究》,南宁:广西人民出版社,1988,第201-204页。

弟剧种唱腔和其他民间音乐曲调，发展出了唱腔、伴奏曲牌和锣鼓牌等多种曲调，逐步形成了以曲牌连缀为基础，辅以萌芽状态板式变化的音乐体制，从而使彩调的音乐魅力大大增强。20 世纪 20 年代以后，彩调表演已完全向职业化转化。彩调音乐形象既单纯又完整，在众多的地方戏曲中独具魅力。原生态歌圩中的壮族山歌风格朴实、粗犷，但曲调和节奏较为平淡单调，很少缠绵委婉。从山歌到彩调的提升，大大地丰富了刘三姐文化的审美符号和审美价值，从故事情节、矛盾冲突、人物塑造等方面升华了民间传说。彩调作为一种地方戏剧，其服装、道具、音乐、舞蹈等也极具欣赏价值。“舞蹈是一种符号，是指舞蹈中的‘人体动作或姿势’或其他的一些手段，诸如音乐、服装、背景等是‘能指’，而该动作或姿势、音乐、服装、灯光等所传达的意义则为‘所指’，‘能指’和‘所指’不可分开。”①舞蹈作为一种人体文化，一种情感符号，经过提炼、组合，美化了人体的动作。将山歌融入戏剧，用戏剧来唱山歌，歌舞合璧，听觉艺术与视觉艺术经过彩调的“杂糅”与整合，大大地丰富了戏曲的艺术符号，使山歌完成了由平面静态艺术向立体动态艺术的飞跃。

刘三姐是以唱代言的歌仙，这决定了彩调剧《刘三姐》中民歌存在的必然性。“彩调剧《刘三姐》的问世，是彩调发展史上的一块丰碑。”②彩调剧的刘三姐以舞台形象出现，是身体化的经过戏剧化和音乐化的综合性艺术符号，提升了刘三姐的“歌仙”形象。

二、歌舞剧的英雄想象

民间传说中的刘三姐形象是具有浓厚的神巫色彩的歌仙，文献记载中的刘三姐是书香门第的才女。与刘三姐故事发生联系的主要人物及行为意向是：刘三姐唱歌“误工”并“有伤风化”而被兄嫂厌恶；三秀才慕名而来找刘三姐对歌；财主重金聘刘三姐为小妾；刘三姐的哥哥刘二是迫害刘三

① 李喜微：《论视听觉符号——舞蹈》，《黑龙江教育学院学报》2009 年第 9 期，第 119 页。
② 蔡定国：《彩调艺术研究》，南宁：广西人民出版社，1988，第 43 页。

姐的凶手。1959年初,“柳州市《刘三姐》创作组”在萧甘牛整理的刘三姐传说基础上将其改编为柳州彩调剧《刘三姐》。“柳州市《刘三姐》创作组”“首先碰到的是如何识别传说的精华和糟粕,探索刘三姐到底是怎样一个人物,进而解决主题思想的问题”①。1959年4月,柳州地市文艺代表团参加国庆十周年献礼汇报演出之前,柳州市委宣传部副部长邓凡平代表市委“就《刘三姐》创作,发表了两条重要见解:第一,刘二是疼爱妹妹的,虽胆小怕事,但不是迫害刘三姐的帮凶,我们要为刘二平反;第二,莫怀仁与刘三姐的关系,是压迫与反压迫的关系,要加强阶级斗争的意识”②。在这样的“主题先行”下,“柳州市《刘三姐》创作组”把刘三姐塑造为用山歌鞭挞丑恶、捍卫劳动人民利益的智慧化身,是斗争的女性;哥哥刘二被塑造为忠厚老实、心地善良,虽胆小怕事,但不畏长途跋涉,为保护妹妹不惜牺牲一切的好哥哥。彩调剧《刘三姐》把三秀才塑造为“帮闲文人”,受莫怀仁之聘来与刘三姐对歌,企图征服刘三姐,达到“以歌治歌”的目的,而对歌过程则是激烈的阶级对垒,体现的是两个阶级、两种文化你死我活的斗争。

复杂多义的民间传说被置换为简单化的“阶级斗争”,但歌舞剧《刘三姐》的成功得益于对民间艺术的保留和改造。它把阶级对立转换为人物冲突,把阶级矛盾通俗化、具体化为日常的人伦关系,把阶级冲突中的角色表现得善恶分野、好坏明确。就故事和人物本身而言,虚心向民间学习,尊重民间创作,从民间创作中汲取艺术营养就是在故事、语言、风格上保留强烈的民间文学色彩,保持故事的生活化和生动性,大大淡化阶级矛盾的严肃性,这表现在彩调剧《刘三姐》中,刘三姐独具一格地用山歌与反动势力作斗争,用山歌捍卫自己的爱情和生活。“广西人民出版社1959年出版的柳州彩调剧本《刘三姐》(第三方案)后面,附有该剧二十八首歌曲,其中柳州、宜山、大苗山等地民歌就有十二首之多,几乎占了一半。”③这些民歌经过音乐工作者改编加工,与彩调音乐融为一体,表现力大大增强,刘三姐的

---

① 邓凡平:《歌海遇仙记》,北京:中国戏剧出版社,2007,第234页。
② 邓凡平选编:《刘三姐评论集》,南宁:广西民族出版社,1996,第483页。
③ 蔡定国:《彩调艺术研究》,南宁:广西人民出版社,1988,第47页。

"歌仙"形象显得更典型、更鲜明。这些歌曲优美动人,富有艺术感染力,对刘三姐形象的塑造以至整个戏的成功,可以说是至关重要的。婚恋主题、英雄主题和伦理主题是民间叙事中最常见因而最重要的主题,这几个方面的主题在柳州彩调剧中都保留了下来。民间话语的个性化与生活化在一定程度上消解了当时有关题材政治化的片面性以及简单化的阶级价值判断,也模糊了政治斗争的复杂性。这实际上是阶级话语借用民间话语的通俗化处理避免了意识形态的概念化表现,民间话语在彩调剧中的表现是对主流意识形态话语的依附。从表面上看,民间话语似乎"失语",被政治话语所代替,但情况并非如此。民间话语的人物形象具有非常鲜明的类型化特征,善善恶恶,善有善报、恶有恶报的二元模式与阶级叙事"两个阶级、两种文化的你死我活的斗争"二元对立模式非常一致,道德话语规训与政治话语需要并不冲突。刘三姐与三秀才对歌胜利后,刘二担心遭到财主报复而力劝三姐逃难时,三姐反而"教育"哥哥,只要依靠"老渔翁"等"人民群众"的支持和帮助,她就不怕财主报复。政治话语影响和改造民间话语,民间话语也有可能借助政治话语实现其意图——民间话语改头换面,披着政治话语的"外衣"表达民间伦理道德规劝。民间伦理表达和政治话语需要在一定范围内,特别是在传统道德和阶级斗争所能允许的范围内灵活巧妙地互相渗透。阶级斗争话语借用并改造民间传说的叙事模式,使民间话语与政治话语、道德话语达成了"和谐"的相互依存、彼此吸纳的"共谋关系",并通过民间伦理话语对阶级斗争中心话语的认同,让民间话语和主流意识形态获得了同构。

新中国成立初期是一个崇尚革命英雄的年代,符号化的英雄人物形象是政治泛文本的一种意识形态载体,英雄形象承担政治教育功能。政治意识形态决定着刘三姐作为女英雄符号的意旨以符合当时社会政治话语氛围。为了把"刘三姐"塑造为英勇斗地主的民族女英雄,从而唤起大众的审美参与和热情,势必要把刘三姐的对手三秀才塑造为"反面人物"。民间传说的刘三姐以神话化机制获得了民众的世代认同而成为民众审美理想的象征符号。她的神话化表现为特别善唱,对歌胜过了有三船歌书的三个秀才,她的灵验传说又获得了神圣的神格,民间迎送刘三姐的仪式加强了刘三姐的“神格化”以及民众的认同,使刘三姐传说更为稳定地流传。“刘三姐”这一神格象征符号的形成为把刘三姐塑造为反抗斗争的“女英雄”提供了一个神话原型。新中国成立初期的文学创作被纳入国家的政治轨道,这就要求作家的文学创作要自觉地纳入主流意识形态已经规范好了的框架里,作家的激情和理念的灌注要体现主流意识形态的内在规范和要求,因而他们塑造的英雄就具有显著的隐喻性特征,英雄的形象隐喻了人民群众团结一心就能战胜反动阶级并走向胜利。所谓英雄,无论是在东方人眼中还是在西方人心目中,都是指见解、才能超群出众的人,是勇敢和智慧的化身。主流意识形态编码指认了这些英雄形象作为发送这一隐喻意义的形象,这样的英雄形象更多显现为主流意识形态的载体,编码的符号进而转化为符号的叙事。这无疑会将作品所塑造的人物形象符号化,这些人物形象的意义在新中国成立初期的话语场域中衍化为“一切与日常世俗事务相对立的超自然或超凡的神圣品质”①。刘三姐是善歌的歌仙,为了符合阶级斗争的逻辑,歌舞剧《刘三姐》增补了禁歌与反禁歌的情节,而仅仅依靠山歌就能“斗倒”地主也夸大了山歌作为审美的“文化斗争”的力量,再次增补了地主霸占茶山与三姐带领群众反霸山的情节。政治斗争、经济斗争、文化斗争的阶级斗争叙事进一步充实,比较完整和深刻地塑造了刘三姐形象,充分显示了刘三姐的革命性和人民性。财主走狗强抢猎物,刘三姐主持正义,财主走狗抬出莫老爷来吓唬,刘三姐唱:“上山有棍打得蛇,下水有网捉得鳖,有理敢把皇帝骂,管你老爷不老爷。”财主不允许众人再唱山歌并下令“禁止采茶”,刘三姐马上反驳:“众人天,众人水来众人山,劈开荒山造茶林,哪有莫家一滴汗?”刘三姐号召乡亲们“一根木柴难起火,柴多火苗高过天,只要穷人同心意,不怕莫家霸茶山”。众人情绪高涨齐齐动手砸烂禁牌。在这里,“歌声还比钢刀利”,承担着主流意识形态的刘三姐形象被赋予乡村干部的政策宣讲者和人民群众领头羊的角色。英雄化的刘三姐形象一定程度上失却了人的丰富内容,作为一个政治符号化的阶级概念,以概念化意识形态的形式为表现,其所指越来越空洞,

① 吕智敏:《话语转型与价值重构》,北京:北京出版社,2002,第217页。

而能指意义则趋向无限，成为一个具有了超拔于常人的意志、能力与勇气的人造意义上的“神”。电影《刘三姐》的编剧乔羽当时说：“山歌这把匕首，她用来是那样锋利，那样得心应手，锋刃指处，真是所向披靡。”①其实，20世纪60年代，在歌舞剧、电影《刘三姐》的一片赞扬声中，就有人对于其拔高主题，过于“现代化”有所质疑：“群众对待财主和狗腿子的态度，个个都是立场分明，意志统一，似乎都有了不小的觉悟，确乎像是土改中斗争地主的有组织的群众。”②彩调剧的刘三姐形象与民间传说已经相去甚远。为了创作彩调剧《刘三姐》，虽然说是从民间“搜集了25万字的山歌”，事实上很多歌词是执笔人用民歌风格创作的，很少直接采用民间传说的歌词。彩调剧《刘三姐》执笔人之一的龚邦榕说：“《刘三姐》一百多首山歌中，有百分之八十以上是我们凭山歌功底创作的。”③

这种人造“神”的叙事结构的基本特征是，以阶级分析的二分法形成叙事类型上最基本的二元对立结构，用来阐释产生于国家意识形态体系中阶级斗争的基本主题，再赋予正义与邪恶较量的道德标签。英雄“神格”就与民间善恶伦理神格内在地契合，民间文化就这样从相对独立的状态中被政治话语征用而进入国家意识形态体系。在民间文化中，神话、传说及各种带有宗教色彩的巫术、礼仪也是日常生活中不可缺少的部分，但由于与当时主流的意识形态文化观念相抵牾，就被作为封建落后的糟粕而摒弃于阶级话语主题之外。歌舞剧《刘三姐》对于音乐符号和舞蹈符号的利用也明显体现出二元对立的叙事结构。在人物的唱腔中，哪里算是唱“歌”，哪里算是唱“戏”，都是按照阶级二分的模式来处理的。凡是剧中以唱歌姿态出现的，如歌节上唱的、采茶时唱的、盘歌时唱的、对话时唱的，都属唱“歌”，使用的是优美的山歌曲调；凡是剧中反面人物的叙事、对白、独白的地方，如管家所唱“奉了老爷命，前去封山林”，媒婆所唱“三寸舌头一嘴油”等，都属于唱“戏”，使用的就是戏曲曲调。媒婆的过场，运用丑旦的扭

---

① 乔羽：《耳目一新——谈歌剧〈刘三姐〉》，载于罗岗生、李莲芳主编《刘三姐研究资料集》，南宁：广西人民出版社，2007，第268页。

② 范阳：《也谈〈刘三姐〉》，载于罗岗生、李莲芳主编《刘三姐研究资料集》，南宁：广西人民出版社，2007，第498页。

③ 罗岗生、李莲芳主编：《刘三姐研究资料集》，南宁：广西人民出版社，2007，第517页。

步、亮相、团扇和手帕的舞蹈,众家丁挑歌书过场运用的是矮步等,强化了滑稽可笑的喜剧效果。刘三姐与小牛定情运用"对子调"的各种双人扇花舞蹈身段,"歌圩"中的"绣球舞"以及"织网舞"等,优美华丽,充满了欢乐祥和的气氛。"将山歌曲调与戏剧曲调融合使用,扬长避短。山歌曲调与戏剧曲调的有机结合,使《刘三姐》的音乐形象多姿多彩,表现力强劲多变、独特新颖,是我国戏剧史上的首创。"①

简言之,新中国成立初期的政治观念和原则已成功地转换为艺术的策略与技巧,政治策略和意识形态观念转换为审美的情感和想象力。

三、影院里的少数民族想象

新中国成立初期,由于民族地区还没有独立摄制电影的能力,少数民族题材电影创作者基本上是以汉族电影工作者为主体。1961 年,电影《刘三姐》剧本由剧作家乔羽改编,作曲家雷振邦谱曲,长春电影制片厂导演苏里执导,刘三姐由桂林市彩调剧团演员黄婉秋扮演,广西彩调剧团刘三姐扮演者傅锦华为其配唱。电影在彩调剧(第五方案)、歌舞剧《刘三姐》的基础上再一次将壮族音乐、彩调音乐与其他民族音乐的精华进行融合。由于这一时期特殊的历史背景,反映阶级斗争主题依然是电影负载的政治意识形态功能,但有意思的是被歌舞剧《刘三姐》尽量淡化的爱情叙事在电影中被突出地摆到了前台加以表现。刘三姐依然是带领群众斗争的领袖,但电影明显突出了她的女性特征和女性话语。对反面人物莫财主,电影赋予他阴险狠毒的统治者的阶级共性,也赋予他爱好古董与攀附风雅的个性,这与歌舞剧中愚鲁蛮横的财主有着明显的不同。电影编导者认为歌舞剧中媒婆这个人物形象比较粗俗,有损刘三姐清纯的形象,因而断然将其删除。三秀才中的陶先生则成了财主的"师爷"。为了增强戏剧性,情节上在"对歌"的高潮以后,要有悬念,"设计了砍柴被抓,囚禁莫府,阿牛

---

① 刘吉典:《学习"刘三姐"的音乐创作》,载于罗岗生、李莲芳主编《刘三姐研究资料集》,南宁:广西人民出版社,2007,第 231 页。

相救的情节”。[①] 刘三姐的故事,被放在如诗似梦的桂林山水环境里展开,富有地方色彩的民歌、曲调与诗情画意的电影画面完美融合,更是引人入胜。

新中国成立初期少数民族题材电影不仅再生产着国家意识形态,还负载着“民族团结”与“民族和谐”的意识形态功能,通过艺术手段建构了汉族和少数民族的平等关系以及汉族与各少数民族融合关系的主题。然而,这种平等融洽的民族关系并不是从民族的视角去观照,而是运用阶级分析的方法,消解民族界线,表述了阶级意识可以跨越民族、血缘关系,表述了政治、经济、意识形态和社会主义文化的主题,民族、血缘的异同观念在影片叙事中被超越。因此,在《刘三姐》中,在受到地主的压迫和必须团结起来反抗阶级敌人这两点上,壮族妇女被表现为与汉族妇女有着相同的命运。少数民族题材影片是开在“十七年”影苑中的一朵瑰丽的奇葩,少数民族影片中的画面、音乐、歌舞等方面以其自然明快地流露出来的、有异于汉族主流电影的民族风情,给中国影坛吹来了清新的气息。刘三姐等青春靓丽的少数民族妇女形象就成为一种充满了汉族对少数民族想象的符号物。这些被汉族的想象建构起来的少数民族形象,并不单纯为了志异猎奇。少数民族电影已经涉及不同民族的不同文化体系的“对话”,这是一种文化对另一种文化的阐释,涉及如何构造与理解“他者”形象,因此,比较文学意义上的形象学也就为我们研究电影中的刘三姐形象提供了一个视角。

形象学,顾名思义,就是研究形象的学问。它所研究的是在一国文学中对“异国”“异族”形象的塑造或描述。关于比较文学形象学中的形象,法国学者巴柔认为:“一切形象都源于自我与‘他者’、本土与‘异域’关系的自觉意识之中,即使这种意识是十分微弱的。因此,形象即为对两种类型文化之间的差距所作的文学的或非文学,且能说明符指关系的表述。”[②] 这里的“异国形象”就是“在文学化,同时也是社会化的过程中得到的对异

---

① 参见邓凡平选编:《刘三姐评论集》,南宁:广西民族出版社,1996,第 474-475 页。
② 孟华主编:《比较文学形象学》,北京:北京大学出版社, 2001,第 155 页。

国的认识的总和”[①]。比较文学形象学意义上的形象指的是文学中所塑造的异国异族形象，是存在于作品中相关的主观情感、思想、意识和客观物象的总和，在文本中是以具体的人物、风物、景物、观念和言辞等多种形式存在的。形象基本上有两种类型：乌托邦形象和意识形态形象。乌托邦形象是作为一种异己力量质疑现存秩序，期望他者文化对自身文化传统和社会现实进行调整；意识形态形象是按照本国价值观塑造的，通过主观整合异国的现实来符合本国群体的认知，以维护和整合本国社会秩序为目的的象征模式。形象学认为，异国形象绝不是一种单纯的个人行为，而是作家根据他本人所属的社会和群体的想象描绘出来的。形象学也重视他者形象与自我形象的关系。自我对异族想象的现实功用和影响，就是通过塑造他者形象进行自我确认。他者形象并不是他者现实的客观呈现，而是被赋予了自我的意识形态或乌托邦色彩。作为他者的异国异族形象总是按照自我的价值观塑造的，有意无意地在维护、扩张或颠覆自我文化。法国形象学学者巴柔认为：“我看他者，但他者的形象也传递了我自己的某个形象。在个人、集体或半集体的层面上，他者形象不可避免地同样要表现出对他者的否定，对我自身、对我自己所处空间的补充和外延。我想言说他者，但在言说他者时，我却否认了他，而言说了自我。”[②]对于他者与自我的关系，孟华教授更直接地指出：“一个作家笔下的形象，主要不是对异国社会的表现，而是对本国社会的表现。”[③]作者依据自己的想象塑造出来的异族形象，具有言说“他者”与言说“自我”的双重功能。异族作为本族文化的他者，承载着他者文化，而书写异族、彰显异族的“他性”不可避免地带有本族的文化眼光，阐释异族的同时也阐释自我、建构自我，他者形象与自我处于一种不可或缺的交互作用的必然联系之中。

由于异族形象的生产过程涉及的第一个行为是“观看”，形象的塑造者首先便以注视者的身份出现，作为他者的异国或异族则成为被注视者，两者表现出了互动性。新中国在政治上、法律上确立了我国各民族平等的

---

① 孟华主编:《比较文学形象学》,北京:北京大学出版社, 2001,第 4 页。

② 孟华主编:《比较文学形象学》,北京:北京大学出版社, 2001,第 123-124 页。

③ 孟华主编:《比较文学形象学》,北京:北京大学出版社, 2001,第 9 页。

关系，统一的社会主义文化的共同价值观使中原汉族文化对作为他者的少数民族文化表现出亲善态度，给予充分的尊重并与之构成一种平等亲和的关系，承认他者的文化具有独特性和不可替代性，承认他者与其相对应而不是相对立的关系，并积极寻求与他者的互相认同、互相了解以及平等对话的互补关系。双方文化对话和重建的主流，既重新建构自己，又重新建构对方，使自身文化和异族形象都获得更新和发展。因此，不同文化并存共生的意义，多一种“异族”存在，也意味着多了一种别样的“美”。这正如费孝通先生所说：“各美其美，美人之美，美美与共，天下大同。”[①]新中国成立初期汉族电影工作者在对少数民族形象的建构中，将少数民族文化纳入了自身文化的视域，也表现出中原文化的开放与宽容，虽然突出少数民族鲜明的异域特征，但体现出来的却是中原汉族文化吸收融化少数民族文化的自我文化增值的能力。电影中刘三姐形象的阐释与传播就是借用这种书写策略来塑造刘三姐形象，由于相对宽松的民族政策，在电影《刘三姐》中，汉族电影工作者对壮族文化资源的利用几乎是不由自主地把经过符号化了的歌舞剧刘三姐形象及少数民族文化当作现存的真实性的存在，添加了浪漫主义色彩，创造出一个少数民族形象的审美乌托邦，扩大了刘三姐形象的影响。

---

① 费孝通：《“美美与共”和人类文明（上）》，《群言》2005 年第 1 期，第 18 页。

第三节 刘三姐形象表征为壮族形象

一、多重文化边缘交汇生成刘三姐形象的多义性

从地域文化的角度看，千百年来，民族杂居地区常常成为各种文化交汇之地而造成不同的边缘文化，这是不同文化交流互动的产物，由此生成一种文化复合体，构成一种非此非彼、即此即彼，你中有我、我中有你的多元一体文化形态，形成既开放又封闭的边缘文化特征。边缘文化常见的特征，是它融合了两个以上的不同文化，可以在政治、经济、文化等领域里把不同的文化系统连接起来。

话语意义离不开具体的文化语境。所谓“语境”，是指由社会、历史、政治、经济、文化、传媒等多种因素相互作用、相互关联、相互交织而形成的特定时空界域。语境是隐含意义产生的基础和条件，也是理解隐含意义的依据。意义问题始终与“语境”概念紧密相联。“伽达默尔的‘语境论’中有三个重要的概念：语境（环境）、情境和前理解。他认为：本文即内含着语境；而本文的释义的语境即是释义者的语境，释义者的语境本身要受他所置身于其中的传统（他的语言，他的世界）的限定。”[①]不同文化背景的人有着不同的价值判断，往往会对同一个文本有着大相径庭的理解。那么，不同文化语境的话语意义结合为一个多元文化复合体的机制是什么？在

① 李东：《语境与意义——基于两种哲学导向的考察和评价》，《自然辩证法通讯》1993 年第 2 期，第 18 页。

文化领域,杂糅是指不同文化元素和形式的融合,以及在这一过程中产生新的文化形式和内涵。杂糅这一概念可以成为我们解释刘三姐文化产生多义性的视角。在文学艺术方面,"所谓'杂糅'是说'旧'中有'新'和'新'中有'旧',还包括由'新'转'旧'"。"新文学观念的'杂糅'一方面是指'旧'中有'新',即上面所讨论的传统文学观念的自我调整,另一个更为重要的方面是指近代的新文学观念中往往夹杂着旧文学观念。"[①]在霍米·巴巴的杂糅性理论中,文化的杂糅性原则上指一种动态的混杂文化的创建。"就杂糅性的机制而言,霍米·巴巴将它视为一种他称为'第三空间'的中间状态的存在形式。他写道:对我而言,杂糅性的重要性并不在于追溯两个文化的根源,而是其他文化个体得以出现的'第三空间'。对霍米·巴巴而言,这个'第三空间'代表了两个及以上的文化进行交流和协商的空间,它挑战了对文化身份的同一性和整体性历史观。在第三空间中,文化符号的涵义并不具有完整性和稳定性,而是开放和流动的;甚至同样的符号可以重新进行调整和解读。"[②]霍米·巴巴之所以提倡融合和交流,是因为这种重新解读呈现出来的是一种杂糅了多种文化元素的跨文化现象,在跨文化交流中,由于语言和文化的不同,来自不同文化背景的人对文化符号的理解受到自身文化和语言差异的影响,往往又有不同的理解。这是不断跨越族群、文化和语际的界限而产生的多义性的文化空间,能够激发社会、经济、文化的多重活力。

以杂糅视角去观照广西壮族文化,其也体现出文化多源性的特征。"壮族文化在来源上是以古代南方越人文化为主体,广泛吸纳汉族文化,兼吸收苗瑶、氐羌两个文化系统而形成的,其多源结构所展示的特点在国内也很典型,这就是几乎每一文化元素都以越为主、越汉合璧,或兼其他。"[③]壮族文化本身也是由众多越人部族文化聚合而成的一种多源结构。而由于汉族文化在中国文化结构中的核心地位,汉族文化对壮族文化的影

---

① 赵利民:《论中国近代文学观念的新旧杂糅特征》,《山东大学学报(哲学社会科学版)》1999 年第 2 期,第 33、35 页。

② 陈靓:《美国本土文学研究中的杂糅特征理论探源——从生物杂糅到文化杂糅的概念流变》,《西安外国语大学学报》,2009 年第 3 期,第 61 页。

③ 梁庭望:《壮族文化概论》,南宁:广西教育出版社,2000,第 551 页。

响带有深刻和全局的性质，而且水乳交融、珠联璧合，达到了深层次。无数传播事实证明，同一文本在不同的传播语境中会收到不同的传播效果。刘三姐这一文化符号就在这种多重文化边缘交汇中生成多义性与歧义性。“刘三姐真可谓是远离中心的多重边缘：她不仅处于性别的（男性、父权）边缘，还处于民族的（汉民族）边缘，地域的（中原）边缘，文化的和政治的（统治）边缘。”[1]多元文化杂糅而生成的刘三姐文化，是岭南多民族文化交融而生成的“第三空间”。在不同文化语境下，人们对刘三姐的理解不同，因而刘三姐形象也就具有了多义性。对传统刘三姐形象的理解，历史上就存在壮族民间文化、官方主流文化、汉族精英文化等不同的文化语境。就民族而言，刘三姐是岭南各民族共同拥戴的“歌仙”。就民间文本化的刘三姐汉语歌谣而言，壮汉民族语言的互相渗透很明显，一方面汉语里嵌入壮族语言的词语与语法，另一方面汉语刘三姐歌谣又表达壮族人民自己的观念、思想和生活哲理，“我者”与“他者”很难分清。比如，广西扶绥刘三姐身世叙事歌谣中有一首：“三妹唱歌成歌仙，三妹名声四方传，年幼之人称三姐，四面勒貌[2]都来恋。”[3]壮族一般把未婚女性尊称为“妹”，歌圩上的男女对唱，男方必须称女方为“妹”，即使女方年龄比男方大也是如此。广西汉语方言也有“妹仔”的称谓，而北方汉族对未婚女性的尊称为“姐”。这首歌里，两种尊称都“杂合”一体，壮语汉语词语交错使用。在广西宜州有一种“军搭壮”的歌谣，诙谐风趣，极具地方特色，这种歌谣是广西操“军话”的汉族方言山歌与壮语山歌混杂搭配，很难界定它是汉语山歌还是壮语山歌。这些语言是一种介于我者与他者语言之间的中间语言，或是融入我者语言与他者语言的混杂语言。文本化的刘三姐歌谣是典型的“杂糅”文本，它的传唱不仅是语言与文化的翻译过程，也是语言符号转换的文化移植，表现了文化融合的深度。

随着多元化文化的发展，刘三姐作为岭南多民族共享的文化符号，从

---

① 邓伟龙：《空间的建构与认同——刘三姐文化深层底蕴的探讨之二》，《河池学院学报》2008 年第 3 期，第 113 页。

② 壮语，小伙子的意思。

③ 蒙俊忠、左年秋主编：《广西民间文学作品精选》（扶绥县卷），南宁：广西民族出版社，1997，第 355 页。

地方性的本土化过程和结果来看，壮族与汉族、中心与边缘、主流与边缘的界限被不断跨越，各种文化关系都是模糊的。文化主体在身份的界定上具有典型的杂糅性特征并且能够以不同的文化视角作多种阐释。这就不难理解在桂西北一带，许多壮族民众对自己的族籍观念极为淡漠，从新中国成立到20世纪80年代，壮改汉、汉改壮的现象经常出现。因此，刘三姐形象在不同的族群和文化语境中有不同的解读，呈现出复杂的多重意义也都能够被大家接受。于是，刘三姐文化就具有了跨文化的核心内涵，打破了各文化之间原有的壁垒，实现了不同文化之间自由通畅的交流。

二、刘三姐形象成为壮族文化的标识

"夷夏之辨"是中国传统的中原华夏文化中心主义的文化标准，是以文明与野蛮之分为基础的文化认同的观念。先秦时，就形成了华夏居中，蛮、夷、戎、狄居四方的民族分布格局，使中国地缘文化呈现出夷夏二分的"中心"与"边缘"、"主流"与"非主流"、"先进"与"落后"的二元对立模式。文野之分本来强调夷夏双向互变，"夷夏之辨的基本内容和实质，即夷夏之别的主要标志不在种族、地域的分布。而是以周礼为准，以文化高下而划分"。"如果从地域文化、民族文化相互交融的角度看"，"交融性、和合性远远超越其差异性"。[①] 近代以来的西方民族观是强调族内的同以及与外族的人我之异，"夷夏之辨"也有同样的内涵，但"以华夏为中心的文化中心主义和包容异质文化的和平主义及天下主义正是'夷夏之辨'的两重属性"[②]。唐代的文学家韩愈在《原道》中说："孔子作《春秋》也，诸侯用夷礼则夷之，进于中国则中国之。"[③]"夷夏之辨"这种双重互变的二重属性所表现出来的开放与封闭的文化性格是以开放的一面为主流的。夷夏

---

① 黄德昌：《儒家与夷夏之辨》，《四川大学学报（哲学社会科学版）》2003 年第 4 期，第 38 页。

② 任旭彬：《论"夷夏之辨"的二重性——中国传统文化的生态分析》，《广西教育学院学报》2005 年第 5 期，第 107 页。

③ 韩愈：《原道》，载于李建龙主编《唐宋八大家》，北京：中国言实出版社，2002，第 3 页。

的边界并非一成不变，"'夷夏之辨'的过程也是'夷夏'文化的比较过程，通过比较，双方都发现了对方的长处和不足，这为文化融合创造了可能的基础"①。在中国历史上，自汉以降，各封建王朝包括少数民族政权都盛行儒学，使儒学成为制度化的占思想统治主流的社会意识形态，并积极推行"以夏变夷"的"汉化"政策，使中原华夏文化带上官方文化特点而处于中国文化中的核心地位，又通过"夷夏"文化的融合，使中原文化内涵更加丰富。

传统中国人理解的"天下"是一个庞大而文明的中央王朝和拱卫在它周边的小国所构成的空间。中原王朝的主要统治区即中原地区被称为"中国"，"中国"作为文化概念一般指汉族文化区，王朝所统治的边远地区以及统治范围之外就是"蛮夷"。边远地区的"蛮夷"只要汉族文化相当发达，就被认为是"中国"的一部分，非汉族民族接受了汉族文化并发展到一定程度，他们聚居的地方也可以被认为是"中国"的一部分。所以，文化概念的"中国"地理范围总是不断地扩展。这是由于华夏文化周边的少数民族文化的文明程度相对较低，汉族先进的经济和文化把少数民族吸引到自己的周围而逐步同化了他们；也由于传统中国文化超越了民族观念而对蛮夷文化推行儒学伦理教化，一定程度上反对民族歧视，提倡互相学习、互相包容、和谐相处、讲信修睦的非暴力主义，各少数民族都比较容易接受文化主义的民族观，认同并吸收华夏文化，甚至放弃自己的文化。在历史长河中，各种少数民族文化与华夏文化互相学习、互相渗透，造成了多民族文化自然同化融合的文化大整合，促进了中国多民族的团结统一，共同建构了中华民族的共同体。传统中华文化的强大辐射力使其从中心到边缘都处于多民族经济、文化水乳交融的局面，这与美国学者本尼迪克特·安德森所说的作为现代民族的"想象共同体"评判标准大相径庭。

"夷夏之辨"这种超越种族、地域观念的文化标准具有了包容异质的属性，尽管不乏其积极意义，但它缺乏多样性文化平等发展的观念，是中国

① 王保国：《"夷夏之辨"与中原文化》，《郑州大学学报（哲学社会科学版）》2009 年第 5 期，第 153 页。

古代落后的、不利于中国文化发展的思维方式。它的包容属性是有限的，是以异质文化接受自己的价值观为条件来接纳对方。“近代中国思想史的大部分时期，是一个由‘天下’成为‘国家’的过程。”[①]鸦片战争以后，西方列强在带来“坚船利炮”的同时，也带了西方现代产物——“民族”。中华民族在挽救民族危亡的文化转型中，不断抵抗西方帝国主义侵略，同时不断向西方学习先进文化。中华民族本来是政治性很强的一个概念，是近代以来中国不同政治集团的精英和知识分子在民族救亡中使用的政治符号，它与国家概念等同。而作为文化符号，它可以整合中国各个民族，达到维护价值统一的目的。这样，“中华民族”就成为中国各社会集团、阶级、民族、个人都认同的符号和共同享有的民族身份。[②] 费孝通先生作出“中华民族的多元一体格局”的结论[③]，就在于中华民族文化是由许许多多分散孤立存在的民族单位组成，它们在历史长河中经过接触、混杂、联结和融合，同时也有分裂和消亡，形成了一个我中有你、你中有我，而又各具个性的多元一体文化。这样一个自在的民族实体经过民族自觉之后称为中华民族。各民族是中华民族的“多元”，共同构成中华民族的“一体”。文化人类学家宋蜀华先生对此解释为“中华民族这个词用来指现在中国疆域里具有民族认同的11亿人民。它所包括的50多个民族单位是多元，中华民族是一体”[④]。“多元”的差异性表现出族群和文化的多样性，而中华民族的“一体”包括中国境内多民族文化自然同化融合的文化大整合。中国文化的发展是从“天下”到“国家”“民族”的过程，中华民族的自我认同主要是一种文化意义上的认同。

事实上，汉族也是由许多外来大小族群的“多元”融合而逐渐变成“多元一体”的。几千年持续不断的“以夏变夷”过程，使汉族吸纳其他民族的成分而成为世界第一大民族。中华民族的“多元”结合成“一体”的过程中，汉族起着把多元凝聚成一体的核心作用。由于汉族的人口与文化的优

---

① 列文森：《儒教中国及其现代命运》，北京：中国社会科学出版社，2000，第87页。

② 参见陈连开：《中华民族研究初探》，北京：知识出版社，1994，第1-3页。

③ 参见费孝通等：《中华民族多元一体格局》，北京：中央民族学院出版社，1989，第1-31页。

④ 宋蜀华、陈克进主编：《中国民族概论》，北京：中央民族大学出版社，2001，第3页。

势，中华民族客观上形成了汉族与少数民族的二元结构。中华民族体系内部汉族与少数民族之间的差异，以及少数民族之间差异的存在，正是中华民族文化多样性的源泉。新中国成立后，经过民族识别并实施了民族区域自治制度，从政治上认同了各民族的法律地位，基本完成了对中华民族大家庭中各民族的身份认同，平等、团结、互助的社会主义民族关系得到确立并持续加强。56个民族强调的是文化差异，与中华民族的核心认同并存，“多元一体”的中华民族形成差异性与共同性合为一体的文化结构。

文化差异是区分56个民族的主要依据之一。歌圩文化作为与壮族、地域联系非常密切的文化现象，是人们区分壮族与其他民族的重要标志，是壮族文化最直接的外显文化，相对于汉族和其他民族，其异质性的“边界”作用十分明显。歌圩文化一方面作为民族边界而存在，另一方面也具有传承壮族文化的功能，作为歌圩“女儿”的刘三姐也就被表征为壮族的文化形象，刘三姐形象因此成为符号化的壮族形象，具有了“标识”壮族文化边界的功能。刘三姐本来是想象性的艺术形象，因而这条“文化边界”就是想象性的建构。正如马克思所说：“人们自己创造自己的历史，但是他们并不是随心所欲地创造，并不是在他们自己选定的条件下创造，而是在直接碰到的、既定的、从过去继承下来的条件下创造。”[①]艺术形象本来并非如语言那样对内具有民族认同、对外具有民族划界的功能，刘三姐形象依托歌圩文化成为壮族的象征或标志，被赋予了不同的话语权力阐释而具有民族身份的意义。艺术形象获得关涉到它所处的某种文化的标识“身份”，是这种文化将艺术形象转变为其建构身份的要素，并通过对艺术形象的生产和阐释赋予意义。象征人类学把象征符号分为“能指”（物的构成）和“所指”（概念和意义）两部分。物的“所指”需要根据不同的社会、文化语境和事件过程，给予不同的表述。刘三姐唱山歌的“能指”始终不变，历史上不同话语主体因意识形态立场和权力的差异赋予刘三姐形象的意义就迥然不同。

历史上刘三姐形象的建构，主要有壮族民间传说和汉族历史文献书写

① 《马克思恩格斯选集》第1卷，北京：人民出版社，2012，第669页。

两种。民间传说中的刘三姐本来是由壮族祭祀神祇演变为唱歌习俗中的神话人物。唐宋至民国，刘三姐是民间传说中的歌仙，封建开明文人笔下善歌的才女，正统封建主流意识形态视野中伤风败俗、风流放荡的女人。在历史文献的书写中，由于没有统一的规范的民族文字，壮族一直处于被他者书写的地位，华夏文化中心主义的封闭性表现在历史文献中所塑造的刘三姐形象，处处都体现出汉族意识和中原文化观念。由于刘三姐形象文献书写的壮族主体性被虚置，并且超越地方性文化的跨族际、跨语际传播的刘三姐山歌大多是汉语山歌，因此至今仍有许多人认为刘三姐的族籍为汉族也就不难理解了。就连歌圩，都"是外人给壮族人民这种风俗定的名词"①。"以往研究的'他者'视角拉开了歌圩与民众之间的距离，研究者没有太多地关注歌圩主人的反应，造成了'我者'的缺席。"②"从'歌圩'这个概念来说，它的遮蔽性也是显而易见的"，"在民间，这种表述则可能更为丰富……在文人笔下，民间对歌习俗或与节日结合，或与日常生产生活结合，或与婚丧嫁娶结合，体现了民俗混融性和丰富性的特点，但后来的人们往往顾名思义，特别强调'歌圩'聚众对歌的特点，对'歌'之外的民俗事象造成了某种程度上的遮蔽。"③现代刘三姐形象被赋予壮族象征意义而得到人们认可，这是民间、文人、学界、官方等多重主体合力建构的。20 世纪五六十年代，在广西群众性的"刘三姐文化"运动中，壮族民间主体依然处于"被书写"的位置，但壮族民间主体"缺席"的问题得到了一定程度的解决。民间文学的搜集者增添了阶级对立因素，歌舞剧和电影《刘三姐》的改编者借用刘三姐的贫农和少数民族的身份符号，把民间传说的伦理冲突、文化冲突、性别冲突等简化为阶级冲突，在国家民族平等团结和社会主义意识形态的主流话语的主导下，刘三姐形象被塑造为反抗地主的阶级斗争英雄。由于刘三姐这一形象仍然带有鲜明的歌圩文化特色和民间文化

---

① 蓝鸿恩:《关于歌圩》,载于张紫晨选编《民俗调查与研究》,石家庄:河北人民出版社,1988 年,第 77 页。

② 张声震:《壮族历史文化与〈壮学丛书〉——〈壮学丛书〉总序》,《广西民族研究》2003 年第 1 期,第 48 页。

③ 陆晓芹:《"歌圩"是什么——文人学者视野中的"歌圩"概念与民间表述》,《广西民族研究》2005 年第 4 期,第 74 页。

特征，反映了壮族人民的生存状况、愿望、理想以及文化价值观，因而被壮族人民所接受。

广西壮族自治区成立以后，国家话语同样需要壮族在多元一体的中华民族大家庭中建构出一条无形的文化边界，作为彰显现代壮族区别于其他民族的依据。这个意图在长春电影制片厂摄制故事片《刘三姐》的过程中表现得十分明显。广西壮族自治区党委提出主角要用广西人，“广西方面桩桩件件详加过问……音乐要保持广西民歌曲调、服装样式要先送审……选景时……还专门委派区党委宣传部副部长复查预定的外景地。……实拍过程中，对于……刘三姐的造型，苏里（电影导演）原来打算把她刻画成一个壮族的打柴姑娘，辫子盘在头上，农村衣着，有种豪迈女性的味道……美工师画了两幅刘三姐的造型图，领导又认为没抓住壮族特点。苏里忍不住问：‘壮族的特点是什么？’领导回答：苏里同志，壮族没特点，没有特点就是特点”[①]。“壮族没特点，没有特点就是特点”，这话既明确要求塑造具有壮族特点的刘三姐，又给人宽阔的创造空间。其实，这一方面很大程度上反映了广西和电影摄制组两方面都对壮族形象的茫然心态，另一方面也反映了多元聚合的壮族文化中任何一元都不格外突出的特点。当时壮族刘三姐形象实际上是作为“审美对象”对阶级斗争主题的一种“生动补充”。这一“补充”使刘三姐已经不再是简单的刘三姐，而是壮族文化的集体记忆，是一种历史符号，也是一笔文化遗产。新中国成立以来，现代壮族民族意识自觉的兴起和发展与用现代印刷技术和传播媒介塑造起来的刘三姐形象有着明显的一致性，作为艺术形象的刘三姐是凭借文学的想象力和情感建构出来的。我们很难否认现代民族的“想象共同体”建构因素，文学形象作为想象建构的属性就与现代民族的想象建构发生了联系，刘三姐形象与壮族形象的现代建构刻意融合，正是文学的想象性促成了现代壮族“共同体”的诞生，所以说现代刘三姐形象与壮族形象的建构存在着内在的联系。任何文化符号都可以用来建筑文化边界、维持民族边界和激发民族认同，包括共同的历史记忆、语言、宗教、地域、习俗等，并重新安排了它们的意义。

---

① 朱安平：《魅力永驻〈刘三姐〉》，《大众电影》2007年第20期，第39-40页。

三、刘三姐影像形象的传播仪式

舞台和银幕上的刘三姐形象是影像化的艺术符号,借助现代媒介的传播威力,刘三姐迅速走出广西,走向全国,走向世界。歌舞剧和电影《刘三姐》都是政治意识形态与民间情趣杂糅的艺术作品,其主题内容和创作思路受到当时观众与政府的一致喜爱和认同。作为政治话语表征的刘三姐形象可以归结出两个主次主题:一个是宣传阶级斗争话语,另一个是建构现代壮族形象。梁昭认为的刘三姐文化空间收缩为壮族的表征,实际上只是政治话语的权威规约。但这个次要政治话语的壮族形象规约使刘三姐这个艺术形象避免了当时许多文艺作品流于概念化、公式化的弊病,一定程度上保留了刘三姐这一文化符号的多义性与歧义性。符号化的刘三姐形象首先是政治泛文本的意识形态载体,代表了国家政治的一种抽象表达。刘三姐以山歌作为宣传政治意识形态的武器,领导群众与地主、官府进行了不屈不挠的斗争,这是电影《刘三姐》与彩调剧《刘三姐》的共同之处。阶级斗争话语以一种以歌代言的壮族传统民间表达方式来呈现,相对于中原主流文化,其异质性的山歌表达确实给人一种耳目一新的感受。刘三姐形象承载的意义除政治话语框架下的一种政治想象以外,还代表了壮族文化身份与形象的建构过程,它是作为壮族文化及想象的承载对象而出现的。这样《刘三姐》就成为政治话语和民间民族话语的双重文本,政治话语共性和一致的指向与民族话语个性和差异的表现形成了张力,而超民族的阶级话语维护了政治话语和民族话语的平衡,民间民族话语得以上升为国家话语。所以,这种政治话语的山歌表达获得了超政治的审美意义,这种审美意义的生成根源在于歌圩纵情歌唱、娱乐狂欢的表达方式。刘三姐文化的母体歌圩文化经过上千年的发展,包容了各种文化,成为一种混融性的文化,"融合了中国南方道教文化中的世俗化、民间化以及崇尚自然、追求人的自由天性的文化基因,成为中国南方族群文化中娱乐狂欢、纵情释放的标本"[①]。"刘三姐不仅是壮族,而且是中国文化,乃至东方狂欢

---

① 黄桂秋:《桂海越裔文化钩沉》,北京:中国书籍出版社,2011,第83页。

文化的一种标志性符号。”[①]在巴赫金看来，狂欢节与人类生存的最高目的有密切关联，“成为民众暂时进入全民共享、自由、平等和富足的乌托邦王国的第二种生活形式”。[②] 在狂欢节上，没有演员和观众之分，“人们不是袖手旁观，而是生活在其中，而且是所有的人都生活在其中，因为从其观念上说，它是全民的”[③]。狂欢节具有全民性和仪式性的特点，是一种与民间庆典活动结合在一起的人类文化仪式。狂欢文化的精神内涵是平等、民主、自由，其外在表现是平民性、世俗性、娱乐性。电影《刘三姐》的成功在于它超越了时代思想意识和社会形态的束缚，展现了壮族特征的歌唱狂欢文化、富有平民意识的人物性格和爱情及民间情趣。刘三姐形象首先是一种泛政治符号，但又具有相当的政治个性，是政治话语建构的壮族形象。其艺术魅力很大程度上产生于少数民族基因，这些基因赋予它独特的文化差异，其引发的少数民族想象和令人耳目一新的山歌表达，使《刘三姐》的音乐形象具有浓郁的民族情调和鲜明的乡土色彩，从而生发出强劲、独特的艺术表现力，刘三姐形象的成功相当程度上得益于这种音乐形象。刘三姐形象身兼二职，既是革命斗争的带头人，又是民间正义的化身。国家政治伦理对民间伦理的征用使其获得了流行的保证，刘三姐形象激发观众喜爱的根本因素并不只在它负载的阶级斗争的“英雄”符号，更重要的是它是一个民间想象和少数民族想象的体现者。

20世纪五六十年代，大众传媒由国家政治话语完全掌握，电影和戏剧拥有各阶层的大量观众，被认为是最富有群众性的艺术，尤其是成为那些不识字或识字不多的观众能够和乐于接受的艺术样式。因此，创演戏剧和摄制电影必然成为营构和巩固统一的国家意识形态的有效手段，成为宣传教育工作的最有力武器。既然文艺演出与电影摄制都是意识形态宣传的政治行为，那么看电影看戏同样是表达政治意义的行为。涂尔干曾经指出，社会必须借助定期的仪式来激起社会成员的一体感。参与共同仪式时，界定一个民族相对于其他民族的社会边界而不是边界内的文化现实，

① 黄桂秋：《桂海越裔文化钩沉》，北京：中国书籍出版社，2011，第84页。
② 巴赫金：《巴赫金全集（第六卷）》，河北教育出版社，1998，第11页。
③ 巴赫金：《巴赫金全集（第六卷）》，河北教育出版社，1998，第6页。

是建构认同的重要因素。彭兆荣认为,仪式"既是一个个具体的行为,同时,这些行为由于被仪式的场域、氛围、规矩所规定,也就附加上了情境中符号的特殊意义"[①]。仪式以一种标准化的、重复的,普遍为人们所接受的充满象征意味的形式化行为,展示了族群的基本法则和意义,指向一种超越性的社会价值与结构。"安德森强调了语言尤其是文字在建构民族共同体过程中的重要作用,格尔茨(兹)则为我们描绘了一个国家如何在仪式化的表演中让所有'入戏的观众'得以想象国家的真实。"[②]仪式之所以成为文本,是因为它充满了意义,它也是由多重主体去"书写"的。仪式是各种团体、机构、组织在特定的时间以固定的程式进行"正式性""可重复"的活动。当时,强大的国家意志将文艺活动纳入国家意识形态之中,国家掌握了印刷物与电子媒介的传播,赋予文本以严肃性、权威性,以至于观赏电影就成为一种仪式或集体庆典。所以"媒介本身成为一种仪式或集体庆典,指的是人们将运用媒介作为一种仪式,其主要的目的不是获得信息而是某种戏剧性的行为"[③]。观赏电影和戏剧所特有的时空场景,其群体性、大众性、娱乐性的观赏活动,使人们在特定时间、地点,按照同一方式接受着影像符号话语权力观念性的信息。人们暂时疏离于现实而进入影片营造的特定情境,指向一个正式的、具有可重复模式,表达共同价值、意义和信念的活动,具有了集体庆典或节日的特征,可以认为,观赏电影和戏剧就是一种现代文化仪式。

歌舞剧和电影《刘三姐》用许多仪式化的场景或语言来建构政治话语。比如,不管是刘三姐与三秀才对歌还是刘三姐号召大家反霸山等,其场景都隐喻着"革命干部"和"革命群众"之间共同对敌的血肉联系。这些仪式场景和语言与观影或看戏过程本身的仪式形成同构,观众和创作者的立场就具有了一致性的目标或立场,他们共同进入一种集体的心理体验或共同感受之中,被整合为具有共同意志的群体。在这种艺术欣赏的仪式

---

① 彭兆荣:《人类学仪式研究评述》,《民族研究》2002 年第 2 期,第 94 页。

② 舒瑜:《从"想象的共同体"到"巴厘剧场国家"》,《西北民族研究》2006 年第 2 期,第 202 页。

③ 张茜:《媒介发展对仪式的影响及媒介仪式的产生》,《东南传播》2009 年第 6 期,第 98 页。

中，剧场或影院中的观众在不自觉状态中被彻底感化，更多地体现为同一语言、历史和文化的共同体，这是被想象或叙述出来的文化产物，是社会历史与文化心理的建构。这种现代仪式强化观众对艺术符号的接受，从而使刘三姐传说的传播更深入人心。在这种仪式里，“审美只不过是政治之无意识的代名词，它只不过是社会和谐在我们的感觉上记录自己、在我们的情感里留下印记的方式而已。美只是凭借肉体实施的政治秩序，只是政治秩序刺激眼睛、激荡心灵的方式”[①]。仪式与艺术的共生，使审美实现了整合社会与政治意识形态的情感认同功能。

随着“文化大革命”的到来，在激进的“文革”话语中，《刘三姐》被定为“大毒草”，被认为否定“枪杆子里出政权”的光辉思想，认为它只讲唱山歌、不讲武装斗争，宣扬了阶级斗争熄灭论。[②] 歌圩也被当作“黄色”“四旧”“封建迷信”加以排斥。时代语境是建立在文本施受语境之上的宏观历史文化条件，它制约着文本意义生成的途径。本来就高度政治化的《刘三姐》，随着特定时代政治文化语境转换重新被阐释，时代语境作为内容直接进入文本中构成文本的意义。

四、刘三姐形象意义的层累性生成

刘三姐形象的建构具有明显的层累性特征。“层累”说出自顾颉刚的“层累地造成的中国古史”观，“时代愈后，传说中的中心人物愈放愈大”[③]。古史知识谱系是“层累地”“慢慢地”“逐步逐步地”形成的，而不是古史本身的演变过程，不能“证真”，亦难“证伪”。同样，刘三姐形象也是历代“层累”地增值造就的，其文学价值是由“原生”价值和“衍生”价值共同构成的，它在不同语境不同主体中就会生发出新的意义。

刘三姐文化最早的表现形态是刘三姐传说，广泛地流传于两广地区一千多年。尽管传说中刘三姐的形象还不那么完整，事件也不那么连贯，但

① 特里·伊格尔顿：《审美意识形态》，桂林：广西师范大学出版社，2001，第 27 页。
② 参见邓凡平选编：《刘三姐评论集》，南宁：广西民族出版社，1996，第 275-309 页。
③ 顾颉刚：《古史辨》，上海：上海古籍出版社，1982，第 60 页。

刘三姐的形象经过了丰富的想象和建构,成为民间智慧和精神的化身。民间传说中刘三姐开始是与秀才友谊比赛、互相切磋乃至互相敬慕,再后来民间传说又有兄妹矛盾。从唐宋到明清这段漫长的历史里,刘三姐(妹)引起了文人学士的关注,他们以自己的笔墨记录,为刘三姐形象的内涵打上了文人精神的烙印,刘三姐文化因而具有了复合意义。有关刘三姐的种种传说中,刘三姐与读书人并没有激烈冲突,更没有刘三姐与财主的斗争。覃桂清先生在浩瀚的历史资料中清理出相关文物史料的历史系统,“唐代1条,宋代2条,清代10条”①。可推断,其相关资料于20世纪20年代以后才逐渐增多。新中国建立后,扫除了阶级剥削和阶级压迫,荡涤了封建思想和封建意识。20世纪五六十年代的民间传说搜集整理中,搜集者相当程度上以阶级斗争和科学理性的思维去从事这项工作,“过滤”了民间传说中“迷信”的成分。萧甘牛整理的民间刘三姐故事加上了刘三姐的情人李示田和企图霸占刘三姐的财主莫仁怀(“仁怀”是谐音壮语“坏人”的意思),并认为“这样改动后,思想性更强,人物关系较合理,故事更完整”②。这么一改切合了当时的时代话语才得以发表。彩调剧、歌舞剧《刘三姐》中,莫仁怀按照汉语的表达语序又被改为“莫海仁”或“莫怀仁”,谐音“谋害人”。显然,这个出现在刘三姐传说中的财主,是个相当类型化、模式化的阶级符号。李示田后来在歌舞剧和电影中变成了“李小牛”“阿牛哥”,而原生民间传说中的刘三姐只有歌伴,没有情人。所谓“模式”,是指在一定的历史条件下形成的,并能在一定范畴内普遍遵从与继承的操作规范,在文艺作品中主要表现为情节的程式化和人物的类型化。《刘三姐》不管是歌舞剧还是电影,情节都是简单程式化的,具有与当时许多文学作品相对雷同的故事框架而形成的相对固定的模式,如逼婚与抗婚、霸山与反霸山、禁歌与反禁歌等。电影还加上了一个老渔翁带领群众深夜闯财主大门救三姐的《红旗谱》式的“农民暴动”。就人物形象来说,主人公绝大部分是类型化的人物,进行了阶级脸谱化处理,很难说得上塑造了有

① 覃桂清:《刘三姐纵横》,南宁:广西民族出版社,1992,第52页。
② 覃桂清:《刘三姐纵横》,南宁:广西民族出版社,1992,第199页。

血有肉的人物形象。这些都与民间叙事中情节和人物的程式化如出一辙，都漠视刘三姐的个体意识和女性意识，虚构刘三姐的政治意识和斗争精神，把一个民间传说中被迫害的弱女子重塑成慷慨激昂的时代英雄。这种脸谱化的英雄没有民间传说中的刘三姐那种充满想象力的浪漫主义“神仙”风采。不过，应该肯定的是，正是歌舞剧和电影《刘三姐》将民间传说中零散无序的动态形象定格为一个固定的文化符号，一系列以刘三姐为核心的人物形象也因此被建构起来。歌舞剧电影《刘三姐》迅速完成刘三姐故事的经典化，得到了知识阶层、民间与政治权威话语的肯定，其文本产生的艺术价值实际上是在带有政治目的性的阐释活动中建构了意义体系。歌舞剧和电影《刘三姐》实现了艺术上的整体跨越，体现出它跨越时代的文化价值、审美价值和经济价值。

“有多少个使用话语的语境，就有多少个意义。”[①]民间传说显然是充满了多义性和歧义性，因此，对各种刘三姐传说的解读必然是因人而异甚至是因时而异的。20 世纪 50 年代末 60 年代初，广西壮族自治区涌起刘三姐文化热潮，虽然都在阶级冲突编码规约中进行，如整理刘三姐民间故事、传说、歌谣，编纂刘三姐资料，创作刘三姐舞台剧本、电影、长诗、小说等，但不同的主体对刘三姐的阐释都有一定程度的差异。比如电影《刘三姐》里的歌词有许多北方方言，也带有一些汉族对壮族的浪漫想象，虽然取得了很大的成功，但在广西方面看来该片没有拍好。[②] 阐释行为乃是一种动态的活动，文本的意义是在阐释主体和阐释对象二者以及它们各自所属历史文化语境的协同、交融中得以生成并转化的。这种改编、移植、置换是经“历时性”的梯次推进形成的，艺术形象随着时代的发展而不断延长、不断放大、不断改变形态，受时代的文化和时代的心理的制约而不断“重写”、不断“重构”。刘三姐传说在过去所出现的人或事件，其意义并不固定，在跨民族跨语际文化交流中因语境不同而具有不同意义，过去留下的是表征物，而这些表征物虽然已经失去了其曾有的意义，但人们在走向未来的生

① 巴赫金:《巴赫金全集(第二卷)》,石家庄:河北教育出版社,1998,第 428 页。
② 邓凡平:《歌海遇仙记》,北京:中国戏剧出版社,2007,第 123 页。

存活动中又会赋予其新的意义,为后人的再解释、再创造、再建构留下极大的想象空间。刘三姐这一艺术形象有一个渐次形成、演变的过程。因此,"'层累造成',不如称之为'层累阐释',方始更具合理性"①。这种历代不同文化主体先后相承、层层推衍的再解释、再创造而产生新意义的文化再生产,体现了刘三姐形象建构的开放性。文化艺术生产的特殊性在于它不仅是各种异质文化同时并存互不排斥的积累,而且是各类文化艺术的生产主体共同塑造的整体生成。刘三姐作为一个文化符号已经变成壮族文化的象征,经过文化语境置换之后还会不断生成新的意义。昔日的歌仙刘三姐在今天作为广西地方民族文化的象征,其歌谣成了非物质文化遗产,已经进入"民歌节"。刘三姐已经从一个民间文学中的形象开始演变成为一个文化品牌,作为"民歌节"主角的刘三姐文化形象也不断被重塑和再造,一个新型的现代刘三姐形象将会逐渐形成。

从共时维度上看,刘三姐从一个民间女子变成一个家喻户晓的歌仙,是因为刘三姐文化不是封闭的、保守的,而是开放性的、多元化的,其文化内容不仅包含了文学、历史、民俗、伦理等,而且包容了壮民族为主体的汉、瑶、仫佬、毛南等多民族文化。刘三姐形象也是一个多重主体合力营造的成果,民间提供了大量的生活素材,官方把它当作文化资源,文艺工作者对它进艺术提升,各种媒体对它进行传播。民间传说中的刘三姐故事在不同历史时期、不同地域、不同民族间的流传、衍化,造成了刘三姐故事层累堆积、互为关联、互相矛盾的结果。刘三姐从歌圩走向舞台银幕,是由民俗文化与精英文化、民间文化与经典文化、体制文化与大众文化之间互动互补、不断提升而获得成功的一个范例。在当今时代,从前表达阶级斗争的刘三姐形象已经不合时宜,但是刘三姐仍然是人们代代相传、歌颂的传奇人物。当前广西也在推行和重构刘三姐新形象。在新的语境下,刘三姐形象的持续建构依然更多地取决于多种异质文化的相互关系,依然是多种力量平等互动的结果。

---

① 张京华:《"层累造成"还是"层累阐释"——孟姜女故事与顾颉刚的民俗学研究》,《淮阴师范学院学报(哲学社会科学版)》2008 年第 3 期,第 369 页。

第四章

市场经济语境中的刘三姐形象

在改革开放时代，整齐划一的文化生产、传播与接受方式被消解，市场经济语境中的文化重构为多元共生的文化生态提供了合法性依据，不同地区的民族文化类型、不同时代风格的民间艺术获得了多元平等发展的机会，民族艺术在文化交流中开始走向自觉，但市场的隐形之手却无声地影响了文化的运作和发展，消费成了文化生产、传播与接受中无处不在的影响因素。民族文化艺术一方面呈现出一片繁荣的景象；另一方面，偏重展示功能的民族民间艺术多义性的蕴含却几乎可以用单一化的世俗指向意义来概括。

第一节 刘三姐形象的再改写

一、刘三姐形象的重构

20世纪80年代以来,随着改革开放和市场经济的发展,政治意识形态逐渐淡化,具有民族特色和历史文化内涵的传统文化符号逐渐取代全国统一的政治意识形态话语,具有深厚民间文化基础的刘三姐文化得以重建并赋予新的意义。刘三姐文化重建主要反映了一些地方政府"文化搭台,经济唱戏"的常规模式,是在当代社会场域中,不同的社会力量,从不同的视角和立场出发,采用不同的手段对民族传统艺术进行重建,是一种有选择地建构传统以适应现代社会语境的过程。从政府发展地方经济的角度讲,选择利用传统文化形式可以使地方经济更具吸引力,最具民族特色、地方特色,最具传统和影响力的民族民间文化就得到了充分恢复和展现。就知识精英而言,他们在新的语境下对刘三姐作新的阐释,表现为对民族文化传统的追寻和对碎片化民族历史记忆的重构,推动了壮族文化的重构。对于民众来说,刘三姐文化是建立在自己实用功利性生活的基础上,他们更关心刘三姐文化是否满足自己的物质与精神生活需求。参与文化重建的不同主体都从不同的目的出发,根据不同的文化策略,选择性地利用民族民俗事象的不同内容,这是一个多种因素相互作用的复杂社会现象,是地方政府、知识精英和民众等多种社会力量运用不同的文化策略的互动,这是因为现代传播媒介和传播方式多样化也使传播范围前所未有地扩大,受众人数更是大幅度增加。这个过程是一个选择性重构刘三姐文化的过程，因主体、目的、策略的不同选择性而呈现不同程度的多样性。就广西整体而言，刘三姐文化作为广西壮族文化的象征，与中原文化的界限很清晰，但在广西各地，其地域文化界线非常模糊甚至消失，成为一种广西各民族的共享文化。“所谓共享文化，其基本含义在于它不是一种特定文化群体或地位群体所持有的亚文化，它一定具备了某些超越不同文化群体差别、分歧甚至利益冲突（的特征），进而变成人人都可以享受的文化。”①如果说刘三姐形象的历史演化是历时性建构，那么，当前刘三姐文化作为广西的共享文化，不同文化主体和文化类型的参与则是共时性地重构刘三姐形象。宜州、柳州、桂林等地已经不同程度先后开发了以刘三姐为主题的文化旅游。主流文化、精英文化、民间文化这几种文化类型的融合共生较之20世纪五六十年代更为加强，不同文化类型的边界逐渐模糊，在共时性上呈现出一种明显的横向交叉关系。在商业话语主导下，广西各地的刘三姐形象的构建往往以“官、商、学、民”一体化模式来进行，艺术形象的生产、传播、阐释与接受整体运行，使人们对刘三姐符号的认识和感知以及对山歌人文价值和审美内涵的理解体现为整体时空的文化认同。

“刘三姐文化”在广西盛行和重新塑造，以南宁国际民歌艺术节和桂林“印象 · 刘三姐”为载体的刘三姐形象再次强势出现在世人面前。现代市场经济对传统文化的重构，也是文化资源转化为文化资本的符号化的构形过程，刘三姐文化重构的历史背景和时代主流话语是什么？刘三姐文化的核心文化符号是山歌和刘三姐形象，当前山歌与歌圩发生了什么样的变化？刘三姐的形象应该如何重构？当前重构刘三姐的形象的实践呈现什么特征？重构刘三姐形象的内在机制是什么？这些问题都指向如何扩展刘三姐形象的人文价值意义以推动刘三姐文化的可持续发展。

广西各地有很多刘三姐文化的原型、悠久的历史和丰富的非物质文化遗产，这也就为新生的“刘三姐”提供了大量的生活素材。“刘三姐”的影响力是永远的，她是人们理想中智慧勇敢的歌仙。广西处处皆唱“刘三

---

① 周宪：《中国当代审美文化研究》，北京：北京大学出版社，1997，第83页。

姐”，人人皆唱“刘三姐”，一个传说能演变成为一种全民的文化活动，原有的地域特征和界线就消失了。文化共享的一个基本前提是现代传媒技术的迅速发展和普及以及文化成为可以消费的产品。在全球化语境下，文化生产与商品生产的关系日益紧密。在现代技术条件下，文化艺术得以机械化地大批量生产，本雅明称之为“机械复制的时代”，霍克海默和阿多诺则称之为“文化工业”。文化工业生吞活剥地把民间文化、经典文化、精英文化复制为平面化、无深度的消费文化。刘三姐作为一个具有广泛知名度的共享符号，自然成了广西各地争相利用的文化资源，如南宁、桂林、柳州、宜州等都争抢刘三姐故乡，就是广东流传刘三姐故事的地区如今也加入了刘三姐故乡争夺战。这不是一种单纯竞争地区的民众自豪感，其根本精神是文化共享。20 世纪 90 年代以来，这些争夺战都是出于“文化旅游”以及塑造地方文化形象的目标指向。广西是壮族等民族聚居的地方，独特的壮族文化也被重构为旅游文化。刘三姐文化可以说是广西壮族文化的集中表现，成为旅游文化的刘三姐文化就具有了明显的大众文化属性。“文化在旅游上找到路，旅游在文化上找到钱。”①旅游与文化“联姻”是文化旅游业发展的趋势之一。

刘三姐文化一是以山歌作为重要标志，这是刘三姐文化的核心内涵；二是歌圩，独特的民族风情与文化旅游相结合而形成的巨大的经济效益；三是与刘三姐传说有关的自然景观，优美的自然风景被增添了文化附加值；四是与刘三姐传说有关的生活用品，如绣球，它是物，但它是渗透了文化内涵的物，其价值主要是文化而不是实用；五是刘三姐品牌，这是商品经济对刘三姐文化的利用，这些物化了的刘三姐文化符号的“能指”必须经过“再阐释”赋予新的意义，否则它们只是单纯的“物”，不具有任何象征意义和文化价值。在赫茨科维兹的《文化动力》书中有这样一段：“再阐释标志着文化变迁的所有方面。它是把原有的旧意义赋予到新的因素上，或是新的价值改变了旧形式的文化意义发生过程。”②再阐释就意味着文化他

---

① 张玉梅：《丽江：文化搭台，旅游唱戏》，《光明日报》，2001 年 2 月 27 日。

② 转引自叶舒宪：《人类学与文学——知识全球化、跨文化生存与本土再阐释》，《文学评论》2002 年第 4 期，第 20 页。

者的视野在本土文化中的应用,或是赋予本土文化以新的资源价值。广西各地发展多样化且不平衡的状态,反映出社会文化多样性和个性发展的多样性,具有物态“能指”的刘三姐文化资源各有特色。在重构刘三姐文化的本土化实践中,尽管不同地方的刘三姐形象都具有平民化和群体化的共性,但由于刘三姐形象的再阐释呈现出不同叙事模式和不同地方个性的多样性,“所指”意义就有所区别,刘三姐形象因各地文化差异而又互相区别。所以,新语境下的重构刘三姐形象的多重主体就主要表现为不同类型的地方文化主体。

进入21世纪以后,在提倡和保护非物质文化遗产的语境下,民间文化得到政府的重视,许多与刘三姐文化相关的歌谣和歌唱习俗被列入国家级、省级等非物质文化遗产保护体系,获得了优越的生存机制并持续发展。各级地方政府为了发展当地经济,纷纷开发刘三姐文化主题旅游,取得了可观的经济收益并增强了地方文化的影响力。“三月三”是壮族歌圩中最为隆重、最具标识性的节日,从2014年起,“壮族三月三”就成为广西法定节假日,之后,传统“三月三”歌圩逐渐发展为现代文化旅游节。现代新歌圩参与人群已经不只是壮族,因此其表征的意义随之发生了变化。刘三姐形象作为一个文化符号所表征的意义在新的语境下发生了新的意义再生产,由一种原型神话的隐喻和象征演变为表征山歌文化以及壮族形象,再一次逐渐转型为壮族身份的塑造与壮族文化的展演。

刘三姐文化不仅包含形象、直观的物质文化,而且包含极其广阔、深刻的精神文化和制度文化,具有丰厚的文化资源价值和经济价值。广西其他民族文化与“刘三姐”还有着不可分割的血缘关系。铜鼓文化、绣球文化、歌圩文化、山歌文化、彩调文化,甚至山水文化、田园生态文化都与刘三姐文化密切相关,表现出文化“共生”多样性的相互依存、和谐统一的共存关系。20世纪90年代以来,刘三姐作为能够迎合大众对昔日偶像的怀念与对少数民族风情的想象的符号,又被商业以各种方式挪用。随着市场经济的发展,各地政府以歌仙刘三姐的故乡为宣传口号举行民歌文化旅游节,提升文化形象,以此吸引全国各地游客。所以,广西各地建构起来的刘三姐品牌,既是政治表征,又是商业表征。

二、多种类型的地方文化主体

由于广西各地所拥有的刘三姐文化资源不同,作为共享的刘三姐文化与地方文化对接而重建的刘三姐文化与传统的刘三姐文化就有很大差别,这与"一地一品"的理念下建构地方特色文化品牌有关。为了突出地方文化特色,各地纷纷"复原"传统文化。新世纪以来,得到了保护非物质文化遗产话语的引导和支持,各地歌圩活动又有复兴的趋势。广西田阳为了突出原始文化情调,把文献记载的春晓岩歌圩改为敢壮山[1]歌圩。武鸣把官方举办了几十年世俗化了的"三月三歌节"改为"三月三歌圩",突出了悠久古老的传统。许许多多早就淡出人们生活视野的"文化遗产"纷纷被挖掘出来以突出"民族特色"。

广西百色以田阳敢壮山歌圩为依托的"百色市布洛陀民俗文化旅游(或艺术)节",自 2004 年起,每年的农历三月初七到初九,布洛陀祭祀大典是整个文化旅游节的高潮,万人日夜上山敬香的盛大场面令人难忘。参与的人数逐年递增,截至 2017 年,参与人数已经超过 30 万。布洛陀是壮族神话中的始祖神,敢壮山歌圩模仿黄帝陵、孔庙的祭祀仪式,新建了一个气势恢宏的敢壮山大门和布洛陀歌圩广场,修复了原有的祖公庙、姆娘岩、将军岩,设计塑造了布洛陀、乜洛甲、布洛陀守护神十二图腾塑像。力图把敢壮山歌圩规划为祭祀壮族祖先、生态旅游的文化胜地,使布洛陀信仰由一项单纯的民间信仰习俗向大型群众性综合节日转型,形成了融祭祀、表演、娱乐、展览、展销、学术研讨及旅游参观为一体的文化旅游节。

柳州也是传说中刘三姐升仙的故乡,柳州人唱山歌的习俗历代不衰。"清乾隆版《马平县志》载:'少妇于春时三五为伴,采芳拾翠于山椒水湄,歌唱为乐;少男三五为群,歌以赴之,一唱一和,竟日乃已。'"[2]新中国成立后,歌会仍与中秋、国庆、元宵、庙会等节日结合,相沿至今。摄制 30 集电

---

① 敢壮,壮语"岩洞"的意思。

② 柳州市地方志编纂委员会编:《柳州市志》(第一卷),南宁:广西人民出版社,1998,第 253 页。

视剧《刘三姐》是柳州市“文化建设十大工程”之一。“‘刘三姐’是柳州重要的文化资源,按照‘文化柳州’建设的战略思路,大视野、大气魄地进行电视剧《刘三姐》的精品构建,进行创新性的充分发掘。把柳州的山水文化、民族文化、民俗文化、风情文化、生态文化、历史文化、旅游文化整合一体,可形成更具张力的文化号召力、城市创新力、社会和谐力、旅游吸引力、形象传播力和区域影响力”,进一步提高柳州的城市文化竞争力和辐射力,把“刘三姐”打造成一张全新的城市名片。①

宜州人民歌唱习俗一直兴盛,逢年过节、婚嫁寿诞、喜事庆典,无不以歌为乐、以歌当酒、以歌传情。只要天气允许,中山公园、城南广场等一些休闲场所,人们都会聚在一起,唱歌娱乐。宜州已经连续多年举办春节山歌比赛,“农民进城唱山歌”已成为该市春节期间的独特景象。1992 年以来,广西政府部门和相关山歌群众组织开始组织“歌王”评选,所产生的歌王,宜州歌手占了很大的比重,有夫妻歌王,有姐妹歌王,大多是农民,在当地都是家喻户晓的明星。2004 年,宜州下枧河畔流传刘三姐传说的流河乡被广西壮族自治区人民政府更名为“刘三姐乡”,被广西文化厅认定为“刘三姐歌谣文化生态保护区”。2006 年,下枧河流域的刘三姐歌谣文化被列入国家非物质文化遗产名录并认定了刘三姐歌谣传承人。依托独特的民族风情,宜州以实施“旅游优先发展”战略着力打造刘三姐文化旅游品牌。围绕刘三姐、山歌这个主题,开辟了许多旅游景区,显示民俗文化的刘三姐文化特色,展示抢火球、上刀山、过火海、背新娘、竹竿舞、打陀螺、舞狮、舞龙、对山歌、唱彩调、抛绣球系列民间活动,展现壮族民俗文化。2010 年,宜州在人民网旅游频道主办的“中国最具民俗文化特色旅游目的地”评选活动中的网上投票,超过位居第二的山西省洪洞县 1211 票,荣获第二名。

“桂林山水甲天下”,大自然的鬼斧神工,造就了桂林奇特秀丽的山水风光,使桂林成为世界上规模最大、风景最美的岩溶山水游览地之一。奇

① 《电视连续剧〈刘三姐〉在柳城北浩屯开机》,http://www.liuzhou.gov.cn/zwgk/xxdt/tpxw/201007/t20100726_386749.htm,浏览日期:2010 年 10 月 8 日。

山、带水、幽洞和奇石“四绝”,构成“无水无山不连洞,无山无水不入神”的优美意境。历史悠久的桂林是岭南地区开发最早、文化积淀也最为丰厚的地区之一,千百年来人们为桂林的奇山异水所吸引,建造了大量的摩崖石刻、造像、古建筑,赞美漓江、歌颂桂林的辞章,积淀着历朝历代的精神文化内涵,形成独具特色的桂林山水文化。1961 年,长春电影制片厂拍摄彩色故事片《刘三姐》,拍摄的地点就是桂林。影片中美丽的山歌、美丽的山水、美丽的刘三姐这三美充分展示了桂林的“美”,占据人们内心的是刘三姐的影视形象,本来是民间传说中虚构的人物形象刘三姐,如今已成为桂林的终身形象大使。因电影《刘三姐》的主角黄婉秋生长在广西桂林,桂林也就成为刘三姐的故乡,黄婉秋在一定程度上也就成为刘三姐形象的想象符号。刘三姐文化已经成为桂林山水文化的重要组成部分。随着桂林旅游业的发展,在人们的心目中,刘三姐已经与桂林的青山秀水密不可分,融为一体。

1999 年,广西壮族自治区党委、政府决定将举办了 6 届的广西国际民歌节更名为南宁国际民歌艺术节,每年由南宁市人民政府主办。2002 年起南宁开始以“政府办节、公司经营、社会参与”的市场运作机制来承办民歌节,整个艺术节的资金筹措和演艺活动的策划经营都由南宁大地飞歌文化传播有限责任公司具体负责。南宁国际民歌艺术节强调“民族性、传统性、现代性、国际性、时尚性”的表演风格。所谓国际性,就是历届民歌节都有中外艺术家、艺术团体献歌竞舞,增进了国际文化的交流。民族性就是通过民族风情、民族艺术展演等活动来体现,以体现壮族文化的绣球、铜鼓等为舞台设计的素材,营造浓郁的民族气息。现代性就是以现代理念和创新精神,将舞台、灯光设计、音响和服装效果等现代音乐元素有机融入传统民歌之中,产生强烈的视听冲击力。历届民歌节都邀请时尚明星出场,呈现明显的商业演唱会特征。南宁国际民歌艺术节在 2005 年举行的有世界 1500 多个节庆参加角逐的全球节庆协会行业评选中,成为中国唯一的获奖单位。在大众文化语境中,民歌被移植到都市的舞台,随之发生了变化。尽管市场化的民歌新唱引起了争议,但客观上国际民歌艺术节让人对南宁产生了认同,树立起南宁市的文化形象。南宁市举办的国际民歌艺术节正逐步形成具有浓郁民族特色的节庆文化活动，成为国内唯一的国际性民歌节，实现了区域无形资产的积累和增值。

广西绣球闻名遐迩，在百色靖西旧州街上，从七八岁的小女孩到六七十岁的老太太，都会穿针引线做刺绣，几乎家家户户都做绣球生意。截至2018年，全村500多户就有1000多人从事绣球生产，年产量超15万只。

“民俗文化，简要地说，是世间广泛流传的各种风俗习尚的总称。民俗文化的范围，大体上包括存在于民间的物质文化、社会组织、意识形态和口头语言等各种社会习惯、风尚事物。”[①]刘三姐文化作为非物质文化遗产的民间民俗文化，得到政府的宣传和资助。各地在重建刘三姐文化中充分使用了“非物质文化遗产”这一国家话语以寻求其实践活动的合法性，使刘三姐文化成为一个民族或区域内的人群都可以共享的无形资产，成为一种文化象征和品牌符号。建构这个品牌的重点从20世纪90年代以来都指向文化旅游，以此作为新的经济增长点，进一步促进了刘三姐文化资源的旅游开发。刘三姐文化与地方文化对接，使刘三姐形象呈现出共享化、地方化、多样化的特征，是文化融合及壮族形象的象征。刘三姐是智慧与美丽的山歌化身，成为政治宣传和商业开发的文化资本，各方主体建构起来的刘三姐形象体现了不同的目的和功能意义。

三、多重话语权力的互动

当前，广西各地重构刘三姐文化的规模越来越大，显然是多重主体的参与、多重话语权力的“合谋”。刘三姐形象的意义都是由地方多重话语来解释的，体现了社会不同主体之间交往实践的过程。作为民间文化的刘三姐不仅是政治符号，而且是文化商品，更多地表现为一种多重文化复杂交织的混杂文化。首先是民众传统信仰的行为惯制，其次是当地政府出于带动经济发展和活跃文化的目的而给予的支持。“一方面，国家权力把传统文化意识形态化，使之成为实现政治经济利益的文化手段；另一方面，民

① 钟敬文：《民俗文化学：梗概与兴起》，北京：中华书局，1996，第9页。

众借用政府行为为民间信仰吸纳正统的文化符号，以达到国家权力对地域文化的认同，从而获取利润。”①参与主体正是在这样一种相互借助的关系中彼此强化、相互增值、相得益彰。参与主体目标取向不同，决定了阐释意义的差别。话语作为一种社会建构，与社会的权力结构之间有着极其密切的关系，其实践隐含着权力的运作。在重构刘三姐形象的各种地方性场域中，不同主体依据自己的话语权力去运作刘三姐这个共享符号，这就出现了民间话语、国家主流话语和精英话语中的三个不同“刘三姐”共生的状况。民众创造、发展了原生态刘三姐文化并生活在原生态文化情景当中，作为研究刘三姐的专家、学者更多关注刘三姐文化的内涵及其发展，各级政府主要考虑如何运作这个符号来提升地方城市形象并带动经济发展。多重话语整体建构，三者缺一不可。那么，目标取向不同的多重主体又是如何能够形成“合谋”？

20 世纪 90 年代以来，在提倡保护历史文化遗产的语境下，民间文化被地方政府更加重视起来。21 世纪以后，一些地方把地方性的文化项目能够列入各级非物质文化遗产名录当作政绩，刘三姐文化因此融入国家主流话语体系，获得了十分优越的生存机制并可以持续地运作，民众和政府共同促进了刘三姐文化的传播与发展，但进入政治意识形态体系之中的民间刘三姐文化又要迎合国家制度的规范，以获得合法的政治地位和文化地位，这必然会失去部分传统的文化内涵而作为一个漂浮的能指形式被国家重新征用。“民间社会在已经与国家疏离的场景中又主动用符号把国家接纳进来，而国家也在征用自己曾经否定的民间仪式。民间社会复兴自己的仪式，总是要强调自己的民间特色和身份，但同时又要利用国家符号。越是能够巧妙地利用国家符号，其仪式就越容易获得发展。国家把民间仪式纳入国家事件，让民众通过仪式参与国家活动，在当前具有重要的政治和经济意义。”②换而言之，在现代社会，民间文化信仰由于在发展地方经

① 彭谊：《传统地域文化的现代变迁——广西百色市布洛陀民族文化旅游节案例研究》，《百色学院学报》2008 年第 2 期，第 25 页。

② 高丙中：《民间的仪式与国家的在场》，《北京大学学报（哲学社会科学版）》2001 年第 1 期，第 42 页。

济、宣传政治意识方面有着不可忽视的重要意义,因而能得到不断发展和重构。在国家主流话语向民间话语渗透的过程中,民间话语仍然遵循民间自身的生存逻辑与秩序观念在发展,同时又主动吸纳国家主流话语的元素,获取更为广泛的社会认同与合法性。民间文化被表征为非物质文化遗产,形成民间与地方政府的良性互动,这就出现了政府选定的刘三姐歌谣传承人以及各级政府举办的各种歌王赛产生的"歌王"。

对民众来说,在宽松的政治环境中,刘三姐首先是他们共享的一种集体性的历史记忆,经过一代代口耳相传,作为民间内生性的事物,歌唱是他们生活的一部分。长期以来,他们借助刘三姐符号来表达自己信仰的集体记忆和公共意愿,这种民俗事象,至今在民众生活中还发挥着自己的功能,具有悠久的历史传承。对于地方性的民众信仰活动,政府已经不再像 20 世纪五六十年代那样对民间文化进行全方位的改造和征用而使之改变,许多传统歌圩得以恢复,如今的广西各地,随着城镇化的发展,桂西、桂北等少数民族聚居区的许多县城都出现了从来没有过的歌圩,并且常态化,完全成为民间自发的行为。就连大都市南宁,也出现了原生的民间歌圩。那些游离于体制外的歌手,就是原生的民间刘三姐。国家对民间刘三姐文化的征用只能是一部分,这表现为各级政府组织的各种"歌王争霸赛",或者政府一些职能部门组织歌手进行的诸如"科学普及""交通安全"等专项歌赛,这种比赛往往在歌唱主题、内容、形式、语言、服装甚至表演方面都有许多规定,歌手歌唱往往受到很大限制。2010 年 9 月 11 日,在广西宜州举行的"首届刘三姐文化旅游节"上,笔者看到一种有趣的现象,在宜州刘三姐音乐广场举办的"'刘三姐杯'广西歌王擂台赛",上午还有好多人观赏,下午基本上只是比赛选手和评委之间进行活动了。与此同时,很多民间歌手自行对唱,全然不理会正在进行的"歌王擂台赛"。而在这三天的"首届刘三姐文化旅游节"中,天天都有操着不同语言的歌手在中山公园自发进行群体或个人之间的对唱,场面比"歌王擂台赛"还热闹。笔者问过一些歌手,为何不去看"歌王擂台赛",他们一般都说,那不好玩。看着歌手们忘情投入的歌唱,笔者感到,他们在歌唱中自我创作,自我娱乐。政府举办的歌赛，有诸多规定，一定程度上限制了创作自由，异化了唱歌的审美功能，缺乏的是歌唱作为一种民间文艺创作的情感交流和创作灵感。这种情况不只是在宜州才出现，比如，2010 年 4 月 16 日，武鸣“三月三歌圩节”，政府举行的“歌王邀请赛”基本上只是表演赛，而民众自发举行的对歌从早上到深夜都没有间断，甚至下雨也未中断，歌手歌唱情绪远比“歌王邀请赛”高涨。当然，我们也不应该将刘三姐文化完全置于政治和经济的对立面，在歌唱舞台上和政治的宣传中加入民众熟悉又喜爱的艺术形式，其实也能达到艺术与经济、艺术与政治的双赢。民众可以成为民间艺术的守护者。各种形式的“歌王擂台赛”中产生的“歌王”，民间还是认可的，毕竟这些歌王也是在民间久经歌圩磨炼才产生的。

人类符号的传播只有经过阐释才产生意义。阐释话语确立的是符号背后形式结构、品牌文化、社会历史等意义的符号化存在，规约的是意义阐释的基本走向，并掌握着文化符号的阐释权。作为阐释话语者的知识精英的介入，使得重构的刘三姐文化得以不断提升文化品位和突出民族特色。2001 年广西壮族自治区党委宣传部主持成立了“‘刘三姐’文化品牌研究”课题组，力图进一步保护和开发利用“刘三姐文化品牌”，以“发展广西的先进文化”，促进旅游和西部大开发，“提高广西文化的竞争力”。① “中国当代文化多元并存结构的另一个含义，是指共时的多元。所谓共时的多元，是表征当代中国文化中，共时地存在着不同亚文化，以及相应的意识形态或价值观等。在共时的多元并存格局中，首先是主导文化、大众文化和精英文化三元并立的结构。”②三元并立的结构，精英话语不可能缺位，他们对符号的阐释具有理性化、规范化的作用，这是民间话语和政府话语无法取代的。就民众而言，他们有着朴素的信仰需要和参与政府活动的热情。“文化搭台，经济唱戏”，有时民歌原生性符号能指层面被征用了，而符号所指层面则被文化消费逻辑给简约化。经济获利了，而文化却被消费、抽空了，就有可能出现了偏差。文化传承具有历史性，阐释是一个把感

---

① 参见潘琦主编:《刘三姐文化品牌研究》，南宁:广西人民出版社，2002，第 4-6 页。

② 周宪:《中国当代审美文化研究》，北京:北京大学出版社，1997，第 62 页。

性认识上升为理性认识的活动,符号阐释的视域是一个动态的交互演绎过程,在历史与现实的阐释循环中不断拓宽视域,才能实现多元化视域的交互融合。

第二节　现代歌圩中的刘三姐形象

一、传统歌圩的现代流变

在发展文化旅游产业以及保护非物质文化遗产话语的引导下,民族文化获得了一个自由宽松的文化生态。传统歌圩当下出现了两种态势并存的局面:一方面是传统文化形式上的复兴,另一方面是传统文化内涵的整体衰退。这使民族传统文化的未来走向更趋复杂。当代歌圩呈现出共享化、地方化、多样化的特征,出现了向中心城镇集中的趋向,成为各民族共享的娱乐活动。

唱山歌曾经是壮族聚居地区具有广泛群众基础的一种大众文化。唱山歌不仅是在一种定期举行的歌圩中进行,而且是一种民俗活动,如在迁新房、贺满月、新婚等中唱山歌成为生活常事。改革开放促进了少数民族地区经济的发展,也带动了当地的交通建设,通信网络的覆盖、传播媒体的发展,使封闭的、与世隔绝的生存环境被打破。各种现代文化的流行也挤占了传统歌圩的"生存空间",歌圩文化受到了极大的冲击,表现为打工潮出现以来,乡村年轻人更愿意接受城市文化。传统歌圩的衰落是一个不争的事实,主要原因是歌唱不再是生活所必须具备的技能,也不再需要以歌唱来评判个人的价值。唱山歌不过是众多娱乐方式中的一种,现代社会生活多种多样的休闲娱乐方式,使得唱山歌不再是年轻人的主要选择。民歌作为一种"地方性知识"的艺术,地域性、方言性是其特征之一。普通话的推广，使许多县城的很多孩子也较少用本民族的语言来交流。“当今壮欢歌手减少，壮欢在民众日常生活中的功用日益消减，接受人群也大幅度萎缩，壮欢欣赏、传唱的水平也逐渐降低。”“所谓断层是指文化传承出现断裂，中青年无人作为候补力量加入其中。在壮欢传承人调查中，我们发现30岁以下的民族歌手较少。民族歌手主要是30岁以上的中老年，其中40岁的中年人占了绝大多数达到44%。”①民间信仰是民间艺术得以维持和发展的观念基础。民间信仰是人们在长期的社会和生活中逐渐积累而成的、类似于宗教的一种综合性的信仰传统与民俗。歌圩以前作为民间信仰活动的一部分，如今随着科学的发展普及，民间信仰的许多功能已经消失，歌圩本来所具有的神圣性正在向随意性、功利性、娱乐性和商品性等世俗性转变，传统歌圩的娱神、择偶、族群认同功能等都基本丧失了。歌圩传承面临危机，本质上是其作为农业文明的传统文化内涵的衰退。但我们应该看到，传统歌圩是农业文明的产物，文化总是随着社会的发展而变迁的。从历史的维度看，歌圩也经历了原始社会到农业社会的转型，在全球化背景下，壮族歌圩也会与之互动而具有自生发展的能力。当代壮族歌圩的功能主要体现在以下方面：(1)以歌传情会友，(2)服务社会和经济，(3)娱乐大众的功能，(4)文化教育的功能。② 在现代社会，城镇化、工业化的推进，歌圩文化也会自我调适，适应新的语境。同时，我们也要看到歌圩生存的文化生态环境正在改善，这表现为非物质文化遗产话语和文化旅游给歌圩带来了转型的契机。中国民族民间文化保护工程国家中心编的《中国民族民间文化保护工程普查工作手册》对非物质文化遗产所作的定义是：“非物质文化遗产是指各族人民世代相承的、与群众生活密切相关的各种传统文化表现形式（如民俗活动、表演艺术、传统知识和技能，以及与之相关的器具、实物、手工制品等）和文化空间（即定期举行传统文化活动或集

① 唐钱华：《壮族民歌传承现状调查与研究——以柳城县壮欢歌手为案例》，《柳州师专学报》2009年第2期，第11-12页。

② 参见陆晓芹：《壮族歌圩当代流变论》，《广西民族学院学报（哲学社会科学版）》2003年第4期，第94-95页。

中展现传统文化表现形式的场所，兼具空间性和时间性）。”①非物质文化遗产作为一种国家话语也在强势支持歌圩的发展。2001 年中央电视台西部频道推出以民歌为主体的《魅力 12》栏目，2003 年国家开始实施“中国民族民间文化保护工程”，积极展开非物质文化遗产的保护工作。从 2006 年起，每年 6 月的第二个星期六被定为中国国家“文化遗产日”。2006 年第十二届“青年歌手电视大奖赛”，首次将“原生态唱法”概念纳入比赛组别的分类中。这些对中国传统民歌的社会传播起到了很大的推动作用。各级政府的积极介入推动了歌圩的复兴，政府一方面利用民歌作为政策宣传的工具，另一方面加强对民歌的保护工作。广西许多地方政府打造文化品牌，都以歌圩这一文化遗产为基础弘扬壮族优秀民歌文化，并以壮族歌圩文化为展示平台，发展民族文化旅游业，推动社会经济的发展。政府主导的歌圩文化主要是实现宣传功能。有些人认为政府出面组织的“民俗文化”是一种“官俗文化”，这是因为他们只看到政府组织的民间文化活动只是利用民间文化的“形式”，而不管其内容如何。歌圩作为传统民俗活动，民间自发传唱才是它复兴的标志。这些观点确实也看到了政府组织的传统文化复兴，只是形式上的复兴。但我们应该看到政府的介入只能作为一种外部力量的推动，并非歌圩文化的内生因素，政府仅仅是传承歌圩文化的主体之一。传统民歌的政府形式上的征用毕竟使传统民间文化获得了正统化、合法化的传承依据，使山歌获得了官方主流话语的接纳和认同。某些传统歌圩的衰落是必然的，因为宗教功能和择偶功能的丧失，人们不可能再到偏远的乡村野外去举行歌圩活动，交通改善促进了歌圩逐步向中心乡镇或县城转移。比如，“2001 年，在平果县城，民间唱山歌的风气刚刚兴起。一天晚上，县委、县政府领导到县汽车站门口听群众唱山歌并看望参加歌会的群众，此事通过媒体和民间传开以后，引起了巨大的反响”②。政府职能是通过文化政策及导向来引导民族文化的传承、传播和发展。

---

① 中国民族民间文化保护工程国家中心：《中国民族民间文化保护工程普查工作手册》，北京：文化艺术出版社，2005，第 1 页。

② 覃乃昌：《壮族〈嘹歌〉的传承与传播研究——壮族〈嘹歌〉文化研究之七》，《广西民族研究》2005 年第 4 期，第 99 页。

以电子技术为传播媒介的大众文化、流行文化的冲击确实是造成传统口传文化衰落的原因之一。“我个人对于大众文化的看法是矛盾的。一方面,我觉得大众文化是时代的产物,是深受大众欢迎的,它的娱乐休闲价值,是不容怀疑的;可另一方面,我又觉得现在的大众文化,就其深层次的价值取向而言,又是令人担忧的。”①流行文化缺乏“深层次的价值取向”,它那肤浅的娱乐休闲价值决定其文化底蕴的苍白,它像流星一般,给人感官上的快感以后留下的只是情感上的空虚,这也是一部分年轻人对它缺乏兴趣的原因。2010 年 4 月 16 日,武鸣“三月三歌圩节”的“歌王邀请赛”获得“歌王”的是一个 20 岁的年轻人。他认为,虽然喜欢山歌的年轻人不算多,但是山歌肯定能传承下去,山歌歌唱的韵味是流行歌曲所没有的。在多元文化并存的现代社会,山歌以其独特的艺术性应该能够占有一席之地,虽然我们目前对它的发展前景持乐观态度还为时过早,因为在现代社会,山歌这种古老的艺术将内生出什么样的文化意义还有待观察。唱山歌的年轻人不多,也是由于传统山歌相对于大众文化处于弱势,这使不少年轻人对山歌缺乏了解或没有机会了解。此外,大众传媒作为一种传播工具,传统民间文化艺术同样能够利用它。山歌“在现代工业文明冲击下,一方面,它呈现出的现代传媒手段的负载物和人际传播的载体两种传播特质,与大众传媒带来的代表工业文明的大众文化并存共生,体现出在一定时期内因时应势而变,以求生存和发展的活态性。另一方面,由于接受、吸取和利用现代电子媒介的灵活性和创新性,使山歌文化保有着与工业文明融合并存的生机和潜力,有可能在将来的传承和传播中成为传统的民族民间艺术形式发展的新典范”②。现代社会娱乐方式多样化也使壮族歌圩文化传承人衰减和老龄化,歌唱全民化的情况不复存在,有些地方呈现出歌圩文化传承精英化状况,换言之,山歌文化只被少数人掌握。但是歌唱依然是人们生活的一部分,我们就看到这样的情况:很多地方的农村人在年节庆典、结婚、生子、孩子上大学、新房落成等喜庆场合,常常雇请一些歌师

① 童庆炳:《人文精神:为大众文化引航》,《文艺理论研究》2001 年第 3 期,第 52 页。

② 覃慧宁:《大众传媒背景下山歌的传承与传播机制——以广西宜州市为例》,《民族艺术》2004 年第 2 期,第 79、108 页。

来演唱助兴，歌师的职业或半职业化，俨然成了一种新兴民俗，唱山歌具有了新的经济功能。很多地方的一些优秀歌手也以录音设备翻录所唱的歌，加工制作成歌碟销售，山歌跨越了时空存在，实现了远距离传播，不过壮族民歌的传承方式从口耳相传到现代传媒的转变，也使山歌向纯粹的娱乐功能转变。歌圩歌碟市场的存在说明了在现代社会还是有相当数量的人群喜欢和接受传统民间艺术，传统民间艺术的口传传播与现代性书写传播及电子传播方式完全能够接轨。

现代化背景中发生的多元并存、互补交融的文化现象，国际交流越来越密切，使不同文化之间的影响也越来越频繁。“在某种程度上，全球化的同质性与地方差异性是同步发展的，后者无非是在土著文化的自主性这样的名义下做出的对前者的反应。”①由于政府的倡导和征用，现代歌圩往往是政府举办和民间自发举办两种形态并存，在多民族杂居的地方，歌唱活动不仅仅是壮族参加，汉族、瑶族、仫佬族等族群众也都踊跃参加，各族歌手施展才智、切磋歌艺、以歌交友，娱乐与文化的功能十分突出。“现代形态歌圩与传统形态歌圩一脉相承，但在内容和形式上又发生了很大的变化。主要表现在宗教的淡忘、婚恋的淡化、政治的渗透、政府部门或半官方组织的干预和活动内容的扩大等几个方面。”②民间自发举办的歌圩质朴而自然，规模大小不一，活动地点也不固定，主要以男女对唱情歌为主，但其常态性表明歌圩仍然是人们喜爱的群众性的集体歌唱活动之一。政府举办的歌圩在政府、企业、学人与民间的合力作用下，有的规模越来越大，活动内容越来越丰富，一改民间歌圩以歌会友、以歌传情的单一活动形式，成为融文化、经贸、旅游为一体的大型节日盛会。抛绣球、抢花炮则变成纯粹的交际娱乐活动，如广西武鸣三月三歌圩、田阳敢壮山歌圩、崇左4·16歌圩等，常常出现有5万人以上，乃至几十万人日夜狂欢的盛况。在这些狂欢仪式中，各种“广西符号”的文化元素如铜鼓、图腾柱、绣球、大榕树等和山歌等艺术形式都被放在一个生动而鲜活的文化情境和文化流程中加

① 马歇尔·萨林斯:《甜蜜的悲哀》，北京:生活·读书·新知三联书店，2000，第123页。

② 潘春见:《歌墟源流——壮族歌圩与其他民族歌场之比较(一)》，《广西民族研究》1995年第4期，第89页。

以展开与阐释。这种狂欢仪式成为多元文化主体间性互动的平台，精英文化、民间文化、主流文化与其他文化都有机会发出自己的声音，共同奏起“众声喧哗”的交响曲。总之，现代形态歌圩与传统形态歌圩相比，已发生了质的飞跃。

二、新歌圩与南宁国际民歌艺术节

现代歌圩由于政府的介入，必然具有政治宣传的功能，这种功能往往以歌会的形式出现。政治化歌会的最早雏形甚至可以追溯到 19 世纪太平天国起义时期。歌会成形于 20 世纪 20 年代末期百色起义前夜，那时韦拔群率领一支青年歌手组成的歌队，从东兰出发，连续七天七夜长途跋涉走到右江流域各地，每到一个圩场就举行一次“歌会”，用山歌宣传革命，先后参加这次活动的各族群众有七八万人之多，规模大，国民党地方政府为之惊恐。随后歌会主要流行于红水河和左、右江流域的东兰、凤山、巴马、田东、田阳、平果、都安、百色、凌云、龙州、靖西、德保等地。[①] 歌会源于歌圩，歌圩是以情歌为主题，歌会的内容排除了情歌，有明确的政治主题。歌圩的场地在野外，有固定节期，歌会的场地和时间都不固定。“但是通过考察，我们又会发现，政治运动的制约作用并不是‘歌会’发展的决定的条件，‘歌会’的命运主要是和人民群众的民歌创作与鉴赏活动相联系的。”“在 1958 年‘大跃进’中，民歌的狂热潮流却不曾在壮族‘歌会’这个领域里出现。”[②]与歌圩一样，歌会也有约定俗成的一套程式：开篇歌、献歌和评歌、和歌和赛歌、再评歌和学歌。可见，在歌会中，唱歌人和赏歌人是互动的，创作、评论、接受“三位一体”。20 世纪 50 年代以来，除了“文革”那段特殊的历史时期，广西很多地方政府常常利用山歌形式，配合中心工作，宣传党的方针、政策，效果相当不错。一般来说，群众都乐意参与，因为歌会

① 陈雨帆：《壮族“歌会”——壮民族文化的“雏凤”》，《民族研究》1982 年第 2 期，第 59-66 页。

② 陈雨帆：《壮族“歌会”——壮民族文化的“雏凤”》，《民族研究》1982 年第 2 期，第 66 页。

不像那种“歌王争霸赛”由“专家”来做评委，参赛歌手主要是表演。参加歌会的歌手集唱歌、赏歌、评歌于一体。歌会也没有“歌王争霸赛”的条条框框，可以在一个规定的主题内自由发挥。很多歌王基本上是从“广西科普宣传山歌会”等歌会获得这一荣誉称号的。随着歌会的发展，还会涌现出更多的歌手、歌师和歌王。可以说，歌会是传统歌圩现代转型中的新歌圩。

传统歌圩举办时间主要集中在春秋两季，具有固定的举办节期。新歌圩突破传统歌圩的时间限定，不仅仅是歌圩节期活动，也可以在一年当中任一时间举行，只要有文化展演的需要就可以举办，并具有政治文化的意义。如果有重要纪念日、重要会议召开，或者宣传重要政策文件等，甚至一些政府职能部门宣传诸如交通安全法规等，也都可以举行大型的歌圩或歌会。在这一意义上，新歌圩又类似一种庆典或者一种群众会议，被赋予全新职能，具有象征并阐释宏大的话语主题的仪式或庆典。新歌圩在形式和内容上都淡化了传统歌圩对刘三姐的崇拜等民间信仰元素，并对歌圩程序作了相应的调整，表演时不再有敬神拜神、祈求神灵护佑的仪式。新歌圩的对歌形式在保留传统歌圩男女对唱的基础上突出了舞台化、表演化，除营造节庆气氛外，还融进了民族团结等内容，唱的更多的是歌唱国泰民安的词。传统歌圩以歌会友或者倚歌择偶的情感表达以及口传心授的在场体验在时政宣传和民族团结的宏大主题下日趋淡化。新歌圩既需要保留传统歌圩民众喜闻乐见的形式，同时又应按照现代表演风格规范，对歌手的表情及动作做具体要求但又不能生硬呆板，使之符合舞台表演效果的形式美原则。节日庆典的新歌圩更是追求奢华的场面、恢宏的气势以及震撼人心的效果，彰显一种崇高的美学特征。

新歌圩从内容到形式的置换体现出主流话语向民间节庆渗透的过程。如果说 20 世纪五六十年代的刘三姐话语是阶级话语与壮族话语的结合，表现为一种政治与文化再生产的话，那么，在“文化搭台，经济唱戏”的发展理念下，刘三姐话语则更多地呈现为政治与文化、经济的互相促进和再生产。经过改造的传统歌圩已经衍化为政治话语的仪式并构建地方文化品牌。新歌圩虽然源于民间，但最终却成为政治话语的载体，它从民间狂欢衍化为具有区分作用的区域族群身份的认同载体。在民间传统歌圩母体中产生的新歌圩,是当前各级政府征用与改造传统歌圩的结果,传统歌圩的民间观念和生活习俗随之被瓦解,政治主流话语渗透到了民间社会。现代媒介远距离传播也使新歌圩获得超越地方的文化传播力和影响力。随着时间的积累和历史文化的沉淀,“刘三姐”已经成为壮族文化的标识。新歌圩不仅置换了传统歌圩相对固定的时间、空间及其功能,而且每一个时空符号与行为符号所传达的象征意义都是极具表现力的现代壮族文化符码。新歌圩中的歌手都是组织者从民间精心挑选出来的,与歌手相匹配的具有地方特色的服饰、绣球、乐器等“道具”也是从民间“挖掘”出来的。新歌圩仪式往往通过这些符号、方式和行为来隐喻现代壮族话语。在传统歌圩中,歌手是整个活动的主角,成为具有象征意义的文化符码,隐喻地象征了生殖文化与农耕文化。新歌圩中歌手的服饰是一种充满仪式感的“道具”。这些服饰中一些奇异的形制、纹样、图案、饰品等元素从民间着装中提炼出来,经过专业设计凸显了少数民族情调,完全区别于日常生活中的着装。这种服饰也或多或少地注入了他者的审美想象,隐喻着少数民族身份而成为壮族的一个标识,具有明显的符号性的指示内蕴。新歌圩改变了民间传统歌圩融虔诚信仰与年节狂欢于一体的神人共娱性,表现出政治话语与少数民族话语的庄严性。新歌圩的各种文娱活动与民间传统歌圩的一个明显不同之处就是移植其他民族的各种文娱活动。作为广西地方节庆的“壮族三月三”歌圩更是邀请全国各省市、自治区歌手甚至外国艺术家以歌会友,展演各民族原生态民族歌舞、器乐、杂技、非物质文化遗产、民俗风情等多门类民族文化精品,努力创造出一种大联欢活动的效果,以彰显新歌圩是多民族共享的节庆文化。这些外来文化元素作为象征符号与本土的民族符号共同隐喻着“多元一体”的多民族共同体共生共荣的文化内涵。事实上,许多大型的新歌圩基本以“弘扬民族文化,展示民族风采,维护民族团结,促进社会和谐”等相似的主题为目标,力求办成各族人民分享快乐、交流感情并积极参与的节庆活动,巩固和发展平等、团结、互助、和谐的社会主义民族关系。融进了宏大的政治与民族叙事的新歌圩,被赋予了相应的政治功能。目前新歌圩的活动规模越来越大,内容越来越丰富，向不同层级的地方区域民间文化艺术节转变，集中展示地方文化。新歌圩以一种全新的预设仪式符号及其象征意义的建构来置换和改造传统歌圩。在新歌圩的仪式表演语境中，众多参与者构成并象征性呈示了壮族文化。因此，可以把新歌圩定义为是政府主导下的以渗透和移植、改造和置换为方式，征用传统歌圩形式来展示现代壮族文化的综合性群众性活动。新歌圩根据时代语境的变化及其需求，以社会主义核心价值观凝聚并整合各种社会群体，以新的符号象征置换旧的文化符号，表达民族文化融合的政治话语，即打破传统歌圩中的旧有文化观念，从而建构新的话语。

在传统歌圩现代转型中出现的南宁国际民歌艺术节就是目前广西规模最大的民间文化艺术节。南宁国际民歌艺术节的前身是创办于 1993 年的广西国际民歌节，而广西国际民歌节的前身又是 1983 年开始就由广西各地政府轮流主办的“三月三歌节”。它从 1999 年正式改为南宁市人民政府主办，是一个融文化、旅游、经贸为一体的综合性大型节庆活动。民族性、艺术性、现代性、国际性赢得了世人的瞩目。王杰认为：“南宁国际民歌艺术节早已超出了民歌艺术的现代表演以及文艺搭台、经贸唱戏的简单化内容，清楚地表现出全球化背景下少数民族地区的经济发展与文化传统的展示、地方文化身份的塑造、族群和社区认同的维系、本土与外来观念的冲撞等多种因素存在着复杂微妙的共生互动的关系。”①刘三姐山歌自然成为南宁国际民歌艺术节的灵魂和代表。南宁国际民歌艺术节举办几十年以来，每一届舞台上演唱的 30 多首歌中都夹杂着一些民歌，如用摇滚演绎的民歌《山歌好比春江水》让观众耳目一新，还有进行加速度另类演唱的传统民歌《康定情歌》等，注入现代元素，进行全新演绎，赋予了更深的大众文化的内涵。有人认为这种民歌新唱“歪曲了民歌、误导了观众，给传统民歌文化带来了极大的负面影响”②。而中国音乐家协会会员、来自

① 王杰：《美学研究的人类学转向与文学学科的文化实践——以南宁国际民歌艺术节的初步研究为例》，《广西民族学院学报（哲学社会科学版）》2004 年第 5 期，第 7 页。

② 莫幼政：《南宁国际民歌节的成功、遗憾与创新　论中国传统民歌文化在当代的传承、发展、繁荣》，《广西青年干部学院学报》2003 年第 5 期，第 55 页。

陕西省安塞的“民歌大王”贺玉堂说:“我很赞成一位作曲家说的一句话:‘民歌是人民的东西。’民歌是口传心授的,它要流传,就要随着时代发展而加工改变,原始的东西是上不了舞台的。民歌在加工改变中发展,才不会消亡。”①以大众文化为展示平台的传统民歌必然会遭到大众文化的改写,原生民歌主要功能是情感交流,质朴、单调,甚至有些粗俗,不经过现代包装,很难展示其现代美。民歌由乡间进入城市,离开了它生存的土壤,要生存要发展就必须作出相应的一些改变。“当民族艺术进入现代化过程和全球化语境之后,它的价值、意义都发生了重要的变化,民族艺术与现代进程并不是简单的对立关系。”“可以说,某种程度上,正是全球化背景下的大众文化为不同族群提供了一套交流的‘元语言’或交流平台,在此基础上,不同的文化才得以呈现自身。大众文化平台上的民族文化展现必然会导致民族文化本身的某种变化,但变化并不意味着消亡。”②事实上,经过加工的传统山歌借助南宁国际民歌艺术节迅速走向全国、走向世界。如广西那坡县的壮族无伴奏合唱山歌《山歌年年唱春光》,2001 年登上南宁国际民歌节舞台,歌手用嘹亮动人的方言演唱,歌声充满了神奇的魅力,后来歌手被邀请到中国中央电视台和美国演出,濒临消散的那坡传统民歌在这种社会环境下得以重新激活、传扬四海。几乎每一届南宁国际民歌艺术节都推出了充满现代感的原生态民歌,这些民歌都广为人知。参加南宁国际民歌艺术节以后,那坡县壮族年轻人意识到了山歌的价值,开始关注家乡民歌的生存,主动学唱民歌,为家乡民歌的复兴和传扬而努力。显然,传统山歌与大众文化并不对立,而是互补互动。传统山歌借助大众文化得到传播,增强了那坡县壮族群众的文化自豪感,推动了传统山歌的复兴。南宁国际民歌艺术节对强化民族精神和民族认同、增强民族向心力和凝聚力都有积极的影响。“全球化和由此带来的大众文化传播并不必然造成少数民族或族群文化的衰落,后者完全可以主动利用全球化来展示自身从而

---

① 杨越、王勉:《“原来中国有这么好的民歌!”》,《新华每日电讯》,2002 年 11 月 27 日第 8 版。

② 王杰:《美学研究的人类学转向与文学学科的文化实践——以南宁国际民歌艺术节的初步研究为例》,《广西民族学院学报(哲学社会科学版)》2004 年第 5 期,第 4、5 页。

改变自己的劣势地位，造就更为和谐的新型族群关系和认同空间。”[①]类似的情况还有“马山三声部”民歌参加南宁国际民歌艺术节演出，歌手也被邀请到日本、韩国、埃及、芬兰等十余个国家进行表演，深受好评。民歌艺术节组委会采制的原生民歌《伦格飘贝》（壮语：歌声飞出大山之意）在中央电视台《民歌中国》栏目播出了 8 次之多，还荣获了包括布达佩斯国际音乐电视艺术节评审团特别奖在内的十几个国内外大奖。南宁国际民歌艺术节用民歌树立起了广西作为刘三姐故乡的形象。

从 2002 年的第四届南宁国际民歌艺术节开始实行“政府办节、公司经营、社会参与”的市场化办节机制。明星是文化消费的焦点，也是文化经济增值的支点。以产业化市场运作的南宁国际民歌艺术节几十年来所邀请的明星几乎涵盖了国内外的当红明星，其商业化特征极为明显，而真正的民歌不过点缀其中。支撑南宁国际民歌艺术节的核心和支柱本来就是刘三姐，几乎每一届南宁国际民歌艺术节都有当年“刘三姐”的经典名曲，但有人统计过南宁国际民歌艺术节“在整台晚会演唱的 26 首歌曲中（插部除外，方言民歌联唱算作一首），民歌只有 8 首，占 1/3 还不到”[②]。每一届南宁国际民歌艺术节都是如此，各路明星演唱流行歌曲，而且所占比重越来越大。并且，2004 年以来，南宁国际民歌艺术节与中国—东盟博览会和投资贸易洽谈会同期举行，又作为中国与东盟国家文化艺术交流的重要平台，政治宣传的功能越来越突出，导致南宁国际民歌艺术节一定程度上成为寻求商机的一个平台。民歌从一开始就表现出处于非常明显的边缘位置，大量依附于刘三姐形象的符号缺乏阐释，成为缺乏所指的符号游戏。每一届所强调的“创意”，不过是形式上场面追求盛大、华美、绚丽，着力突出和“高科技”展现广西境内少数民族的风情。就出现在南宁国际民歌艺术节上的原生态山歌而言，它们保持山歌质朴、自然的民间艺术形态，如古朴的音乐、方言演唱，美化的服饰，尽量突出其奇异的风情，造成陌生化的

---

① 王杰：《美学研究的人类学转向与文学学科的文化实践——以南宁国际民歌艺术节的初步研究为例》，《广西民族学院学报（哲学社会科学版）》2004 年第 5 期，第 7 页。

② 程江华：《超越与断裂——关于南宁国际民歌艺术节的几点思考》，《广西艺术学院学报》2005 年第 5 期，第 103 页。

审美效果。歌圩文化派生的铜鼓、绣球、壮锦、服装、花山壁画等广西各族民歌元素也都作为一种城市文化的“他者”营造了浓郁的少数民族文化氛围，而附着于这些符号的商业话语意义极度膨胀。这些异域符号对于城市里的商品文化来说，不可能得到城市文化群体的审美和价值认同，因为这些刘三姐符号阐释不足，也不需要阐释。这些异域符号是围绕着商贸活动这一中心话语而衍生的。大众文化只需要把少数民族族群的文化作为华丽的符号能指滞留在一种表演性的快感中，取而代之的是科技化的舞台和现代流行的文化元素。

客观地说，南宁国际民歌艺术节还是成功的，我们看到了传统文化、民族文化与现代文化的结合。它为面向现代化的民族审美的文化变迁提供了启发。它是都市政治经济话语开发传统民族艺术的仪式，其意义在于借助刘三姐符号，向人们宣示城市的文化形象。事实也证明，南宁国际民歌艺术节中的现代民歌新唱形式得到了大部分受众的认同。民歌逐渐向流行歌曲转型，转型后的民歌已不是传统意义上的民歌，转型赋予了民歌时代特色。南宁国际民歌艺术节对民间文化遗产的抢救、挖掘、整理和传承起到了重要作用，也为广西民歌走向世界提供了广阔的舞台，是融政治、经济、文化、审美为一体的文化模式。南宁国际民歌艺术节形成了南宁具有地方特色的国际文化品牌，成功实现了中外民间艺术文化的交流，向世界展示了中华民歌文化的瑰宝。在全球化语境下，传统民间山歌转化为政治宣传和商业开发的文化资本，就是对刘三姐这个文化符号意义的重新建构。“文化符号作用的转型、新的符号意义的嵌入、异质文化符号形式的移植以及对符号意义的解读，构成了文化符号的建构过程。”①南宁国际民歌艺术节在歌圩符号注入新的文化内涵中实现对民族各种文化资源的重新整合，推动传统刘三姐形象在市场语境下的新歌圩中转变为新的“刘三姐”。

---

① 马翀炜：《文化符号的建构与解读——关于哈尼族民俗旅游开发的人类学考察》，《民族研究》2006 年第 5 期，第 61 页。

第三节　成为消费符号的刘三姐形象

一、民族艺术的商品化

在市场经济语境下，民族艺术商品化就是运用本民族独特的艺术形式，展现民族生活场景、思想情感及审美情趣，在文化生产与消费的市场中实现交换而获得经济效益。随着城市化的发展，许多城市为了满足旅游市场催生的民族文化商品消费需求，将原生少数民族“村寨”进行异地移植，将民族艺术、民族风情、民族建筑等浓缩于城市景区，尽可能“真实”地复制民族地区的自然生态、民居建筑、歌舞艺术以及手工技艺等具有少数民族文化标识的元素，实现人文景观与自然景观的有机结合。这种城市里的民族文化村寨并不是简单地异地重建民族村落，而是以市场为导向，对民族文化资源绩效管理整合与再造。融入了城市生活的民族园区、景区，其中各种样式的少数民族元素经过选择、浓缩、整理，被整合成极具观赏性的消费文本，以景观化和舞台化的表演方法，把民族文化进行全方位的艺术化展演。离开了本土或本民族区域的民族艺术，经过“重组”和“美化”的再造，与商品化、符号化的民族文化“乌托邦”和现代城市娱乐文化融为一体，并实现了经济效益、文化效益与社会效益。成为消费产品的民族艺术，虽然已经完全脱离原生地，但其民族文化主体及部分民族文化表现形式依然是真实的，并以现代城市文化的表达方式进行阐释，尽最大可能地表现民族艺术的魅力，这是一种民族文化的创新。民族艺术价值和人文内涵通过移植再造,构筑了民族文化保护与发展的新模式,对民族传统文化的继承和保护发挥了重要的作用。民族艺术的异地再造已经成为普遍现象,城市消费文化与民族艺术文化的结合,既是文化活动,也是经济活动,民族艺术的生产与消费对城市文化的发展起到了积极作用。民族艺术成为现代城市大众审美文化建设的组成部分,丰富了市民的文化生活,带动了城市文化的多样化发展,提升了城市的文化品位。

随着旅游行业的蓬勃发展,民族艺术自带的民族属性以及艺术价值直接进入旅游市场。市场竞争激励着创新,民族特色就是民族地区的竞争优势,具有强烈差异性的民族文化更具有感染力和吸引力,使民族区域旅游发展迎来了新机遇。发挥民族文化独特的"民族性"优势,使民族艺术商品的开发尽可能发掘可利用的民族元素,推动了地方旅游产业的发展,促进了民族地区社会转型与民族文化变迁。民族艺术的文化元素是长期历史积淀的结果,与民族地区群众的生活息息相关,蕴涵着一个民族的文化精髓和历史记忆,同时也是维系区域族群认同的重要纽带。旅游是加快少数民族地区现代化步伐最深刻的影响因素之一。为了契合市场需要的时代风尚,各个民族的代表性文化通过媒体、竞赛与演出、旅游产业等方式的传播与展示进行了一次次的"发明传统",从而实现民族特色的当代转化。民族艺术在旅游语境中快速渗透到民族文化的各个层面,因而受到多方力量的关注,不同文化主体通过国家非物质文化遗产政策、旅游市场、地方节庆等路径对民族艺术进行再生产,重构了当下民族艺术的生存状态,使民族艺术的主体及本质属性发生了多方面的改变。民族艺术在文化主体与他者文化的"合力"作用下走上了文化发展与变迁之路。

在多重语境下的民族艺术除了是自我身份认同的符号,也是自我文化的外显方式。民族艺术的表达方式、思维方式、主体及主体价值观念、传承方式等都呈现出多样化状态。民族艺术产生于传统农业文明时代。在非物质文化遗产语境下,通过现代理念及技术将民族文化资源转化为文化生产力和文化产品,是当民族艺术持续生存的路径之一。传统民族艺术与当下市场需求的文化产品实现有机对接,产生的显著经济效益激发了非物质文化遗产主体保护与传承传统文化的热情,并生发出民族文化主体的自信心和民族认同感。这是民族艺术发展模式的创新与市场经济语境的有效融合,有利于民族文化的保护及传承。“民族艺术是特定历史和社会背景下,在特定物理空间一个民族或者族群共享的精神财富和审美情趣,是民族文化最为鲜活的缩影,是艺术传播历史进程中多元要素的生动再现。”[①]民族艺术凝聚了各民族生产生活中积淀的文化底蕴与历史记忆,与人民群众的日常生活密切相关。民族艺术所承担的功能不仅是文化本身,更是民族身份建构、国家认同凝聚、国家统一与民族团结表达的重要手段和路径。现代科学技术的发展,使新的网络技术、电视、广播等传播媒介技术与传播手段比过去更加丰富,传播效果比以前有了很大的提高,这些促进了民族文化的现代转化,也拓展民族文化的传播方式和范围。民族艺术数字化主要是利用大数据、云计算、人工智能等现代科技,将内容与文化体验空间展演融为一体,既是现代高科技手段和传播方式,也是民族艺术资源进行数字化储存、创意加工的内容转化,使其审美价值、文化价值与社会意义更加突出,这是民族艺术借助现代技术手段进行文化再生产的整体性创新。

民族艺术的商品化、市场化,往往呈现出明显的去生活化特征,远离了民族艺术生成与表达的生活化文化语境。民族艺术的“文化再生产”以符合现代大众审美并产生经济效益为目的,表现出强烈的市场经济价值属性。“艺术文本被从其原本的背景中提取出来,然后重新插入到新的全球背景中并重新解释。”[②]民族文化从“我者”环境到“他者”视野场域的变化,使民族艺术与现代社会意识形态不断杂糅,“成为本地人与他者共谋中既体现差异实现自我认同又迎合他者进入消费市场的大众文化消费符号”[③]。在很多场景中,消费社会的民族艺术是一种丧失文化意义的仅供“他者”进行审美想象的外壳。究其原因,民族艺术成为大众化的消费文本,一方面是市场商业逻辑的裹挟,许多民族艺术逐渐演变为旅游商品中

① 肖华:《民族艺术传承与发展研究的现状及思考》,《内蒙古艺术学院学报》2021年第2期,第55页。

② 戴维·莫利、凯文·罗宾斯:《认同的空间:全球媒介、电子世界景观和文化边界》,南京:南京大学出版社,2001,第154页。

③ 魏美仙:《多重语境中的花腰傣服饰——以大沐浴为例的人类学解读》,《云南艺术学院学报》2007年第3期,第17页。

的民族特色艺术品；另一方面是民族艺术的自我文化剥离，为“他者”提供多种审美想象。在政府、企业和民族文化传承人的“合谋”下，民族艺术获得了由文化资源向文化资本转化的机遇，有助于其保护、传承和发展，并通过各种现代“手段”来延续和再生传统文化。然而，民族艺术的商品化也面临着一系列挑战。民族艺术融入市场后也呈现出一系列问题。为了迎合大众旅游需求，大量粗制滥造的“民族风情”艺术过度追求经济利益，将不同文化元素肆意拼接与挪用，毫无新意地照搬照套。并且，对原生地艺术元素进行选择性复制，甚至对有些内容还进行肆意篡改，加入娱乐化的元素进行运作。这是民族艺术从日常生活领域中抽离出来而普遍出现的脱域现象，其负面问题的背后推手是消费文化逻辑的盲动。

20世纪八九十年代以来，中国消费社会逐渐形成，20世纪五六十年代的歌舞剧和电影《刘三姐》已经使能歌善舞的刘三姐、桂林山水、广西民歌、壮族民俗等闻名天下，四面八方的游客慕名而来，以刘三姐文化为核心的民俗旅游市场随之形成。“所谓民俗风情旅游，是指人们以观赏、了解、领略、参与风土人情为主要目的的旅行和暂时逗留中所进行的物质与精神活动的总和。”[①]在许多以刘三姐为主题的旅游景点和舞台都重现电影《刘三姐》的一些片段，都不约而同地把阶级斗争的内容抽去，突出最有情趣的刘三姐与三秀才的对歌以及刘三姐茶园盘歌。在消费社会中，“符号文化的胜利导致了一个仿真世界的出现，记号与影像的激增消解了现实与想象世界之间的差别”[②]。无论是桂林还是宜州，刘三姐的塑像、刘三姐故居等人造景观比比皆是，身着艳丽服饰的“刘三姐”在给游客唱歌表演之后，热情邀请游客与“刘三姐”合影留念。壮族歌圩和山歌本来就具有娱乐功能，自然成为各个文化旅游景点纷纷开辟的内容。民族艺术受制于旅游消费文化逻辑的召唤，逐渐嬗变为一个充满异域情调、不断辐射他者审美想象的文化消费空间。这些表演化、舞台化的民族艺术“作为一种展演文本

① 邓永进、薛群慧、赵伯乐：《民俗风情旅游》，昆明：云南大学出版社，1997，第14页。
② 迈克·费瑟斯通：《消费文化与后现代主义》，南京：译林出版社，2000，第124页。

而言，其实质是一种以艺术表演名义而进行的一种文化符号的展示”①。传统民族艺术在文化旅游语境中的重构，以去语境化、去经验化为基本组合方式拼贴着各种外来的、时尚的、大众的、流行的各种符号。艺术展演并不是单纯的壮族民间艺术展演，来自壮族以外的瑶族、侗族、苗族等民族文化符号被尽量包含其中。“刘三姐大观园”确实是多民族文化的“大观园”，广西各民族的文化符号都集中在一起。桂林“刘三姐大观园”导游的解说词一方面强调这些文化符号原始神圣，另一方面让游客参与的民俗活动如“背新娘”等表演便充满了虚假和做作。敲打瑶族锣鼓就会吉祥幸福，接着就收费，使原生的民俗仪式失去了神圣性。民间竞赛、娱乐活动和婚俗、节日仪式等民俗表演充满了戏谑、狂欢性的娱乐色彩。“快乐原则和市场化在欲望心理学方面的结合，把新的消费主义和享乐主义当作正当的选择广泛传播开来”，从而使得“逗乐找乐成为流行时尚”。② 民俗文化旅游实际上只是一种以娱乐为指向的仪式展演。这种舞台化表演化的民族艺术除给人以感官的愉悦乃至刺激以外，还要尽量给人一种文化震撼。在宜州，刘三姐“出生、成长”的流河寨，有电影《刘三姐》中的人物刘三姐、阿牛哥、锦妹、黄媒婆等人物宅院，还可以到歌仙庙进香朝拜。其实，新中国成立以后，歌圩和歌唱的世俗化，使宜州人已经不再祭祀刘三姐，如今的文化旅游使刘三姐庙得以重建。古朴、神秘也是这种文化消费所要营造的气氛。“曾经作为彰显族群和地域特征的民族艺术，在消费社会中逐渐脱离原有文化语境，被动或者主动融入消费文化潮流中，以淡化民族性或者强化民族性的悖论式符号重构方式，借助于旅游、媒介和资本力量，民族艺术于拼贴、复制和挪用等情状中得到了重构性的发掘和整合，在显现方式上表现出景观化、舞台化和娱乐化的大众审美文化样式。”③

在消费社会里，人们并不看重商品的使用价值而看重其“交换价值”。商品的“符号化”，使商品在原来固有价值的基础之上，产生了新的“附加

① 吴晓：《旅游景观展演与民间艺术的消费——湘西德夯个案的文化阐释》，《文艺争鸣》2010年第12期，第128页。

② 周宪：《中国当代审美文化研究》，北京：北京大学出版社，1997，第302页。

③ 吴晓：《民族艺术的消费社会境遇》，《民族艺术》2007年第4期，第38页。

值”。那么,究竟什么是消费?波德里亚认为,消费不是一种物质实践,消费的目的不是为了实际需求的满足,人们所消费的,不是商品和服务的使用价值,而是它们的符号象征意义。“消费是一种交流体系,而且是一种语言的同等物。”①消费指一物被定义在一个组织化的话语系统中,“流通、购买、销售、对作了区分的财富及物品/符号的占有,这些构成了我们今天的语言、我们的编码,整个社会都依靠它来沟通交谈。这便是消费的结构,个体的需求及享受与其语言比较起来只能算是言语效果”②。为了使消费达到这种“言语效果”,在消费社会中,大众传媒与资本、旅游、市场等各种力量出于满足消费社会的文化逻辑需求,极力营造一个热情好客、淳朴善良甚至古老神秘的少数民族形象,少数民族村寨宛若安逸祥和、充满诗情画意的世外桃源。这就是对民族艺术重新编码的符号化意指过程。大众传媒凭借技术手段把民族艺术消费意识形态的编码规则传递给了消费者,消费者不自觉地跟读,进而对少数民族艺术的符号价值达成一种认同。“置身于这样一种消费社会中,作为特定族群和地域文化显现样式的民族艺术,毫无疑问已卷入到了商品化、符号化和审美化的文化逻辑场景中。”③脱离原生民俗的民族艺术展演文本中的内容仅仅是一些空洞的符号,是从民族文化中抽取一部分,一切活动都是以取悦游客的他者化为目的。而表演化把实际生活中的内涵置换出来后,所展现出来的歌舞、服装、建筑等民俗景观,被转化为独立存在的文化样式展示给游客,其艺术性被加以强调,审美功能也就随之被加强,成为具有观赏性的审美幻象。“舞台化增加了表演的艺术性,失去了乡土性;简化压缩了活动内容,加快了事件的节奏,过滤了深层文化意义;使以前严格的程式变得简单化,使所要展演的内容精练化,使生活的自然形态美化;使传统文化变得虚假和肤浅;丧失了生活本身的朴素、生气和活力,也使生活中的原型变成了一些形象和意义的碎片。”④随着商品经济和大众文化以及新的娱乐方式的冲击,壮族

---

① 让·波德里亚:《消费社会》,南京:南京大学出版社,2000,第48页。
② 让·波德里亚:《消费社会》,南京:南京大学出版社,2000,第71页。
③ 吴晓:《民族艺术的消费社会境遇》,《民族艺术》2007年第4期,第39页。
④ 徐赣丽:《民俗旅游的表演化倾向及其影响》,《民俗研究》2006年第3期,第63页。

传统以歌传情、倚歌择偶社会基础的消失，刘三姐歌谣及歌圩失去整体性生存环境后，刘三姐唱歌的神圣性让给了世俗娱乐和情绪宣泄，它的娱乐意义甚至大于它的音乐意义。刘三姐文化的世俗功利性成了主导性的功能，而其教化功能之微弱足以忽略不计。

霍克海默和阿多诺等精英主义者曾指责大众文化的平面化、媚俗化、商品化、标准化，以及欺骗性、强制性的缺陷，它是利用审美文化来获取商业利润，以此表征资本逻辑向文化的扩张。在消费社会，作为消费者的游客被民族艺术消费意识形态同化，同时他们具有求新、求异的心理，也希望了解少数民族特色的民俗风土人情，离开城市的拥塞、匆忙和喧闹，获得清静、新鲜与安宁，在返璞归真、回归自然中彻底放松自己。对于舞台化、娱乐化展演的与少数民族地方性审美经验分裂的碎片化的空洞的民族符号，他们也似乎更愿意接受。比如，在宜州，外地游客对成为旅游景点的民族村寨趋之若鹜，而在市中心的中山公园，几乎天天都有的真正原生歌圩却鲜有游客光顾。

从审美人类学的视角来看，在市场因素的作用下，民族艺术商品化主要有两种形式：一是民族文化异地移植再造；二是本土文化的现代重构。民族艺术的商品化并非民族艺术传承发展的唯一出路。民族艺术的发展既需要族群的日常生活成为其文化语境，又要能够成为脱离于生活之外的艺术品、商品。民族艺术植根于人民群众的生产生活之中，依靠人民群众传播和推广创意作为文化资源向文化产业过渡的纽带。就传统民族艺术而言，必须经过创新与再创造的过程，其创新过程实现了民族艺术产业的现代转换，这正是民族艺术生命力之所在。民族艺术旅游产品的商业开发只是民族艺术保护的其中一种方式，民族艺术在发展过程中不断吸收各种文化中的优秀成分而形成和发展起来。民族艺术与文化产业带动少数民族经济的发展，在艺术价值和审美价值的基础上进行创新拓展，而少数民族地区文化形式的多样性、内容的丰富性、资源的集中性是实现产业化发展的主要优势。民族艺术符号化所带来的最明显的特征便是日常生活的审美化，所有的产品都为了经济目的而向审美化转变。

民族艺术与市场的对接，需要艺术品生产者、作为中间环节的推动者、艺术品消费者之间产生良性互动，达成文化和市场之间的平衡关系。作为中间环节重要主体的政府是市场中生产者与消费者之间的沟通桥梁，相关的政策支持、引导与监管是必要的，既要规范文化市场，协调文化生产者与消费者的同向发展，又要承担起建设与传播先进文化的领导者、组织者与管理者的历史责任，坚定社会主义先进性的文化自信，坚持商业性和艺术性相结合，坚持把社会效益放在首位，实现社会效益和经济效益相统一的原则，优化文化与消费的生态结构，强化制度创新，培育健康的文化消费需求，确保文化市场的繁荣发展。“文化生产的特殊性在于除了文化生产者创造出原创性产品外，文化消费者也以自己的再创造参与了文化产品意义的生成而成为文化生产的主体之一。”①社会主义市场经济为文化繁荣兴盛提供了无比广阔的空间，这不只是给予文化生产者腾飞之翼，更是一份厚重的责任和期许。文化生产者应该始终紧密联系时代、社会与发展的实际，以人民为中心，承担以文化人的重要使命，通过生产优秀的文化产品来影响人们的精神世界，还应更好地发挥培育民族精神、提升民族品位、引导舆论、影响社会等方面的作用。文化生产者是文化传播的使者，不断普及教育并带动国民文化水平的提高，在发展文化事业与壮大文化产业的实践中展现社会主义文化的思想观念和价值理念。

二、民族文化差异与审美交流

世界旅游组织在 1985 年对“文化旅游”的狭义定义为：“人们出于文化动机而进行的移动，诸如研究性旅行、表演艺术、文化旅行、参观历史遗迹、研究自然、民俗和艺术、宗教朝圣的旅行、节日和其他文化事件旅行。”②从文化人类学角度来看，文化差异是旅游发生的重要因素，旅游是一种跨文化交流。以体验异国他乡文化风情、丰富阅历和满足精神享受为

① 任旭彬：《注意力经济观照下文化与旅游的产业融合——以广西左江花山岩画为例》，《沿海企业与科技》，2015 年第 4 期，第 53 页。

② 徐菊凤：《旅游文化与文化旅游：理论与实践的若干问题》，《旅游学刊》2005 年第 4 期，第 70 页。

目的的旅游是一种现代仪式,在这种仪式当中,人们从日常生活中摆脱出来。“旅游是一种包含了复杂的社会文化意义的活动。它是一种经济活动……它是一种消费活动……它是一种交往活动,通过团队或个人游历交友,了解异地文化风俗;它是一种体验活动,旅游说到底是视觉愉悦及其体验,等等。”①消费社会的特点就是强调符号的能指特征,否定或漠视符号的所指,忽视或否定物品的功能性和使用价值。在消费社会中,人们通过消费符号,在标志社会身份的商品中追求着自己的身份认同和建构。但文化旅游作为一种体验异质文化的消费活动,对异质文化的审美也是旅游的动机之一。“体验差异”旅游的行为和过程也是一种审美过程活动,也要进行跨文化交流,是一种主客体文化双向交流的审美活动。对于少数民族地区来说,民族艺术文化旅游资源是重要的人文旅游资源。少数民族地区自然生态环境相对完好,随着交通条件的改善,丰富多彩的民族文化吸引着东部地区的旅游者,从而推动了西部少数民族地区旅游业蓬勃发展。民族文化旅游实质上就是不同文化互动、共生的文化交流活动。旅游者通过参加各项民族文化旅游活动,参观各种民俗事象而体验到另一种民族文化的魅力。旅游者就是这种跨文化交流的使者,起到了文化的传播作用。这体现为两种文化之间的交流与互动,是“自我”书写与“他者”书写之间的差异,从这个意义上看,文化旅游对两者的文化重构就具有了十分重要的意义。

“民族之间最容易接触和交流的就是艺术,因为这一方面我们可以不靠逻辑,不靠理性思想,而是靠感触,靠感情交流,这是每一个民族都有的共有的东西。”②审美需要是人的基本需要之一,随着时代的进步、生活水准的大幅度提高,审美需要就成为生活的重要部分。经济全球化造就具有趋同性的文化,但这种趋同的全球文化必须以各国文化、各种地方文化的多元化存在为前提。只有多元文化的比较、碰撞与融摄,才能产生并发展全球文化。在人类学家、民族学家看来,世界上的民族无论大小,都有自己

---

① 周宪:《现代性与视觉文化中的旅游凝视》,《天津社会科学》2008 年第 1 期,第 111 页。

② 费孝通:《谈西部人文资源的保护、开发和利用问题》,《文艺研究》2000 年第 4 期,第 104 页。

的灿烂文化,文化并无高低、优劣、文明、野蛮之分,从而形成世界文化的多样性。"同质化"和"异质化"实际上是共生的一体两面。一方面,文化差异越大,交流意愿就越强烈;另一方面,文化差异同样会对交流产生阻碍。从文化上看,旅游者与东道主之间存在的强势文化对弱势文化、外来文化对原生文化的巨大影响,是导致旅游跨文化传播中文化涵化不平衡现象的原因之一。在过去,"现代性话语对民间的、边缘的、非主流文化的排斥,使之赋予了一系列迷信、落后、愚昧的形象,民间的、边缘的、非主流文化的持有者也已经将这一系列迷信、落后、愚昧的形象内化成为自我认同的一个方面"①。如今,在"越是民族的,越是世界的"理念下,突出地域和民族文化的差异成了开发文化旅游资源的核心内容。在文化旅游语境中,各民族在开发民族艺术作为旅游资源中开始走向自觉。壮族歌圩是具有壮族文化特点的传统,山歌是壮族文化的重要象征符号之一。刘三姐作为广西的壮族形象不断被来自中心的旅游者所强化和认同,刘三姐故乡的知名度越来越高,地方政府和民间都为之自豪。刘三姐山歌迅速升值,并被不断赋予新的意义内涵。在自我与他者的合力作用下,刘三姐故乡的建构既有经济功能又有文化功能。这里原始淳朴,人与自然、社会和谐统一,各具特色的刘三姐符号精彩纷呈,充满了异族风情和浪漫的田园牧歌,刘三姐形象由此成为我者与他者的看与被看关系中充满异族情调的审美乌托邦幻象。

民族旅游也推动了民族传统文化的复兴和民族身份、民族精神的再建构,这是不争的事实。过去被斥为"风流"的山歌,在新的语境中不再是贬义词。"风流"并没有不文明不健康的含义,"风流"是壮族山歌的特性,没有了"风流"的韵味,也就失去了壮族山歌的美。歌圩在中心城镇的经常化的自发举行,使人们对在对歌中常常出现一些"黄色"的唱词也安之若素,这些"黄色"唱词就是在官方举行的"歌王擂台赛"中出现,人们也不在意。山歌"确实因其特色、因其向世人展示了一种独特的可能的生活方式而可能获得世界性的关注,但不可否认的是一旦这些文化'走向世界',由

① 刘晓春:《民俗旅游的意识形态》,《旅游学刊》2002年第1期,第75页。

'脱域'(离开原来的语境)到'入域'(进入新的语境),就再不可能还是原有的文化了,新的语境会毫不留情地赋予它新的意义而使其不再全然是原有的民族文化"[①]。在旅游大潮中,壮族民众强化了族群认同,地方文化精英在大众传媒的鼓动下对壮族文化进行重新阐释。河池市将"文明桥"复名为"风流桥",就是2009年河池市政协十几名委员提交的提案。这事起因于20世纪80年代初期,山歌习俗复兴,民众自发到市区新建的一座桥聚唱,就起名为"风流桥",当时地方政府领导认为不雅,改名为"文明桥"。如今壮族歌圩和壮族情歌不再是"伤风败俗"和"封建迷信"的标志,而是被阐释为民族特色文化,展示了壮族自身文化智慧和创造力,重新唤起历史记忆,增强了自豪感。作为主流文化群体的游客在民族旅游中对少数民族文化在不同程度上重新给予肯定和新的评价。比如,看了《印象·刘三姐》以后,被剧中原生态歌曲打动的游客事后跟壮族人谈话,常常打听汉语的"唱歌"等词语,壮语怎么说?诸如此类,折射出主流话语认同了少数民族独特的文化。在文化旅游中,刘三姐文化的元素在传播中也实现了文化增值。绣球的文化含义由原来壮族男女用于择偶的信物被赋予了表达爱情和幸福的意义,其形状更加精美,成为各民族喜爱的吉祥物。文化符号意义建构并非只是传统意义的历史传递,而是一种与异质文化在互动中根据语境的不同移植、嵌入、解读而建构新的符号意义的过程。刘三姐符号随着外来文化的介入而发生改变,壮族也会吸收外来文化来丰富刘三姐符号的象征体系。这意味着文化旅游语境中民族审美文化一定程度上实现了主体间性关系,所展示的是一种主体与主体之间通过对话、交流而达到的充分的理解,是具有平等精神的对话阐释,其本质强调了对话双方之间相互依存的关系。通过与他者的对话与交流,自我能够认识自我,认识他者,构建自我与他者之间的关系,体现了多元文化共生共荣的价值。

刘三姐符号在长期的历史演变过程中受时代文化和心理的制约,经过了历时性的改编、移植、置换,它的社会意义与功能的转换总是与社会历史变迁紧密相关而不断发生变化,从而实现刘三姐文化的再生产,造成了刘

---

① 马翀炜、陈庆德:《民族文化资本化》,北京:人民出版社,2004,第42页。

三姐意义的历时性发展而不断实现文化增值。作为壮族认同的文化标识，族群的认同正是以刘三姐象征符号的连续性使用为标志。嘹三妹神话演变成世俗歌圩中的刘三姐传说，新中国成立初期，负载政教宣传功能的刘三姐是壮族的化身。20 世纪 80 年代以来，在重构刘三姐形象的场域中，在民间文化、精英文化、主流文化等不同文化主体之间在互动互补的状态下，民间话语、精英话语和主流话语中不同的“刘三姐”形成了一种既独立表述又一体同构的关系。

地方性文化差异并不必然引起文化冲突。文化整合是特殊主义的普遍化和普遍主义的特殊化的双重过程。跨文化交流，适当的文化整合、文化差异或文化冲突完全可以转换为文化对话的相互阐释而增值，拓展文化价值的意义就成为跨文化交流的灵魂所在，是跨文化一个普遍而突出的现象。对文本进行多元化、尝试性、创造性的有效阐释，有利于实现作者、接受者与文本平等互参的良性生态平衡，促进文本的文化意义增值。在不同审美文化的相互学习和交流中，人们可以领悟不同文化的冲突、碰撞、交融，从而推动审美观念的更新和解放，丰富人类的审美世界。

人类的审美观并非固定不变，由于传播技术、艺术形态、理念、形式等多方面的发展而引起的美学当代重构往往是多种审美文化交流的结果，将传统的审美观进行现代转化和发展，需要跨文化审美实践来体现。在权力不平等的跨文化交流中，艺术和审美实践往往成为特定群体表征其身份意识，争取政治、经济权利的重要途径。通过把审美对象与其他类型进行区分，产生身份意识和群体归属感，带有明显的地方特征的艺术风格和审美实践就成为实现群体认同的重要方式。

审美主体在审美交流中可以体验、感悟、理解本民族审美的特色，从而强化本民族审美文化的生命力，有助于坚守本民族的审美特色，凸显自我，扬我之长。对世界审美文化以及本民族审美文化多样性的认识，丰富本民族审美文化，可以增强民族认同感与归属感。文化差异表现在不同时代、民族、阶级、地域的客体对象与人发生特定的审美关系上，由此产生不同内涵的审美认知。这种差异性或丰富性，使得人们的审美活动具有个性色彩、民族特色和地方特色。从文化传播的接受者来看，审美主体更倾向于本民族文化语境中已经积淀的审美实践。

在跨文化审美交流中，由于不同民族、地域文化之间的差异的存在，审美主体对异质文化的审美体验，因为审美认知的不同，必然产生文化元素和意义流失的现象。文化差异在审美交流中往往以民俗、信仰、语言、思维、生活方式等方面的差异体现出来。文化误读是一种意义的生发或转换，对文化符号的意义、对异质文化符号的理解，是依据解读者的心理去解构异质文化符号的意义，然后再解读出其构建的意义。合理的文化误读有着积极的意义。跨文化交往交织着本文化和异文化复杂的同、异关系，表现为互补、对称或不协调、不对称等形式。意识形态通常是因存在文化差异而产生并经常造成负面文化误读的主要原因。解读者在自己的文化结构中已经积淀了自己民族的文化价值和认知文化意象，同时在对异质文化背景知识欠缺的情况下，要克服以自我为中心的负面文化误读，就要培养正面的文化误读和文化宽容观，其目的就在于阐发和提升异质文化文本的意义。我们开展文化交流，要反对基于各种“中心论”的恶意误读而导致文化误读与文化冲突造成的话语膨胀和意义贬值。克服负面文化误读和实现积极的跨文化交流的一个根本性的问题，就是要利用文化误读的正面价值，促进本民族文化的现代转型。

三、市场语境中的刘三姐形象

由于20世纪五六十年代的歌舞剧和电影《刘三姐》极大地提高了刘三姐的知名度，广西各地凡是有传统民间刘三姐传说的地方都认为自己是刘三姐的故乡，各级政府都以文化搭台的形式，借助刘三姐形象招商引资，各地旅游景点无不以刘三姐歌唱来作为卖点。刘三姐无处不在，有群体性出现的，也有个体性出现的，但谁也不是真正的刘三姐。如南宁市国际民歌艺术节舞台上就出现过500个刘三姐齐唱的场面，《印象·刘三姐》中也出现了群体性刘三姐和阿牛哥齐声对歌的场面。经过上千年的民间口传，刘三姐已经成为一个唱山歌的象征符号。20世纪五六十年代经过国家话语的规约，刘三姐成为壮族的象征，成为广西文化的形象大使。但如今“刘三姐”被开发为旅游产品，无论是以个体还是以群体出现的各民族歌手都可以自称为刘三姐，并且也被认可，满足了人们对少数民族女性形象的想象与歌唱娱乐的需要。人们为何认可了这种缺乏真实性的刘三姐形象呢？这是刘三姐多重文本互相作用形成的现象，真正的刘三姐其实是以潜文本形式存在的形象。什么是潜文本？“所谓潜文本，是指虽被受众注意与理解，但并不显在和直接地参与到构筑受众的态度、观念、意识形态的文本。”[①]换言之，作为接受者，人们可以认可出现在眼前的“刘三姐”，但并不在意它的真实意义，它以漂浮的能指符号显现，其意义并不“内化”到接受者的态度、信念、理解的符号意义层面。它不同于罗兰·巴特所说的大众“神话”，巴特式的意识形态神话是隐蔽的意义，可以参与到接受主体的理解层面；也不同于弗洛伊德的潜意识或荣格的原型，原型隐蔽在主体意识深处而没有显示出来。潜文本的形象既外在于创作主体，也外在于接受主体。《刘三姐》本来就有多重文本，千百年来，早就有民间口传文本和文人分别建构的文本。20世纪五六十年代的《刘三姐》是以政治文本为主的政治与民间相融合的双重文本。潜文本形态的刘三姐形象并不是一个自足体，它是从其他文本中游离出来的失去了原来意义的符号躯体或幻象，充满了不稳定性、多变性，不同时代和不同场合都会赋予其新的内容，其意义的显现存在着多种现实可能性。刘三姐潜文本具有丰富的内容，包括政治宣传话语、商业旅游、民间歌唱礼俗、集体或个人歌唱娱乐等方面，它在不同的语境中有不同的解读，会产生不同的意义。《印象·刘三姐》是刘三姐文化中典型的消费文本，解读《印象·刘三姐》有助于我们理解市场语境中的刘三姐形象。

《印象·刘三姐》另辟蹊径，把演出场地置于山水之间，让观众在欣赏演出的同时与自然融为一体，具有极强的现场效果，给人以真情实景紧密结合的体验。《印象·刘三姐》创造性地采用了“全景式、大舞台、总调度”的构思，将刘三姐经典山歌、广西少数民族风情以及漓江自然风光创新组

---

① 徐翔、邝明艳：《接受与效果研究中的“潜文本”——文学理论与传播研究的交叉视角》，《文艺理论研究》2010年第1期，第121页。

合，给游客留下一种感知民族文化的意境，让观众感受到广西壮、苗、瑶、侗等少数民族的服饰、音乐、舞蹈等文化魅力。张艺谋借用刘三姐符号导演的这台“视听艺术盛宴”借助光和影的视觉符号，将广西的民间传说、经典山歌、民族风情、漓江山水、漓江渔火等自然和人文元素拼贴成为新颖的旅游演艺产品，极大地促进了桂林旅游演艺的发展。《印象·刘三姐》的成功开发产生了巨大的市场示范效应。以风景名胜、非物质文化遗产、著名导演相组合为基础的大型实景演出的旅游产品模式迅速地在全国推广开来。然而，奇怪的是，张艺谋后来的“印象”系列以及其他导演执导的很多实景演出却江河日下，尽管各地实景演出、“印象”系列不断涌现，但目前仍无法撼动《印象·刘三姐》的魁首地位。

《印象·刘三姐》获得成功的关键在哪里？《印象·刘三姐》与刘三姐故事传说之间没有太大的联系，只穿插了一些当年歌舞剧和电影《刘三姐》中的经典歌曲。它的成功在戏内，但其“大成功”却在戏外。在这里，漓江山水通过早期的电影传播，早已与刘三姐文化融为一体。实事求是地说，《印象·刘三姐》的视觉效果的确不错，场面开阔奢华，但勇敢善良、淳朴聪慧、美丽多情的刘三姐在哪里呢？完全体现不出来。刘三姐形象与刘三姐山歌被淹没在喧嚣的大众流行音乐中，《印象·刘三姐》既不能让人体验到刘三姐的风姿，也不能让人体味到广西少数民族文化的品质。看了《印象·刘三姐》，人们并没有对刘三姐留下什么“印象”，说成“印象·漓江”可能更贴切一些。作为旅游商品的《印象·刘三姐》虽然创造性地采用了实景演出的形式，但它仍然是20世纪五六十年代刘三姐形象的衍生物。《印象·刘三姐》的叙事符号与行为符号欠缺，山歌创作、刘三姐形象的人文意义及审美内涵并没有取得突破性的进展。清华大学美学教授肖鹰认为：“《印象·刘三姐》之所以获得成功，关键不在于秀甲天下的桂林山水被设置为表演场景，而是在这片绮丽的山水实景中表现了当地独特的文化风情。”[①]那么，桂林山水的“文化风情”在哪里？在于刘三姐形象被看

① 赵凤兰：《“第一印象”和那些留不下印象的“印象”——对实景演出成败得失的初步分析》，《中国文化报》，2009年7月21日第1版。

作桂林山水文化的灵魂。

“《刘三姐》之魅力永驻，细想之下有着多方面的因素，对美好传说的向往和好奇，对如诗如画的山水的钦羡，隐藏在刘三姐背后的巨大商机，以及更深层次的都市人心中对田园牧歌的怀念，都为刘三姐热潮推了波助了澜。”[①]刘三姐这位山歌“精灵”以其自由、浪漫、狂欢的精神徜徉于桂林山水之间，人们共同拥戴的刘三姐形象作为平民精神的表达与积淀于桂林历史的山水文化珠联璧合，极大地拓展了桂林山水的审美时空。作为民间话语的刘三姐传说遍布广西，漓江畔的“刘三姐”得力于优美的桂林山水和田园环境，因而更有魅力。刘三姐传说作为农耕文明的产物，与田园环境、自然景物交融在一起，是自然美与文化美的交融，是在人与自然主体间性意义上建构的人与自然、人与社会之间的情感交流。桂林山水中的田园环境所体现的田园牧歌式的平静与悠闲的生活韵味，虽然是特定历史环境下的产物，但这种审美愉悦却能够超越地域文化的差异和历史时空的限制。

在现代社会，现代工业和现代科技等工业文明在经济上飞速发展，商业意识和功利意识几乎渗透到人们工作和生活的每一个层面和每一个角落，使人们在城镇化和自动化的环境中与自然隔离开来。现代工业文明创造了物质财富的奇迹，却没有能够创造出一个更好的能让现代人的灵魂栖息的精神家园。面对着都市的喧嚣、工作的压力、心灵的创伤，需要一种东西使人们暂时地远离都市的喧嚣、缓解工作的压力、医治心灵的创伤。在工业文明高速发展的现代社会，人们离自然越远，回归自然的愿望就越强烈。桂林山水在山清水秀的环绕中映照着田园风光和粉墙黛瓦的村舍，农人荷锄、牛群归圈、炊烟袅袅融入暮霭沉沉的田园牧歌式的美丽景象里，唤起了人们对田园牧歌式的农耕社会的美好回忆和向往，也唤起了人们对回归自然和故乡的文化乡愁。它还包含着人类对精神家园的渴求以及人类在文明发展的过程中逐渐远离自然之后回归自然的愿望。

作为消费文本，《印象 · 刘三姐》的漂浮的符号能指叠加比比皆是。“张艺谋+刘三姐+桂林山水”就是一种文化消费符号组合。用投资商的话

① 韩炜、陈晓云：《新中国电影史话》，杭州：浙江大学出版社，2003，第 106-107 页。

来说，这三种资源都是世界级稀缺资源。刘三姐作为壮族的文化符号是国家级“非物质文化遗产”，张艺谋是世界知名电影导演，桂林山水广为人知。符号叠加的《印象 · 刘三姐》的文本结构是“混杂的”，它挪用了《刘三姐》的经典山歌、民族风情、漓江渔火、日常生活、竹筏、木楼、绣球、壮族歌圩，壮族和侗族的原生态山歌，壮族、瑶族、苗族等少数民族服装等，这些都是城市文化所缺乏的农业文化和少数民族文化的符号。其内容是由多种艺术类型、不同民族文化、多样语言体系、多样文化层次叠加而成的。《印象 · 刘三姐》在“红色印象 · 对歌”“绿色印象 · 家园”“金色印象 · 渔火”“蓝色印象 · 情歌”“银色印象 · 盛典”五个主要部分中，这些符号借助高科技手段在声、光、色等的映衬中作有规则的拼贴组合，与具有强烈国际性和时尚性的大众音乐节奏相融合，给人以强烈的视听冲击，日常生活中人们非常熟悉的符号经过如此这般的重组之后焕然一新，增强了人们感官的审美体验。“在文化产业全球化的趋势下，杂糅更具有了建设性内涵，成为文化产品的重要生产方式，契合了全球化背景下文化产业的生产规律。”[①]《印象 · 刘三姐》就是以符号杂糅的方式去除农耕生活和少数民族民俗的实际内容，只保留了代表农耕生活和少数民族民俗的形式，为使作品具有少数民族和田园牧歌式的情调，诸如少数民族音乐服饰、江上撒网、耕牛归家等，都被同时纳入最具大众化、不带有任何地方性文化、最具中立性共享文化的色彩之中。“在张艺谋的电影艺术中，色彩已不再是简单的自然再现，而是一种意象性地建构现代‘神话’的艺术符号。”[②]在《印象 · 刘三姐》中，这种色彩神话以大制作的形式，创造出美轮美奂的视听景观以淹没艺术内涵的缺乏。《印象 · 刘三姐》中的民族舞蹈只是一些简单的线路安排和蹲下站起的节奏处理，但在道具、灯光、音乐与山水的合力下，却产生了令人赞叹的视觉效果。这种演出编排使《印象 · 刘三姐》更像水上团体操，也像一个水上的动态的少数民族民俗展示馆。这种几乎没有实

① 王建陵：《杂糅与全球化文化生产：以迪斯尼动画为例》，《东华大学学报（社会科学版）》2008 年第 4 期，第 264 页。

② 孙中田：《张艺谋的电影艺术谋略》，《东北师大学报（哲学社会科学版）》2000 年第 1 期，第 35 页。

质内容的演出，据说当初还没有正式上演时，演出商特别请了两千多名导游去观看，希望导游引导游客来观看，但导游反应冷淡。作为消费文本的《印象·刘三姐》的符号意义从何而来？

赵毅衡认为："任何符号文本，都在文本边缘之外或表达层之下，携带着大量没有进入文本本身的因素。这些'伴随文本'因素，严重影响符号的生产与解释。"[①]"伴随文本"是符号文本的附加因素，"参与到符号表意之中，与符号本身合起来构成了文本"[②]。20世纪五六十年代的歌舞和电影剧本《刘三姐》走上舞台并被拍成电影后，刘三姐形象早已深入人心，成为壮族文化的标识性艺术形象，并演变为一种具有象征意义的民族符号，成为壮族表达自己身份的重要方式，也成为外界对壮族身份和文化形象的想象与确认的载体。"刘三姐"作为歌仙的形象，其热爱生命、热爱自然的歌唱人生，具有超越时代、历史和民族的普遍性。"刘三姐"作为壮族的重要文化符号，象征的少数民族妇女形象也早已确立和定型并为广大观众所熟悉，又具有异质于城市文化与中原文化的独特性。"刘三姐"作为公共文化资源，已经脱离了地方性文化知识时空成为壮族的展示景观和壮族文化的"代言"符号。在人们心目中，"刘三姐"和壮族画上了等号而成为概念性的独立符号。独立符号的意义解读特别需要依靠伴随文本附加因素的表意。本来是艺术形象的"刘三姐"甚至可以只是作为一个背景而留在人们记忆中的想象性符号，从而生发出一个相对独立于现实世界的符号幻象世界。《印象·刘三姐》并非刘三姐故事的完整再现，只是利用了"刘三姐"身上所蕴含的象征意义和人文价值。凭借刘三姐符号固有的山歌和少数民族形象的象征意义，《印象·刘三姐》就可以依靠伴随文本的参与而产生新的意义。《印象·刘三姐》的标题因为挪用刘三姐符号使人们习惯性地带上对壮族和山歌的先入之见；作为总导演的张艺谋，其艺术才华和声誉足以令人期待；演出场地、观众气氛等宣传形成了轰动效应，大量关

---

① 赵毅衡：《论"伴随文本"——扩展"文本间性"的一种方式》，《文艺理论研究》2010年第2期，第2页。

② 赵毅衡：《论"伴随文本"——扩展"文本间性"的一种方式》，《文艺理论研究》2010年第2期，第3页。

于《印象·刘三姐》的花絮,齐秦、齐豫、刘欢等著名歌手的加盟等信息。这些《印象·刘三姐》的副文本因素虽然不能代替《印象·刘三姐》,但是,这些因素融入了符号接收者的先在解读与评判,对《印象·刘三姐》意义的产生起了决定性作用。《印象·刘三姐》被宣传为全球第一部山水实景演出,开创了中国山水实景演出的全新形式。如果没有与之对应的传统室内剧场演出,山水实景演出的创新也就无从谈起。传统室内剧场演出指明了山水实景演出所从属的文化背景及其规定的演出与接受方式,反传统的剧场演出惯例与规约,通过创演者与观众之间的默契被双方接受,这就承认了山水实景演出作为一种艺术类型固定到最基本的表意和接收方式的模式之中,决定了观众在观赏《印象·刘三姐》时,他们必须马上明白这种文艺演出所规定的程式化的表意与接受方式。如果观众不接受山水实景演出这种剧场类型,山水实景演出的山水和人文结合的创新方式与独特景观及壮观的演出画面也就无法独立表达意义。《印象·刘三姐》"引用"了刘三姐的声誉、经典歌曲、电影《刘三姐》对漓江风景的表现、电影《刘三姐》对少数民族文化的表现等因素,这些因素在《印象·刘三姐》产生之前已经产生,此前人们对刘三姐形象的相关历史文化文本已经产生,《印象·刘三姐》产生时与之共同构成了互相生发的互文性网络。《印象·刘三姐》演出的音乐编创、经典民歌、流行音乐、原生态音乐,既体现出艺术化了的传统与时尚的融合,又引发了人们对美丽山歌、美丽山水和少数民族女性的想象。《印象·刘三姐》伴随文本中的元文本被接受解释时也产生了意义。"元文本是此文本生成后,文本被接受之前所出现的影响意义解释的各种文本,包括对此作品及其作者的新闻、评论、八卦、传闻、指责、道德或政治标签,等等。"[①]《印象·刘三姐》被一些媒体报道为"成功诠释了人与自然的和谐关系,创造出天人合一的境界"。《印象·刘三姐》的官方网站以及许多媒体都声称世界旅游组织官员认为"这样的演出,值得你从地球任何一个角落坐飞机过来欣赏"。这些媒体又热捧"演出集唯一

---

① 赵毅衡:《论"伴随文本"——扩展"文本间性"的一种方式》,《文艺理论研究》2010 年第 2 期,第 4 页。

性、艺术性、震撼性、民族性、视觉性于一身，是一次演出的革命、一次视觉的革命”。演出正是利用晴、烟、雨、雾、春、夏、秋、冬不同的自然气候，创造出无穷的神奇魅力，使每一场演出都是新的。还有《印象·刘三姐》各种精美的、震撼心灵的图片、宣传片和音像图书等广告宣传，观众自发的热情赞美，以及近年来学者对大型实景演艺的特点及效果的评价等，足以形成轰动效应和品牌效应，促使人们产生观赏行为并一定程度上失去独立判断作品价值的能力。在《印象·刘三姐》产生后，一系列同类型的“印象”文本纷纷出现，它们在整体构思和布局上都是在《印象·刘三姐》基础上链接而成的超文本，使得《印象·刘三姐》成了理解这些“印象”系列的前提。这些“印象”系列并非仅仅是《印象·刘三姐》对它们的影响，也是《印象·刘三姐》未加提示的延续文本或参考文本的指涉，与《印象·刘三姐》在一种网状结构中共时互动，从而变成一批“印象”系列文本的共同生成与接受，尽管这些“印象”系列并没有确切地出现在《印象·刘三姐》之中。

伴随文本所生成的意义不仅在人们欣赏《印象·刘三姐》的过程中产生，也可以在人们观赏《印象·刘三姐》之前和之后产生。伴随文本的意义不可能完全被解释，也不会全部内化到观赏者的理解层面上，其意义的生发必须与创演《印象·刘三姐》的文化生产主体和解释链相连接。《印象·刘三姐》作为旅游产品，其演出模式是“能够成为被大众广为使用和利用的文化消费形式，是基于文化成为大众普遍的消费品而确立起来的文化形态”[①]。原本是民间歌手成仙的刘三姐故事（歌谣）如今成了“非物质文化遗产”。《印象·刘三姐》在方圆两公里的漓江水域和十二座背景山峰中，将刘三姐传说、与此相关的广西民间歌圩文化、少数民族风俗以及电影《刘三姐》糅合成一种具有国际性、时尚性的文化产品。在文化市场中，现代传媒为了激活这种缺乏实质内容的写意大制作，给予平面化的感官“印象”定位，并赋予这类实景演出以“人与自然和谐相处”的哲学意义。这其实是迎合了都市大众对田园生活的怀念与回归自然的愿望以及利用了人们对电影《刘三姐》的怀旧感觉，并把这种消费指向的文化产品在“向

---

① 衣俊卿：《文化哲学十五讲》，北京：北京大学出版社，2004，第186页。

传统致敬、向自然致敬、向生命致敬”的创作理念下，将消费主义、商业文化的时尚潮流和市场利益巨大驱动力的控制神圣化和自然化，并且借助技术的力量实现了以艺术为主要形态的文化变成日常的生活事件，完成了这些文化产品的世俗化与平民化。大众文化“突破了传统文化的界限，扩张到了无所不包的程度，文化工业与商品生产紧密结合，影像、广告、复制、形象文化、各种艺术甚至无意识领域完全渗透了商品化的资本逻辑，统统变成了商品。这时候，文化已经完全大众化，高雅文化和通俗文化、纯艺术和非艺术的界限趋向消失，艺术已经被植入生活，变成了日常生活中的消费用品”[①]。事实上，《印象·刘三姐》对“刘三姐”、民俗和山水经过了如此这般的“印象”改写，以强烈的视觉震撼和看似“与自然共同创作”的表演方式“控制”了观众的体验。商业包装和媒体炒作使伴随文本有可能喧宾夺主，直接操纵作为符号接收者的观众的解释。《印象·刘三姐》没有再现刘三姐传说，也没有展示刘三姐形象，仅仅一个副文本因素的《印象·刘三姐》标题就强加了《印象·刘三姐》文本若隐若现的“刘三姐”意义。为了突出边地民俗、少数民族文化特色，“张艺谋希望找一个女孩作为《印象·刘三姐》的形象代表，但条件十分严格，除了青春靓丽、能歌善舞外，还要是广西本土的壮族姑娘，同时具有渔家女儿水的灵性和纯洁，并提出了用浴女表现渔家人民生活的想法”[②]。女性刺激快感常常是民族旅游业中的重要项目，更何况刘三姐本来就是能歌善舞的少数民族歌仙。“在消费社会和消费文化日趋成熟的今天，女性的这种‘被看性’不是减弱了，而是越来越被加强了。特别是当女性作为商品景观而成为一种视觉对象时，更是这样。”[③]这种“艺术观赏”中透露出来的是一种“猎奇”的心态，尽管“观看”与“被观看”的双方都不会承认，这就依靠符号的重新编码和阐释。法国社会学家和人类学家布迪厄认为，符号暴力是在一个社会行动者本身合谋的基础上施加在他身上的暴力，是通过“误认”的机制建立起来而被

① 夏之放、李衍柱、赵勇、李建盛：《当代中西审美文化研究》，济南：山东教育出版社，2005，第19页。

② 杨梅：《第五代刘三姐款款走来》，《文化月刊》2005年第10期，第16页。

③ 周宪：《论作为象征符号的“封面女郎”》，《艺术百家》2006年第3期，第10页。

双方接受的,这种暴力就享有某种合法性。“漓江女儿”的“天体浴”迅速被海内外一百多家各种媒体铺天盖地传播开来,几经波折,被赋予了“天人合一”的意义。可见,大众传媒通过给各种商品的编码和阐释起到了多么重要的作用,文化消费无不渗透了大众传媒的操纵性文化支配的结果。“任何文本都是在文化提供的各种伴随文本之上的‘重写’。”[①]伴随文本能够对《印象·刘三姐》意义解释起作用是因为各种伴随文本因素提供了文本解读的广阔文化背景。《印象·刘三姐》拼贴的大量的文化资源主要是电影《刘三姐》的爱情主题和歌曲、广西少数民族文化和漓江地域文化,把它们整合到市场消费语境中,在实景演出中展示出的其实是一个“刘三姐”幻象,剔除了地方性的历史情境和少数民族文化土壤的《印象·刘三姐》,观众对它的解读不得不借用与“刘三姐”相关的各种社会文化文本。“所有的符号文本,都是显文本与伴随文本的结合体,这种结合,使文本不仅是符号的形式组合,而(且)成为一个浸透了社会文化因素的动态构造。”[②]《印象·刘三姐》拼贴的各种伴随文本知识,杂合成一个平面化符号文本等着我们来翻开,激发出我们对这个文本的各种理解。《印象·刘三姐》中各种伴随文本的引用、仿作与链接的各种社会文化文本是相当多样化的。最突出的是对电影《刘三姐》及刘三姐形象的引用。刘三姐是一个歌仙,《印象·刘三姐》的演出全部用歌唱贯穿起来;刘三姐是少数民族的代表,《印象·刘三姐》则以壮族歌圩的形式由身着民族服饰的演员来演出;电影《刘三姐》是在如诗似梦的桂林山水环境里讲述刘三姐的故事,《印象·刘三姐》则利用桂林的漓江山水为舞台进行实景演出;电影《刘三姐》展示富有广西色彩的民族风情,《印象·刘三姐》则通过广西地域文化的形象代言人刘三姐对民风民俗、神话传说、历史传奇、音乐资源等人文资源进行展示和诠释……《印象·刘三姐》拼贴的文本材料也是异质性文化要素的杂合。以音乐方面为例,流行歌曲、原生态音乐、刘三姐经典山歌、

---

① 赵毅衡:《论“伴随文本”———扩展“文本间性”的一种方式》,《文艺理论研究》2010 年第 2 期,第 6 页。

② 赵毅衡:《论“伴随文本”———扩展“文本间性”的一种方式》,《文艺理论研究》2010 年第 2 期,第 2 页。

侗族大歌等不同质态的音乐种类交错歌唱。在语言使用上，如歌曲《多谢了》和《对歌》是汉语和英语相结合，《蝶恋花》则有中文和英文两个版本，《藤缠树》既用汉语也用壮语演唱……多样性文化文本的杂合显然是为了迎合各种各样文化背景的游客的需求。这些多样性的拼贴材料虽然未必完全融为一体，但这种拼贴从整体上体现了《印象·刘三姐》的跨文本性。在这里，"刘三姐"多重文本往往相互渗透、彼此纠缠，从一个文本转换到另一个文本而织成错综复杂的文本间性网络，各种文本往往呈现出"你中有我、我中有你"的互文关系，可以是某文本出现于另一文本中的共存关系，也可以是某文本被嫁接或转换为另一文本的派生关系。文本的对话与转换使其具有未完成性的高度开放性。这种文本间性可以是某些文本片段未加改动，甚至以原文形式出现，其意义却突破了文本的框架，漫溢在作为接受者的游客的审美体验中，在山水实景的演出观赏中旅游者得到了娱乐的享受，也满足了旅游者对少数民族风情体验的需求。同时，各种"刘三姐"文本与刘三姐传说得到高科技手段的新阐释，更加充满文化魅力。《印象·刘三姐》的独到之处在于把舞台搬到了漓江山水间，突破了传统的舞台模式，开创了中国山水实景演出的全新形式，山水实景演出的概念最早因《印象·刘三姐》的演出而产生。山水实景演出使旅游者置身于天然剧场中，在放浪山水的娱乐休闲中观赏演出；山水实景演出把自然景观直接纳入演出，这种超越人们习惯思维的实景性设计，构成了一种自然山水与刘三姐文化内涵的双重叠加。山水实景演出既是文化产品，也是旅游产品，是自然山水和历史文化的结合。《印象·刘三姐》实现了自然情境与艺术文本的水乳交融，一方面给传统的山水风光旅游注入了文化气息，另一方面也使历史文化的魅力得以在自然山水之间散发出来，两者相得益彰、相互促进。

余　论　从民间传说到中国审美文化符号

一、文本间性中的刘三姐形象

刘三姐民间传说故事流传至今，她的歌越传越广、越唱越红，原因在于刘三姐形象已经延伸到政治、历史、经济、艺术、审美等各个领域。就艺术而言，在刘三姐民间故事传说基础上进行歌谣、电影、散文、戏曲、舞蹈、绘画和雕像等多种艺术样式的改编与再创作，创造了一个个多姿多彩的刘三姐故事，塑造了众多形态各异、意义不同的刘三姐形象，形成了一个多重"刘三姐"文本体系，其多面性、多义性可以在其他文本中得到表现，形成了内涵丰厚、影响深远的刘三姐文化。多种形态的刘三姐文本通过艺术形象符号功能的多元性和艺术欣赏主体对作品知觉形象的多样性获得动态的意义生成系统。

文本间性是指"任何一个文本都是其他诸文本的复合体之吸收与转化"①。文学文本是一个以其所产生和生存的特定主流意识形态为主的社会历史意识的意义"生产"的符号系统，其话语含义是由创作者和接受者共同厘定的。不同文本由所处不同时代、不同社会环境的作者在不断吸收、借鉴他人文本的基础上建构自己的作品，有意无意地将社会历史意识融入其文本中，而接受者在阅读接受过程中在已有认识的基础上对这种社

① 周宪：《超越文学——文学的文化哲学思考》，上海：上海三联书店，1997，第 201 页。

会历史意识产生共鸣。文艺作品不是一个完全自足的整体，而是在写作过程中通过明喻、暗喻、模仿、重写、改编等互文手法把社会历史、意识形态、他人话语等诸多外部因素吸收和转化而建立的话语文本，不同时代的不同主体的不同解读也影响了文学生产和流通的境遇。文学文本与社会文本放在一起将会产生一个文本整体关涉另一个文本而构建新的文本，催生出新的意义。文学文本的互文性转换成文学文本与历史文本之间的互文性，使形成文本间性关系的文本群处在共时到历时两个维度上，每一个文本都吸收与转化其他文本，它们相互参照，彼此牵连，形成一个潜力无限的开放网络。

文学文本被置于文本间性形成的网络结构对话体系中，是不同文本之间形成的一种动态性互生、互动、互证的过程。文学作品的多义性指文学作品通过艺术形象提供给读者丰富多样的意义符号系统结构。艺术形象何以生成多重意义？在特定历史文化语境中，社会文化语境、社会形态、文化氛围与文学文本的交互作用是文学意义生成的条件。文本的意义不仅产生于文本自身，也产生于此文本与其他文本（历史、生活或文化文本）的相互作用和关系之中。文学不仅与政治、意识形态密切相关，还体现了人类的价值观念、群体性格与精神趣味。文学作品在不同时代、不同读者中生成自己多种多样的意义，是由无比复杂丰富的现实生活本身决定的。“每一篇文本都联系着若干篇文本，并且对这些文本起着复读、强调、浓缩、转移和深化的作用。”[1]众多文本的排列和置换是一个意义生产的场域。文本间性过程中的意义增值是同一文本之内、不同文本之间的借鉴与影响，文本的语词、主题和形式之间相互参考、彼此牵连，构成文本的过去、现在、将来的文本间性体系。文学文本在一种文化话语空间中与一种语言或文化表意实践之间的吸收、利用或改造，形成不同类别的文本间运作。在跨文化交流的背景下，产生意义增值是由于不同历史文化语境具有各自的具体性，其中包含着社会权力话语和意识形态等的影响，与其背后所蕴藏的社会历史内涵与文本意义不断增扩的过程相对应，向更为广阔的领域

① 蒂费纳·萨莫瓦约：《互文性研究》，天津：天津人民出版社，2002，第5页。

转移和延展为泛文本。包括社会、历史、文化、政治、经济、艺术等在内的泛文本将不同时期的多种文本放到同一语境中，使多种文本形成共时性关系。文本的共时性使民间的、复数的、多元的历史时期纳入共时性的文本群而成为一种集体记忆。伟大的文学文本是一个民族或一个社会形成和凝聚的心理基础与最内在的存在性基础，因为在各个时期，它不断被补充修改或遭到歪曲，是众多创作者参与的集体创作，因而其主题内涵也就十分丰富。在漫长的创作经历中，不同话语和类型的文本相互参照、复制、诠释、借用以及改写前人的文本并生成新的意义，不同文化传统和不同时代的读者的每一次解读所发现的新意义也是艺术作品意义的一次新的生成。正是这种文本转换的整体相互作用，使不同创作主体的阶级意识、情感愿望都通过作品的艺术形象得以集结，艺术形象的意义不断被发掘出来，其包含的意义也就具有多义性特征。

文本间性中的刘三姐形象具有了无限的内涵和外延，这就决定其具有集体创作性，流传的过程也是创作的过程，也使其具有鲜明的个性和共性。"民歌的发展并不是依赖于继承而发展的，而是在创新和改革中发展的，民歌的生命和价值也是在创新和改革中实现的。"[①]不同主体的书写，形成了巨大的刘三姐历史文本群，刘三姐形象也会随着被列为国家级非物质文化遗产项目的歌圩的生生不息、发展流变而产生新的意义，实现艺术与社会生活的良性共生互动，完成日常生活与审美的和谐同构。刘三姐形象在演变过程中受时代文化和心理的制约，在各个历史语境特点、意识形态以及创作主体个性等各种因素的作用下，体现出文本间性特征。经过了历时性的改编、移植、置换，它的社会意义与功能的转换总是与社会历史变迁紧密相关而不断发生变化，从而实现刘三姐文化的再生产。它随着时代的发展不断延长、放大、改变形态，在不同历史时期、不同地域、不同民族间的流传、衍化，造成了刘三姐文本层累堆积、互为关联、互相转换的结果。

当前，不同地方文化、不同文化主体所建构的不同刘三姐形象，多义性

① 张利群：《民间文化现代阐释的审美人类学指向——对民歌及民歌节意义的解读》，载王杰主编：《寻找母亲的仪式——南宁国际民歌艺术节的审美人类学考察》，桂林：广西师范大学出版社，2004，第36页。

更加突出,功能更为多样,再次回归了民间文化的原生状态。从文化功能的角度去看,以非物质文化遗产传承的刘三姐文化是口传心授的传统的民间文化,在保留民间信仰功能的基础上,不断叠加婚姻、教育、娱乐等世俗功能,融汇了生殖、农耕等文化意义,但在现代消费社会最主要的还是体现自由、狂欢精神的审美创造艺术功能,作为刘三姐外显形象的传歌者至今依然热衷于进行定期或不定期的以歌会友的艺术创造活动,传统的歌圩已经有了复兴的迹象,城市民间歌圩也在发展,网络歌圩方兴未艾。20 世纪 50 年代以后,“刘三姐”通过隐喻阶级话语讲述了当时国家主流的政治话语,也为壮族文化创造了一个象征和符号。20 世纪 80 年代以后,“刘三姐”又被引入民族理论话语而被重新论证,意义得到了进一步的扩展。作为歌圩代表性节期的“三月三”,2014 年起被确定为广西地方法定节日。作为壮族象征的现代刘三姐形象成为少数民族女性形象的代表,与壮族节庆“三月三”共同负载着民族团结、铸牢中华民族共同体意识的意义表象,具有了政治宣传的功能。在市场经济语境下,纸质、电子、网络等大众传媒利用现代传媒技术催生了以消费为导向的大众文化。大众文化中的“刘三姐”既有虚拟形象,又有影像形象。“刘三姐”可以“在场”,也可以“不在场”。每个人都可以成为刘三姐文化的传播者。大众文化文本中的刘三姐形象主要是满足人们审美想象的文化消费需求,在文化旅游中的“刘三姐”成为广西政治宣传、文化旅游的形象大使。在文学文本世界中,刘三姐形象已经趋向符号化、象征化、程式化,其丰富的审美价值同样具有多义性和不确定性的意义。在文本间性视阈中,不同创作主体和接受主体借助对各个历史时期文化和文学传统的理解与了解,以不同的态度和情感创作或解读各种刘三姐文本,也都具有一种文化意义再生产的属性,它们经过不同历史条件下的传播媒介与传播方式的变化、艺术形象的跨界联结,实现了刘三姐意义的增值。

二、刘三姐形象与壮族社会的再建构

正像丹纳所说:"要了解一件艺术品,一个艺术家,一群艺术家,必须正确地设想他们所属的时代的精神和风俗概况。"①20世纪五六十年代建构刘三姐形象既是出于政治意识形态的话语,也是出于建构壮族形象,都被纳入统一的社会主义文化体系,阐释的意义比较单纯,但完成了民间传说的经典化,得到包括壮族在内的普遍认同。从那时起,刘三姐形象始终与壮族民族性格和精神的塑造无法分开。刘三姐文化的发展在于刘三姐形象既反映民族精神又促进它不断超越自身。在新的语境下,"重写刘三姐……至今为止,并没有出现对刘三姐传说的文化本体论意义上的重写"②。本体论意义的文化是"'社会表意活动的总集合',而任何表意活动都靠符号的双轴关系展开"③。符号的双轴就是纵聚合轴和横组合轴。在纵聚合轴上,知识分子以历史为尺度进行批评性经典重估与比较的选择操作;在横组合轴上,民间大众在社会生活中使用连接操作。"比较与连接,比喻与转喻,是人的思考方式最基本的二维,也是文化得以维持并延续的二元。我们也看到两种经典化,分别沿这两轴展开。"④任何一轴倒塌消失,整个文化就会成为单轴的运动,就会造成历史的文化大劫。经典更新是一个持续的常态的活动,当前,多重文化主体所建构的不同刘三姐形象,其表意活动的正常进行也必然应该在符号的双轴互动关系中展开。在消费社会中,我们所看到的是大众文化及其主导下的整个文化运作状态,经典化向横组合连接操作倾斜。⑤ 避免符号表意活动的单轴运动,就要保持大众文化与民间文化、精英文化的文本间性的良性互动,相互补充,相互融合。《刘三姐》是根植于民族民间文化在社会主义历史条件下产生并发展起来的优秀大众文艺作品。立足社会主义文化的先进性,优化大众文化与

① 丹纳:《艺术哲学》,北京:人民文学出版社,1963,第7页。
② 石一宁:《重写〈刘三姐〉》,《南方文坛》2008年第1期,第48页。
③ 赵毅衡:《意不尽言——文学的形式—文化论》,南京:南京大学出版社,2009,第39页。
④ 赵毅衡:《意不尽言——文学的形式—文化论》,南京:南京大学出版社,2009,第39页。
⑤ 赵毅衡:《意不尽言——文学的形式—文化论》,南京:南京大学出版社,2009,第39页。

主导文化、民间文化、精英文化的生态结构，坚持为人民服务的方向，表达最广大人民群众的根本利益，把满足人民群众日益增长的精神文化需求作为出发点，这是重写《刘三姐》最根本的依据和基础。

在市场经济中，文化与商品的双重属性决定了大众文化表现出积极作用与消极影响的二重性。大众文化借助技术与市场的力量实现了文化艺术的世俗化、平民化，但也表现出日常生活性、商业性、复制性与消费娱乐性。大众文化在一定程度上满足了民众的消费、娱乐欲望，如果过度娱乐化、肤浅平庸化，就会影响一个民族的总体素质的提升。大众文化扎根于人民群众鲜活的生活土壤之中，具有强大的、便捷的文化传播功能，同样肩负着弘扬人文精神、铸牢中华民族共同体意识的重任。21世纪以来，大众文化已经融入人们生活的各个方面，立足社会主义文化的先进性，彰显人文精神，发挥在建设中国话语体系中讲述中国故事的积极作用。

"经典是自我认同的需要。"①刘三姐作为在本质上与壮族的民族心态、民族心理、民族性格和民族精神密切相关的艺术形象，"重写刘三姐，也就是重写一个民族的形象，重写一个民族的心灵"②。其核心在于重新编码和定义的刘三姐形象产生于民族的传统生活之中并对民族文化传统起着再建构的作用。民族精神对艺术形象的形成和发展起着重要的作用，而艺术形象作为民族精神的直观展示和体现，二者处于互相依赖又互相塑造的互动之中，艺术形象在反映、传承和延续民族精神的同时，也在一定程度上深化、拓展与提升民族精神，增强民族自信心与民族文化艺术价值的认同。

20世纪五六十年代政治意识形态对刘三姐民间传说进行的改写为壮族文化创造了一个象征和符号，但"深深地投影着那个年代的意识形态与时代精神"③。南宁国际民歌艺术节和《印象·刘三姐》作为大众文化文本极大地扩大了刘三姐形象的影响，但"我们绝不能把大众文化当作古典文

① 赵毅衡：《意不尽言——文学的形式一文化论》，南京：南京大学出版社，2009，第41页。
② 石一宁：《重写〈刘三姐〉》，《南方文坛》2008年第1期，第49页。
③ 石一宁：《重写〈刘三姐〉》，《南方文坛》2008年第1期，第44页。

化中的民间文化的当代形式，而应该充分注意到两种文化形态的许多根本区别”[①]。民间文化具有强烈的文化归属感、亲切感和认同感，而大众文化是以同质化和标准化为特征的。大众文化文本的肤浅性，只是满足人的感官愉悦需求，带有明显的媚俗从众心理。真正意义上的审美被“稀释”得难见踪影，缺少形式的建构，文化意义匮乏，不能升华到审美情感的层面。在某种意义上说，审美的魅力就在于叙事的魅力。广西彩调剧团 2005 年版的歌舞剧《刘三姐》、南宁国际民歌艺术节、桂林阳朔的《印象·刘三姐》对刘三姐文化的重塑，都是在舞美、音乐、服装、道具等方面作了一些与时代合拍的调整，融入了一些“现代元素”，都是带有大众文化、文化产业的色彩的文本。大众文化刻板、整齐划一的评价标准，与艺术追求个性的特征背道而驰，无力在新的语境下提升刘三姐形象。有媒体认为《刘三姐》造就了“六代刘三姐”[②]，这不过是对于 20 世纪五六十年代以来，《刘三姐》影视、舞台演员的年龄梯队层面而言，真正文化意义上的第二代刘三姐还没有产生，再经典化的刘三姐形象重构仍然是指向未来的现在进行时。

文化自信本质上是一种价值观导向。中国特色社会主义进入了新时代，社会主义大众文化与艺术并不是二元对立的关系，而是在共存中融合共进。社会主义大众文化以人为本，以文“化人”。“人人为我，我为人人”，社会主义大众文化以社会效益的最大限度发挥为前提，是先进性、娱乐性与商业性的统一。根植于中国特色社会主义语境，社会主义大众文化汲取了我国传统文化、精英文化的精髓，吸收了西方文化内容与形式中的积极因素，在社会主义强国建设的伟大实践中经过“激活”“熔铸”“转化”成为表达人民期望、满足群众需求的文化产品，既丰富了人民群众的精神生活，繁荣了文化经济，又传播了社会主义核心价值观，这是文化在社会主义新时代的传承、创新与发展。

“艺术有理由被看作我们本来就想满足的一种生物需要，它的满足会

① 周宪：《中国当代审美文化研究》，北京：北京大学出版社，1997，第 65-66 页。
② 参见邱烜：《“刘三姐”：永远流行的时代记忆》，《当代广西》，2019 年第 2 期，第 38 页。

带来惬意和愉快，而否认它就会被认为是生命的一种匮乏。”[①]审美活动作为人的生命需要具有非功利的性质，引导人类精神永远追求高尚和神圣。歌圩文化作为审美习俗是伴随人类社会发展而不断流传、变化、发展的。大众文化的积极意义在于它把古老的山歌经过包装和传播，使山歌从“边缘”到“中心”，造成了“热效应”以后，山歌不仅没有在“边缘”消亡，而是借着它在“中心”的“热效应”重返原生态，激起了民间民众空前的自豪感和族群认同感，歌圩因而被再次“激活”。刘三姐传说和歌圩尽管是农耕文化的产物，但刘三姐传说的主题是反映歌圩的审美习俗，歌圩的审美属性使其具有更强的流变能力，使刘三姐文化自由、平等、狂欢、浪漫的这种共享性人文精神永不衰竭。“刘三姐”审美话语在讲述中国故事的大众文化中注入中国共同的真善美理想与信念，在文化表达方面，刘三姐审美话语现代转型中明显具有延续性、包容性、广纳性和人本性的特征，形成了具有宽容、平等和吸纳精神的中华民族共享文化，开拓了刘三姐文化在生态文明转型中的生长空间。产生于民间的“刘三姐”，提升为经典之后再次回归民间，在现代技术手段（如抖音等）与消费社会语境下，大众（你我他）也是刘三姐传说创作与传播的主体。刘三姐文化是前人留下的宝贵遗产，每一个人也都在“发明遗产”，留给后人。近年来，随着中国文化“走出去”，中国文化产业迎来了新的发展机遇，文化产业为讲述“中国故事”、构建“中国梦”的国际话语体系提供了新的载体，还要发挥中国文化在世界文化舞台上的主导作用，为我国争取更多的话语权。

美和审美是符号（象征）、话语和话语实践的意义表述。审美并不是一个自在的特殊的感性领域。审美话语不仅包含情感、价值、心理等诸多方面的非意识形态属性，也包含了一种理性观念，或者说也是一种意识形态形式。“刘三姐”审美话语折射了岭南不同历史时期不同主体的审美观、价值观和文化认同。唐宋以来，“刘三姐”主流话语经历了从肯定到否定再到肯定的话语演变，掌握文化领导权的主流话语通过符号阐释达成文

① 埃伦·迪萨纳亚克：《审美的人——艺术来自何处及原因何在》，北京：商务印书馆，2004，第69页。

化认同而实现文化治理，一定程度上决定了刘三姐文化的发展方向。刘三姐审美话语的发生和演变与“其他历史本质一样，都是一种历史建构的结果”①。刘三姐话语随时势转移而不断被变换或赋予意义，不断被叠加或删减价值与功能。考察刘三姐话语在各个不同时期的语境，其意义赋予的前提取决于刘三姐在当时的历史位置与内在价值，而意义的深度与广度则取决于阐释者依据时势对刘三姐话语的阐释。

阐释是构成刘三姐话语的过程。在阐释刘三姐的历史实践中，带着不同意识形态观念的文化主体以及代表不同文化取向的知识精英，尽管文化期望各异，却都试图使自己的“刘三姐”阐释话语成为“立法者”。对“刘三姐”的阐释不可能脱离阐释者所处的社会时代，阐释意义都集中在“刘三姐”与当下政治的关联上，都符合当时的社会治理需要。“政治话语是构成意识形态的关键要素和基本内容，意识形态则是体现政治主体的意愿、反映政治活动本质、蕴含着复杂而深刻的政治意义的结构化逻辑化政治话语。”②通过具有国家职能的各种渠道和领域实施的文化治理，其相关政策、法规构成了政治话语的表达形式，意义生成不断被赋予具有时代特点的内涵并与政治诉求高度契合。

正如马克思所说：“统治阶级的思想在每一时代都是占统治地位的思想。”③国家话语代表了社会的主导性意识形态，在特定社会中能够被社会的大众群体理解、认同并制约着他们的价值取向。“在社会意义上，话语是建构性的，建构社会主体，建构社会关系，建构知识和信仰体系，而话语研究侧重于话语的建构性的意识形态作用。”④在这个意义上，话语权在实质上是一种话语建构的“权力”。知识和意义都是在话语中被生产、建构出来的。话语权力系统是由政治、法规、经济和文化等要素组合而成的功能性关系网络，它渗透到生活的各个领域。不仅话语与话语互动，而且话语实践与社会实践互动。话语既反映社会现实，又建构社会现实。

---

① 旷新年：《寻找“当代文学”》，《文学评论》2004 年第 6 期，第 138 页。

② 权宗田：《政治话语的意识形态逻辑》，《武汉理工大学学报（社会科学版）》2016 年第 5 期，第 776 页。

③ 《马克思恩格斯选集》第 1 卷，北京：人民出版社，2012，第 178 页。

④ 诺曼 · 费尔克拉夫：《话语与社会变迁》，北京：华夏出版社，2003，第 35 页。

现代刘三姐形象具有了标识壮族的功能,成为壮族区别于其他民族的象征符号。"刘三姐"表征了广西壮族的文化形象并与其他民族的文化形象互动,建立起壮族的文化自觉。在宏大民族叙事的表述中,"刘三姐"上升为一个高度概括化的虚拟符号,使得刘三姐符号有了更大的阐释空间。随着社会的发展,刘三姐符号不断被注入现代文化元素,作为审美习俗的歌圩与政治、经济、艺术、历史等领域存在着更加复杂的互文性关联,各种文化主体的文化表意实践所生成的刘三姐文化内涵、功能以及审美意义,构建了不同主体的审美观、价值观和文化认同并影响刘三姐文化的发展。

审美话语是聚合了物质与精神双重属性的文化价值体系,通过审美实践沟通了艺术与生活,发挥独特的沟通、弥合作用,使人成为具有外部世界与精神领域和谐的统一的完整的"审美的人"。审美话语再生产是个性与社会性统一的一种生产方式,政治、社会、历史、族群等因素向艺术审美的渗透可以完成审美形象向人类学意义上的转换而建构起"审美的家园"。刘三姐审美话语随着时代的演进,审美意义也得到不断增加、丰富。话语生产具有实践性和精神性的二重性,它是人类物质生产和精神生产过程中互相作用、互相转化的中介环节,具有中介性。从精神层面上来说,审美话语融通了身份话语、政治话语,艺术形象向人类学、民族学的转化就成为可能。刘三姐审美话语虽然经历了时代的变迁,随着政治、经济、文化的变动不断增减某些元素,但由壮族、歌圩、山歌等构成其作为一套象征符号系统的基本元素一直是稳定的。随着文化经济时代的来临,这套象征符号系统增添了民族团结、民族文化交流交融、铸牢中华民族共同体意识等元素,显示出其更大的象征价值。

三、刘三姐审美话语生成的中华民族情感纽带

刘三姐文化是华南多民族共享的文化。广西、广东、贵州、云南、湖南、江西等省区乃至台湾、香港等地都有与刘三姐相关的传说,世居岭南的壮、汉、苗、瑶、仫佬、毛南等多个民族共同创造了华南刘三姐文化圈。传统刘三姐文化充分体现了中华民族各民族文化元素互相交融、情感共通、文化

共享的文化共生性。广西、广东民间很多地方至今仍然对“刘三姐”的民族身份和籍贯等问题争论不休，这反映了不同地方的文化主体对于刘三姐文化记忆的共同性与差异性，而深层次则是岭南多民族的刘三姐文化认同。岭南多地各自声称是“刘三姐家乡”，这是一种包括民俗、民间文学等民间文化创生与传播中的普遍现象，是民俗文化传播与接受过程中产生的附地化现象。所谓的附地化是指一种民间文化传播到接受地之后，接受地用本地文化中固有的因素去比附与解释外来文化，使之容易理解并实现本土化，经过长期演化而成为本地文化记忆。可以说，民俗文化传播是一个创造、修改和转变的文化共享过程。民俗传播中的接受者根据本地社会环境将外来民俗文化加以改造，使之与当地历史文化传统相融合并为本地社会所认知与接受。一定区域的民俗文化长期交流，由此形成了跨民族的区域文化共性。

刘三姐故事附地化现象是中华民族多重文化心理共同作用的结果。刘三姐作为歌圩始祖是中国文化传统中祖先崇拜文化心理现象的呈现。刘三姐遇害或化石传说的发生地之所以都是陡峭高峻的地势以及悬崖绝壁处飘荡的葡萄藤，较之他处更具神秘感，这是刘三姐信俗脱胎于原始文化环境下神秘主义心理倾向的作用，结合本土特殊的自然、经济、社会及人文等因素的影响，加以重组与置换，注入本土文化和历史内涵。文化附会是民间文学传播的一种形式，刘三姐化石或升仙的附会，是以本土传统的地域文化、民族文化为依托进行深入加工的，从本质上反映出本土歌俗文化的面貌。附会是虚构的，它借助丰富的想象、奇特的夸张和强烈的对比等浪漫主义的修辞技巧，在深层次上体现了人们对自由的热烈追求，表达喜恶爱憎与美好愿望，产生了对美的想象和遐思。

纵观刘三姐文化，刘三姐故事首先在壮族先民的文化语境中产生，随着岭南多民族交往的增多，这一传说逐渐流传到汉族等民族群体之中，成为岭南民间人们最为熟悉的文化记忆之一。刘三姐故事作为一种族际流动的想象性民间知识，在传统壮族语境的歌圩中，是壮族传统倚歌择偶的婚俗。刘三姐作为歌圩创始人，是壮族婚姻制度的象征符号。刘三姐故事衍生的刘三姐文化是岭南多民族深度和谐互动的结果，其不仅具有共生性、整体性和延续性，而且具有多样性、差异性和互补性。移居岭南的汉族接受了歌圩狂欢与浪漫的精神，逐渐把刘三姐文化吸纳到汉族的民间庙会文化中，反映了他们对壮族歌圩习俗的改造与接受，刘三姐随之成为壮汉民族共尊、共享的文化符号。岭南各民族的交往主要以汉语为共同语言，因此刘三姐文化跨民族跨语际传播就具备了联结岭南多民族的天然条件。刘三姐故事在民族交往交流交融的基础上，延伸到文献记载、歌谣、戏曲等文学艺术的描述而强化了人们的集体记忆，完成了刘三姐文化记忆的创新和传递，产生了很强的区域文化认同。各民族文化在保持个性中不断互渗，逐渐形成了以汉族文化为主导的文化交融现象。相同歌唱习俗中不断积聚文化共性而产生心灵共鸣的刘三姐文化，使各民族在文化上的互动和共享集中表现为山歌文化艺术的共享，如此刘三姐形象就定型为歌唱娱乐民俗的象征符号，这一符号整合了岭南多民族的传统歌唱民俗文化。

刘三姐文化发展至今已有 1300 多年历史，如今刘三姐传说已经衍生出多种门类的艺术群。1961 年，根据彩调剧《刘三姐》改编的电影《刘三姐》在全国公映，引发了"刘三姐热"。全国各地掀起了《刘三姐》创作、演出的热潮。"从 20 世纪 60 年代到 80 年代，有 89 个专业剧团，彩调剧、京剧、昆曲、黄梅戏等 29 个剧种进行了排演。"[①]上海、江苏、陕西、云南等省市通过移植与嫁接，结合本地传统艺术形式进行改编，产生了本地版的歌舞剧《刘三姐》，体现了广西叙事向国家叙事的延伸。21 世纪的广西，出现了刘三姐山水实景演出、交响音乐套曲、木偶歌舞剧、音乐剧、杂技、舞剧等数十个剧种或演出形式。层出不穷的刘三姐山歌、音乐、舞蹈、戏剧、影视、工艺美术、图书、服装、邮票、建筑、民族节庆、山水实景演出等文化艺术作品，表现和使用"刘三姐"的内容、元素与形象，形成了中国多样性的刘三姐文化艺术群。多重改编和多种语境再生产中的刘三姐艺术群凸显了《刘三姐》已经成为雅俗共赏的全国性共享文艺盛宴。这是刘三姐故事的全民书写，不同的刘三姐文本都是众多创作者参与的集体创作，主题内涵也就十分丰富。《刘三姐》由民间传说—民间戏曲—歌舞剧文本—电影文

① 宾阳：《"刘三姐"歌声永流传》，《中国文化报》，2021 年 8 月 19 日第 4 版。

本几经加工修改，从乡民之口，经文人之手，打造成为国家主流文艺的经典作品，经由影视、戏剧等“大众化文体”的大规模推广与普及再次回归民间文学文本。这是民间普通读者、知识分子与官方主流话语彼此交错、互相借取，合力完成《刘三姐》经典化的过程。

在刘三姐审美话语系统中，随着刘三姐故事从广西地方书写与想象转换为国家叙事，广西地方性审美经验上升为国家文化记忆。1960 年 7 月，彩调剧《刘三姐》进北京作汇报演出期间，五次进入中南海为党和国家领导人演出，隐喻了国家主流意识形态对“刘三姐”的认同，《刘三姐》因此能够迅速而全面地在全国传播与推广。与此同时，国家 45 家权威媒体进行宣传，全国各省市自治区地方权威报纸也发表了相关的报道、评论、观后感等。1960 年，歌舞剧《刘三姐》在全国各地连续演出时间之长、地域之广、场次之多，使得刘三姐这一古老的歌仙形象家喻户晓。《刘三姐》在全国的巡演不只展示了刘三姐山歌艺术的美，更主要是通过国家叙事，刘三姐审美话语中的国家话语不断充实，实现了“广西刘三姐”上升为“国家刘三姐”，完成了广西叙事与国家叙事的同构。刘三姐从民间传说走上舞台，走向银幕，从民间艺术到精英艺术的转换，完成了《刘三姐》的经典化。刘三姐文化在岭南经过一千多年的发展之后，形成了享誉全国的“刘三姐文化现象”。作为中国故事最具代表性和感染力之一的“刘三姐”，还承担起中国对外宣传和对外文化交流的“国家名片”使命。新中国出版的第一本面向世界的综合性摄影画报《人民画报》在 1960 年第 20 期曾采用直观的图片和中、英、日、俄等 6 个国家的简洁的文字推介歌舞剧《刘三姐》①，这是我国第一次用多民族文字以图文并茂的形式向世界宣传《刘三姐》。

刘三姐故事获得了中华民族价值追求、思想观念、精神情趣的象征释义，体现了中华民族共同体与中国优秀传统文化的紧密勾连。国家话语与民间话语相互借取、多重文化交汇中生成的多义性刘三姐故事，获得了新的意指内涵就是中华民族共同体内部汉民族与少数民族以及各少数民族

---

① 韦颖琛、林婉露：《二十年圆一梦　他集齐一整个博物馆的“刘三姐”——访刘三姐文化印象博物馆负责人谢中国》，《广西民族报》，2019 年 6 月 9 日第 8 版。

之间文化的兼收并蓄，中国各民族都共同创造并丰富了中华文化，这印证了习近平总书记的论述：“一部中国史，就是一部各民族交融汇聚成多元一体中华民族的历史，就是各民族共同缔造、发展、巩固统一的伟大祖国的历史。”[①]中华民族共同体共享符号体系的审美话语不仅包含情感、价值、认同等诸多方面的非意识形态属性，也包含了一种理性观念，或者说也是一种意识形态形式。中华民族共享符号体系象征意义的再生产通过将历史留存的各种象征元素题材等资源进行改造、重塑与再现，赋予其新的时代内涵与更加丰富的价值意义。作为文学形象的“刘三姐”之所以能够转化为中华民族共同体的象征符号，是因为经典文艺形象和民族符号的有效结合。经典文艺形象是指经历一定时间检验并经得起传承的艺术形象。刘三姐形象契合了政治意识形态并作为新中国时代精神的象征，在推广过程中已深深融入各族人民的审美情趣和民族情感，体现了中华民族的文化精神。从价值定位上看，作为中国各民族文化传递和情感交流的纽带，“刘三姐”指称的对象也契合了当下构建中华民族共同体的要求，与《刘三姐》文学经典文本繁衍出新的文化意义和符号价值的内在关联就是共有共享中华文化符号。在铸牢中华民族共同体意识的理论升华与实践拓展中，“刘三姐”艺术符号得以不断地建构与完善，具有了建构民族国家文化认同的功能。刘三姐故事以情感的力量构建起一个文化符号系统，形塑社会情感交流和传递多种意义空间的纽带，把中华民族众多兄弟民族交往交流交融的心理体验、行为、组织与情感的运动和表达联结起来，以情求同，凝聚共识，体现出从情感认同到中华民族共同体认同的提升。

习近平总书记在给老艺术家黄婉秋的回信中指出：“你主演的电影《刘三姐》家喻户晓，让无数观众领略到了‘刘三姐歌谣’文化的魅力。电影《刘三姐》之所以成为经典，就在于它根植于广西的山山水水，契合了人民对真善美的向往和追求。”[②]刘三姐故事的真善美，是自然美与文化美的

① 习近平：《在全国民族团结进步表彰大会上的讲话》，《人民日报》，2019年9月28日第2版。

② 陈贻泽、魏恒：《继续发扬老艺术家的表率作用　带动更多的文艺工作者为人民创作为时代放歌》，《广西日报》，2021年6月4日第5版。

交融。刘三姐是勇敢、智慧和美丽的化身，满怀对自由生命、纯真爱情与美好生活的追求，带领群众为正义、平等、自由而抗争。故事中雅俗共赏、老少皆宜的山歌之美，是少数民族与汉族音乐精华的水乳交融，彰显了中华民族文化的开放、包容与交融。如诗如画的山水风光、多姿多彩的民俗景观，以情景交融的唯美表达在人与自然主体间性意义上建构了人与自然、人与社会之间的情感交流。刘三姐艺术群生成的刘三姐艺术符号是中国多民族文化融合的结晶，成为中华民族共同体的情感纽带。《刘三姐》的经典化体现了中国优秀传统文化的创新性发展，使"刘三姐"成为代表中国审美文化的标识符号。

从历史的维度看，全民共同书写的刘三姐故事，具有了中华民族文化史上以群体记忆或社会记忆的形式呈现的集体记忆。全民书写的《刘三姐》深深地植根在中华民族的土壤中，充分反映了民族文化特色并促进民族文化的发展，体现出民族审美风尚和美学精神，形成了政治性、思想性与审美艺术性的和谐呈现。其艺术品质蕴含的思想意识已经突破文化界限，渗入非艺术领域，积极发挥美育的功用，使艺术审美日常生活化，既展示出鲜明的时代精神，又揭示了全人类共通的人的价值和尊严，体现了世界性与民族性的完美结合。集体记忆所诠释的历史资源、文化记忆是维系共同体的重要心理纽带，并激发与培育共同的情感。"刘三姐"的各种文本负载了中国各民族文化交融的记忆，它们以共同的历史情感和共同的精神文化，彰显了中华民族共同体的情感温度、历史底蕴与文化精神。情感是人类的自然属性，对于人类来说也具有文化属性。情感性的文化传播作为纽带，联结中华民族内部各民族的互动，强化中华民族各成员对共同体的认同感和归属感，增进不同文化的交流，促进不同民族的融合，推进共同体成员的情感归属与利益共享结合，使共同体成员获得中华民族的国家认同。情感认同内化为中华民族共同体成员之间的亲和力是中华文化认同的重要基础和强大的精神力量，这种中华文化的情感维系，充分展示了中华民族强大的向心力和凝聚力。各民族文化水乳交融，共同熔铸在同一个文化大家庭中，中华文化也因之呈现出同一性与多样性相结合的发展格局。

经历全民书写的《刘三姐》成为中国故事的经典，承载着中华民族共同体的诸多象征意义。不同文化主体的不同书写互相渗透,形成了“神话叙事、历史叙事、现实叙事”的交融发展脉络。“刘三姐”作为岭南地区的民间文化,完成了被纳入中华民族文化的历程,成为中华文化的符号之一。刘三姐形象在中国社会中以景观化符号意象对人们的审美、体验和认同等方面所产生的影响,使得刘三姐文化的重构更多地表现为多民族文化交织的共享文化。其根本的原因就在于它具有千百年来中华民族的文化底蕴,以巨大的无穷的艺术魅力引发了人们对“刘三姐”自觉的永恒的热爱,产生了超时空、跨民族的情感共鸣,形成了内涵丰厚、影响深远的文化表意系统,成为表征中华民族共同体的文化符号。历经千百年风雨洗礼的刘三姐文化超越了时空界限、民族边界、语言阻隔,形塑了中华民族共同体的情感纽带。蕴含在刘三姐故事背后的文化体验,就是不同民族的交往交流交融。刘三姐艺术群持续不断地演绎,使刘三姐的象征意义得到强化,并获得了中华民族共享文化的新表征。中华民族共享文化是历史上多民族文化融合的结晶,进而促进在多民族共享传统文化符号象征体系的探索中逐渐形成中华民族文化共同体。这些共享文化符号见证了多民族文化同一性及各民族在独立发展中的关联性,也激发了多民族基于共享中华文化符号的民族认同意识。共享文化符号确证了“中华民族多元一体格局”体认的中华民族独特的精神气质、审美情趣与价值观念等内在理念的具象化表征,刘三姐故事作为各民族交往交流交融历史的情境映射,经由“模式化”规约的叙事展示、“符号化”体验的记忆文本与“意向性”存在的共意空间的图式演化,在特定节期、程序、礼仪、场域等符号元素的社会展演中,通过仪式性反复操演的“共享文化的过程”,使得中华民族抽象的记忆得以具象化,建构起中华民族文化交融、审美体验、国家认同的文化形象图谱。

进入21世纪以后,随着中国文化遗产保护不断走向民间,许多与刘三姐文化相关的歌谣和歌唱习俗被列入国家级非物质文化遗产名录,刘三姐文化再次走向大众,迈进全社会参与的“共享时代”,获得更为广泛的民众支持和群众基础。国家叙事通过历史、地缘和文化的表述,展现出刘三姐非物质文化遗产在当代社会的延续和重构。在多民族文化融合生成的刘三姐形象中,不难看到岭南各族民众对中原文化的认同感。至今从岭南诸多刘三姐民俗活动中仍然可以勾勒出一个“中原—岭南”文化融合的脉络,成为中原文化与岭南社会交融的文化表征。刘三姐歌仙意象的符号谱系既是多元与互涉的,又是多民族共创与共享的。不论是文献记载,还是现实生活,刘三姐故事所反映的歌唱习俗共享机制,都彰显了历史上岭南各民族在交往交流交融中互相吸纳他者的文化因子,各民族历时性发展与共时性交融生发的多样性“刘三姐”都呈现为“同源共祖”的歌仙。

“在文化属性上,中华民族共同体是以中华儿女共同认可和遵循的中华文化为纽带构建起来的文化共同体。”①历史上,中国以大一统政治共同体为依托,凭借中原文明强大的吸引力进行持续不断的文化塑造实现了汉族文化与少数民族文化融合而形成中华文化共同体,文化认同始终是聚合中华民族的核心纽带。“叙事是在特定的社会文化语境中用口语、书面语或辅之态势语、音像、图片等综合手段表述一件或一系列真实或虚构事件的行为过程或所有具有叙事性的言语成品。”②作为国家叙事,新中国成立初期不同叙事主体同时并存、互不排斥,共同讲述刘三姐故事。在汉族文化与少数民族文化互相借取而整体共同塑造“全民刘三姐”的各种文本中,社会主义文化的共同价值观,平等亲和、互相尊重的民族关系与秀美的山川、鲜活的人物、优美的歌舞水乳交融。《刘三姐》戏剧的全国巡演以及电影的公映,使人民看到新生中国的“祖国面貌”,增强了各族人民对国家的认同。“从民族结构看,中华民族共同体是一个由文化共性和文化个性有机结合的共同体。”③《刘三姐》各种文本都在“刘三姐—壮族—中华民族”的不同层级符号系统中表达了中华民族共同体的文化结构。刘三姐象征符号和历史记忆的再诠释,使壮族文化认同与中华民族文化认同形成互构关系,“刘三姐”得以进入国家象征文化的共享符号体系,并经过时间的检验而约定俗成,被大多数人认可。这个互构关系的符号系统表述了汉族与少数民族之间、少数民族与少数民族之间“你中有我、我中有你、谁也

① 邹广文:《论中华民族共同体的文化叙事结构》,《哲学研究》2021 年第 11 期,第 8 页。

② 祝克懿:《“叙事”概念的现代意义》,《复旦学报(社会科学版)》,2007 年第 4 期,第 100-101 页。

③ 邹广文:《论中华民族共同体的文化叙事结构》,《哲学研究》2021 年第 11 期,第 8 页。

离不开谁”的共生共荣关系，表征了中华民族共同体的多元一体格局。“一体”指的是中华民族的文化共性，中华56个民族文化的“多元”与“一体”相互依存、相互构建，不断书写着中华民族的文明历史。作为壮族文化表征的刘三姐文化也是中华民族文化的组成部分，实现了中华文化认同的整合。当下，铸牢中华民族共同体意识再一次为刘三姐文化嵌入中华民族认同叙事提供了新的机遇，展现为在多民族文化交融的基础上形成一种共有的文化认同。

“国家文化指的是，国家的公民所共享的信念、习得的行为模式、价值与制度。简单而言，国家文化即是国家公民所共享的一种全国性的传统。”[①]2013年，中央电视台音乐频道推出了大型歌唱类选秀节目《寻找刘三姐》，在全国范围内选拔德艺双馨、美丽多情、心灵手巧、能歌善舞的“刘三姐”，以促进我国声乐艺术的发展。这表明“刘三姐”在当代中国社会代表着一种象征性的艺术样式，凡是在声乐艺术领域具有发展潜力的优秀世俗歌者都可以被认可为“刘三姐”。“刘三姐”这一声乐艺术符号是人们将自己的文化认知、历史记忆、文化想象、审美体验和情感寄托渗入“刘三姐”之中，从而使之成为一个常用常新的审美意象载体。作为情感和想象力表达的审美意义，刘三姐艺术符号所表征的“山歌”意义已经脱离了地方性文化知识时空和意识形态话语而独立存在，也就具有了非凡的文化生产力。“刘三姐”身上所蕴含的象征意义和人文价值，其热爱生命、热爱自然的歌唱人生，具有超越时代、历史和民族的普遍性，在人们心目中“刘三姐”和“山歌”画上了等号而成为概念性的独立符号。刘三姐艺术符号作为公共文化资源，成为中国社会一个个大型音乐文化活动不可缺少的符号。这是数百上千年来人们生活习俗的文化积淀，它以典型的符号形象记载人们的生活习俗、审美理念和思想感情，体现着民族艺术的文化精神与特色。“刘三姐”以可视、可感的物质外化的符号形象，促进了民族艺术和审美形式的再生产，体现了中国传统审美文化体系的历史延续，成为代表

① 范可：《文化与认同：略论民族国家整理多样性的途径》，《原生态民族文化学刊》2022年第1期，第18页。

中国审美文化的一个标识性符号。

如今中华优秀传统文化得以复兴,一方面是民众文化生活的需求,另一方面也得益于国家叙事在政治、经济、文化、社会等方面对刘三姐非物质文化遗产的创新性文化再生产,刘三姐文化已经被内化为中华民族的社会心理和民族精神,具有极强的生命力。国家叙事关注的不只是刘三姐民间艺术、歌圩民俗等刘三姐文化的复兴,也关注着刘三姐艺术成为中国国家文化并向世界推广。多年来,“刘三姐”都是广西对外文化交流的项目,肩负讲述“中国故事”的使命,展示中国的文化自觉与自信。这不仅是在“文化中国”叙述框架下中华文化传统的赓续,而且伴随着“一带一路”建设的推进,它将成为中国国际话语体系的组成部分。

参考文献

• 中文著作

[1]孙作云:《诗经与周代社会研究》,北京:中华书局,1966。

[2]吴国钦:《中国戏曲史漫话》,上海:上海文艺出版社,1980。

[3]钟敬文:《钟敬文民间文学论集(上)》,上海:上海文艺出版社,1982。

[4]顾颉刚:《古史辨》,上海:上海古籍出版社,1982。

[5]任继愈主编:《中国哲学发展史(先秦)》,北京:人民出版社,1983。

[6]周扬:《周扬文集(第二卷)》,北京:人民文学出版社,1985。

[7]广西民族学院:《赴泰国学术交流——民族研究论文集》,1986。(未刊)

[8]叶舒宪选编:《神话—原型批评》,西安:陕西师范大学出版社,1987。

[9]蔡定国:《彩调艺术研究》,南宁:广西人民出版社,1988。

[10]韦其麟:《壮族民间文学概观》,南宁:广西人民出版社,1988。

[11]张紫晨选编:《民俗调查与研究》,石家庄:河北人民出版社,1988。

[12]王逸:《楚辞章句》,长沙:岳麓书社,1989。

[13]费孝通等:《中华民族多元一体格局》,北京:中央民族学院出版

社,1989。

[14]赵毅衡:《文学符号学》,北京:中国文联出版公司,1990。

[15]《毛泽东选集》,北京:人民出版社,1991。

[16]潘其旭:《壮族歌圩研究》,南宁:广西人民出版社,1991。

[17]广西壮族自治区地方志编纂委员会:《广西通志·民俗志》,南宁:广西人民出版社,1992。

[18]覃桂清:《刘三姐纵横》,南宁:广西民族出版社,1992。

[19]潘其旭、覃乃昌主编:《壮族百科辞典》,南宁:广西人民出版社,1993。

[20]高小康:《大众的梦》,北京:东方出版社,1993。

[21]袁珂:《中国神话通论》,成都:巴蜀书社,1993。

[22]李幼蒸:《理论符号学导论》,北京:中国社会科学出版社,1993。

[23]苏建灵:《明清时期壮族历史研究》,南宁:广西民族出版社,1993。

[24]陈连开:《中华民族研究初探》,北京:知识出版社,1994。

[25]覃乃昌、潘其旭主编:《壮学论集》,南宁:广西民族出版社,1995。

[26]葛洪:《抱朴子内篇》,北京:北京燕山出版社,1995。

[27]胡菊彬:《新中国电影意识形态史(1949—1976)》,北京:中国广播电视出版社,1995。

[28]邓凡平选编:《刘三姐传说集》,南宁:广西民族出版社,1995。

[29]邓凡平选编:《刘三姐评论集》,南宁:广西民族出版社,1996。

[30]邓凡平选编:《刘三姐剧本集》,南宁:广西民族出版社,1996。

[31]邓凡平选编:《刘三姐山歌集》,南宁:广西民族出版社,1996。

[32]钟敬文:《民俗文化学:梗概与兴起》,北京:中华书局,1996。

[33]周去非:《岭外代答》,上海:上海远东出版社,1996。

[34]范晔:《后汉书》,郑州:中州古籍出版社,1996。

[35]张声震主编:《壮族通史》,北京:民族出版社,1997。

[36]张声震主编:《壮族民歌古籍集成·情歌·欢㮭》,南宁:广西民族出版社,1997。

[37]崔高维校点:《周礼·仪礼》,沈阳:辽宁教育出版社,1997。

[38]崔高维校点:《礼记》,沈阳:辽宁教育出版社,1997。

[39]邓永进、薛群慧、赵伯乐:《民俗风情旅游》,昆明:云南大学出版社,1997。

[40]周宪:《中国当代审美文化研究》,北京:北京大学出版社,1997。

[41]蒙俊忠、左年秋主编:《广西民间文学作品精选(扶绥县卷)》,南宁:广西民族出版社,1997。

[42]钟敬文主编:《民俗学概论》,上海:上海文艺出版社,1998。

[43]滕守尧:《审美心理描述》,成都:四川人民出版社,1998。

[44]广西壮族自治区宜州市地方志编纂委员会:《宜州市志》,南宁:广西人民出版社,1998。

[45]刘禾:《语际书写:现代思想史写作批判纲要》,上海:上海三联书店,1999。

[46]陈思和主编:《中国当代文学史教程》,上海:复旦大学出版社,1999。

[47]郝志达译注:《楚辞今注今译》,石家庄:河北人民出版社,2000。

[48]王延海译注:《诗经今注今译》,石家庄:河北人民出版社,2000。

[49]叶春生:《岭南民间文化》,广州:广东高等教育出版社,2000。

[50]梁庭望:《壮族文化概论》,南宁:广西教育出版社,2000。

[51]闻一多:《死水·神话与诗》,贵阳:贵州教育出版社,2001。

[52]孟华主编:《比较文学形象学》,北京:北京大学出版社,2001。

[53]宋蜀华、陈克进主编:《中国民族概论》,北京:中央民族大学出版社,2001。

[54]李海峰、邓庆主编:《刘三姐传世山歌》,南宁:广西民族出版社,2002。

[55]陈思和:《中国当代文学关键词十讲》,上海:复旦大学出版社,2002。

[56]吕智敏主编:《话语转型与价值重构》,北京:北京出版社,2002。

[57]李建龙主编:《唐宋八大家》,北京:中国言实出版社,2002。

[58]姜亮夫:《楚辞学论文集》,昆明:云南人民出版社,2002。

[59]王杰:《审美幻象与审美人类学》,桂林:广西师范大学出版社,2002。

[60]尹虎彬:《古代经典与口头传统》,北京:中国社会科学出版社,2002。

[61]王杰:《审美幻象研究——现代美学导论》,桂林:广西师范大学出版社,2002。

[62]薛艺兵:《神圣的娱乐——中国民间祭祀仪式及其音乐的人类学研究》,北京:宗教文化出版社,2003。

[63]潘琦主编:《刘三姐文化品牌研究》,南宁:广西人民出版社,2002。

[64]马新国主编:《西方文论史》,北京:高等教育出版社,2002。

[65]孟繁华:《众神狂欢——世纪之交的中国文化现象》,北京:中央编译出版社,2003。

[66]韩炜、陈晓云:《新中国电影史话》,杭州:浙江大学出版社,2003。

[67]李富强:《让文化成为资本》,北京:民族出版社,2004。

[68]王杰主编:《寻找母亲的仪式——南宁国际民歌艺术节的审美人类学考察》,桂林:广西师范大学出版社,2004。

[69]马翀炜、陈庆德:《民族文化资本化》,北京:人民出版社,2004。

[70]赵毅衡编选:《符号学文学论文集》,天津:百花文艺出版社,2004。

[71]司马迁:《史记》,北京:中国友谊出版公司,2004。

[72]朱熹:《四书集注》,长沙:岳麓书社,2004。

[73]玉时阶:《壮族民间宗教文化》,北京:民族出版社,2004。

[74]王铭铭:《西方人类学思潮十讲》,桂林:广西师范大学出版社,2005。

[75]梁扬、黄海云:《古道壮风:赵翼镇安府诗文考论》,北京:中国社会科学出版社,2005。

[76]中国民族民间文化保护工程国家中心编:《中国民族民间文化保

护工程普查工作手册》,北京:文化艺术出版社,2005。

[77]周宪:《审美现代性批判》,北京:商务印书馆,2005。

[78]罗宾选编:《刘三姐传歌故事》,北京:中国广播电视出版社,2005。

[79]陆扬、王毅:《文化研究导论》,上海:复旦大学出版社,2006。

[80]卿希泰、唐大潮:《道教史》,南京:江苏人民出版社,2006。

[81]李富强主编:《中国壮学　第二辑》,北京:民族出版社,2006。

[82]罗岗生、李莲芳主编:《刘三姐研究资料集》,南宁:广西人民出版社,2007。

[83]周宪:《文化表征与文化研究》,北京:北京大学出版社,2007。

[84]罗志发:《壮族的性别平等》,哈尔滨:黑龙江人民出版社,2007。

[85]邓凡平:《歌海遇仙记》,北京:中国戏剧出版社,2007。

[86]周作秋等:《壮族文学发展史》,南宁:广西人民出版社,2007。

[87]潘琦主编:《刘三姐文化研究》,南宁:广西人民出版社,2008。

[88]黄晓娟、黎学锐:《中国首届艺术人类学论坛暨国际学术会议论文集·壮族女性与民歌传承》,2008。(未刊)

[90]赵毅衡:《意不尽言——文学的形式—文化论》,南京:南京大学出版社,2009。

[91]潘其旭、韦玺:《歌海传奇 歌仙刘三姐》,南宁:广西人民出版社,2009。

[92]黄桂秋:《壮族社会民间信仰研究》,北京:中国社会科学出版社,2010。

[93]黄桂秋:《桂海越裔文化钩沉》,北京:中国书籍出版社,2011。

• 中文译著

[1]丹纳:《艺术哲学》,傅雷译,北京:人民文学出版社,1963年。

[2]苏珊·朗格:《艺术问题》,滕守尧译,北京:中国社会科学出版社,1983。

[3]雷·韦勒克、奥·沃伦:《文学理论》,刘象愚等译,北京:生活·读

书·新知三联书店,1984。

[4]爱德华·萨丕尔:《语言论——言语研究导论》,陆卓元译,北京:商务印书馆,1985。

[5]恩斯特·卡西尔:《人论》,甘阳译,上海:上海译文出版社,1985。

[6]池上嘉彦:《符号学入门》,张晓云译,北京:国际文化出版公司,1985。

[7]苏珊·朗格:《情感与形式》,刘大基、傅志强、周发祥译,北京:中国社会科学出版社,1986。

[8]维柯:《新科学》,朱光潜译,北京:人民文学出版社,1986。

[9]特伦斯·霍克斯:《结构主义和符号学》,瞿铁鹏译,上海:上海译文出版社,1987。

[10]詹·乔·弗雷泽:《金枝》,徐育新等译,北京:中国民间文艺出版社,1987。

[11]德·莫·乌格里诺维奇:《艺术与宗教》,王先睿译,北京:生活·读书·新知三联书店,1987。

[12]姚斯:《接受美学与接受理论》,周宁、金元浦译,沈阳:辽宁人民出版社,1987。

[13]罗兰·巴特:《符号学美学》,董学文、王葵译,沈阳:辽宁人民出版社,1987。

[14]伽达默尔:《赞美理论——伽达默尔选集》,夏镇平译,上海:上海三联书店,1988。

[15]罗兰·巴特:《符号学原理》,李幼蒸译,北京:生活·读书·新知三联书店,1988。

[16]查尔斯·查德威克:《象征主义》,郭洋生译,石家庄:花山文艺出版社,1989。

[17]梅尔文·德弗勒、埃弗雷特·丹尼斯:《大众传播通论》,颜建军等译,北京:华夏出版社,1989。

[18]阿诺德·豪塞尔:《艺术史的哲学》,陈超南、刘天华译,北京:中国社会科学出版社,1992。

[19]E·迪尔凯姆:《社会学方法的准则》,狄玉明译,北京:商务印书馆,1995。

[20]《马克思恩格斯选集》第1卷,北京:人民出版社,2012。

[21]《马克思恩格斯选集》第4卷,北京:人民出版社,2012。

[22]马克斯·韦伯:《经济与社会》,林荣远译,北京:商务印书馆,1997。

[23]诺思洛普·弗莱:《诺思洛普·弗莱文论选集》,吴持哲编,北京:中国社会科学出版社,1997。

[24]米歇尔·福柯:《权力的眼睛——福柯访谈录》,严锋译,上海:上海人民出版社,1997。

[25]皮埃尔·布迪厄、华康德:《实践与反思——反思社会学导引》,李猛、李康译,北京:中央编译出版社,1998。

[26]巴赫金:《巴赫金全集》,石家庄:河北教育出版社,1998。

[27]罗兰·巴特:《神话——大众文化诠释》,许蔷蔷、许绮玲译,上海:上海人民出版社,1999。

[28]E·杜尔干:《宗教生活的初级形式》,林宗锦、彭守义译,北京:中央民族大学出版社,1999。

[29]克利福德·格尔兹:《文化的解释》,纳日碧力戈等译,上海:上海人民出版社,1999。

[30]列文森:《儒教中国及其现代命运》,郑大华、任菁译,北京:中国社会科学出版社,2000。

[31]马歇尔·萨林斯:《甜蜜的悲哀》,王铭铭、胡宗泽译,北京:生活·读书·新知三联书店,2000。

[32]迈克·费瑟斯通:《消费文化与后现代主义》,刘精明译,南京:译林出版社,2000。

[33]让·波德里亚:《消费社会》,刘成富、全志钢译,南京:南京大学出版社,2000。

[34]克利福德·吉尔兹:《地方性知识——阐释人类学论文集》,王海龙、张家瑄译,北京:中央编译出版社,2000。

[35]特里·伊格尔顿:《审美意识形态》,王杰、傅德根、麦永雄译,桂林:广西师范大学出版社,2001。

[36]戴安娜·克兰:《文化生产:媒体与都市艺术》,赵国新译,南京:译林出版社,2001。

[37]约翰·费斯克:《理解大众文化》,王晓珏、宋伟杰译,北京:中央编译出版社,2001。

[38]斯图尔特·霍尔编:《表征——文化表象与意指实践》,徐亮、陆兴华译,北京:商务印书馆,2003。

[39]埃伦·迪萨纳亚克:《审美的人——艺术来自何处及原因何在》,户晓辉译,北京:商务印书馆,2004。

[40]本尼迪克特·安德森:《想象的共同体——民族主义的起源与散布》,吴叡人译,上海:上海人民出版社,2005。

[41]马里奥·佩尔尼奥拉:《仪式思维》,吕捷译,北京:商务印书馆,2006。

[42]维克多·特纳:《象征之林——恩登布人仪式散论》,赵玉燕等译,北京:商务印书馆,2006。

[43]托尼·本尼特:《文化与社会》,王杰等译,桂林:广西师范大学出版社,2007。

[44]刘禾:《跨语际实践——文学,民族文化与被译介的现代性(中国,1900—1937)》(修订译本),宋伟杰等译,北京:生活·读书·新知三联书店,2008。

• 外文文献

[1] Northrop Frye, *Anatomy of Criticism: Four Essays* (Princeton: Princeton University Press, 1973).

[2] Loh Wai-fong, *Popular Chinese Literature and Performing Arts in the People′s Republic of China*, 1949 - 1979 (Berkeley: University of California Press, 1984).

[3] Paul Clark, "Ethnic Minorities in Chinese Films: Cinema and the Ex-

otic," *East-West Film Journal*, no.2(1987).

[4]Zhang Yingjin, "From 'Minority Film' to 'Minority Discourse': Questions of Nationhood and Ethnicity in Chinese Cinema," *Cinema Journal*, Vol. 36, No.3(1997).

• 学位论文

[1]王丽英:《道教南传及其影响》,华中师范大学博士学位论文,2004。

[2]梁昭:《民歌传唱与文化书写——跨族群表述中的"刘三姐"事象》,四川大学博士学位论文,2007。

[3]范文艺:《旅游语境中民族民间文学生存空间的拓展和传承——以桂林阳朔"印象·刘三姐"调查为例》,广西师范大学硕士学位论文,2007。

[4]赵伟:《〈印象·刘三姐〉的审美历史逻辑与文化语境分析》,广西民族大学硕士学位论文,2008。

[5]钟声:《文化创意产业理论与实践研究——以大型山水实景演出〈印象·刘三姐〉为个案》,广西师范大学硕士学位论文,2008。

[6]李林:《彩调剧〈刘三姐〉音乐考源》,中国艺术研究院硕士学位论文,2010。

• 期刊论文

[1]陈雨帆:《壮族"歌会"——壮民族文化的"雏凤"》,《民族研究》1982年第2期。

[2]罗汉田《〈嘹歌·唱离乱〉时代背景浅探》,《中央民族学报(哲学社会科学版)》1986年第2期。

[3]苏韶芬:《白沙墟"六月廿三"试新节的民俗活动》,《社会科学家》1987年第3期。

[4]蒙宪:《歌圩壮称的语言民族学探讨》,《民族研究》1988年第

3 期。

[5]黄革:《广西壮族民歌概略》,《广西大学学报(哲学社会科学版)》1989 年第 1 期。

[6]赵毅衡:《符号学与符号学的文学研究》,《外国文学评论》1989 年第 2 期。

[7]卢敏飞:《桂西壮族原始婚姻形态残余剖析》,《广西民族研究》1989 年第 2 期。

[8]凌树东:《壮族的民间信仰与社会主义精神文明建设的冲突——靖西"祭月请神"活动反思》,《广西民族研究》1989 年第 3 期。

[9]李东:《语境与意义——基于两种哲学导向的考察和评价》,《自然辩证法通讯》1993 年第 2 期。

[10]覃桂清:《"三月三"源流考》,《民族艺术》1994 年第 1 期。

[11]袁珂:《孔子与神话》,《中华文化论坛》1994 年第 3 期。

[12]丁尔苏:《论皮尔士的符号三分法》,《四川外语学院学报》1994 年第 3 期。

[13]覃乃昌:《试论拼音壮文推行困难的基本原因——以广西武鸣县为例》,《广西民族研究》1995 年第 2 期。

[14]潘春见:《歌墟源流——壮族歌圩与其他民族歌场之比较(一)》,《广西民族研究》1995 年第 4 期。

[15]马国柱:《从符号学看审美主体与符号客体的价值关系》,《中国人民大学学报》1996 年第 3 期。

[16]李富强:《抛绣球:反映壮族农耕文化特点的风俗》,《农业考古》1997 年第 3 期。

[17]张良林:《皮尔士的符号学观述评》,《扬州大学学报(人文社会科学版)》1999 年第 1 期。

[18]赵利民:《论中国近代文学观念的新旧杂糅特征》,《山东大学学报(哲学社会科学版)》1999 年第 2 期。

[19]覃德清:《多重的认同,共赢的汇融——壮汉族群互动模式及其对消解民族矛盾的启示》,《广西民族研究》1999 年第 4 期。

[20]王铭玉:《隐喻和换喻》,《外语与外语教学》2000年第1期。

[21]彭兆荣等:《新民俗传说的地方化叙事》,《民俗研究》2000年第1期。

[22]孙中田:《张艺谋的电影艺术谋略》,《东北师范大学学报(哲学社会科学版)》2000年第1期。

[23]费孝通:《谈西部人文资源的保护、开发和利用问题》,《文艺研究》2000年第4期。

[24]陈春声:《正统性、地方化与文化的创制—潮州民间神信仰的象征与历史意义》,《史学月刊》2001年第1期。

[25]高丙中:《民间的仪式与国家的在场》,《北京大学学报(哲学社会科学版)》2001年第1期。

[26]农冠品:《壮族神话谱系及其内涵述论》,《广西右江民族师专学报》2001年第3期。

[27]古笛:《"新""老"刘三姐之争　歌仙哪能不歌唱》,《中国民族》2001年第4期。

[28]童庆炳:《人文精神:为大众文化引航》,《文艺理论研究》2001年第3期。

[29]曾杰丽、韦宗协:《壮族的女神信仰文化》,《广西右江民族师专学报》2001年第4期。

[30]刘晓春:《民俗旅游的意识形态》,《旅游学刊》2002年第1期。

[31]彭兆荣:《人类学仪式研究评述》,《民族研究》2002年第2期。

[32]陈建宪:《中国各族民间文学多元一体格局鸟瞰》,《民族文学研究》2002年第3期。

[33]周宪:《文化研究:学科抑或策略?》,《文艺研究》2002年第4期。

[34]张声震:《壮族历史文化与〈壮学丛书〉——〈壮学丛书〉总序》,《广西民族研究》2003年第1期。

[35]许钧:《"创造性叛逆"和翻译主体性的确立》,《中国翻译》2003年第1期。

[36]黄德昌:《儒家与夷夏之辨》,《四川大学学报(哲学社会科学

版)》2003 年第 4 期。

[37]陆晓芹:《壮族歌圩当代流变论》,《广西民族学院学报(哲学社会科学版)》2003 年第 4 期。

[38]莫幼政:《南宁国际民歌节的成功、遗憾与创新》,《广西青年干部学院学报》2003 年第 5 期。

[39]彭兆荣等:《口述/书写:历史的叙述与叙述的历史》,《广西民族研究》2004 年第 1 期。

[40]农冠品:《钟敬文与刘三姐研究》,《广西右江民族师专学报》2004 年第 1 期。

[41]李二仕:《十七年少数民族题材电影中的女性形象》,《北京电影学院学报》2004 年第 1 期。

[42]覃慧宁:《大众传媒背景下山歌的传承与传播机制——以广西宜州市为例》,《民族艺术》2004 年第 2 期。

[43]孔范今:《五四启蒙运动与文学变革关系新论》,《中国社会科学》2004 年第 3 期。

[44]黄家信:《论壮族的历史文化特点》,《学术论坛》2004 年第 3 期。

[45]杨春时:《审美的符号创造》,《创作评谭》2004 年第 4 期。

[46]梅客、李小燕:《百越对客家经济生活影响举证》,《广西民族研究》2004 年第 4 期。

[47]张良林:《索绪尔与皮尔士符号学观差异分析》,《长春师范学院学报》2004 年第 6 期。

[48]叶舒宪:《人类学与文学——知识全球化、跨文化生存与本土再阐释》,《文学评论》2002 年第 4 期。

[49]王杰:《美学研究的人类学转向与文学学科的文化实践——以南宁国际民歌艺术节的初步研究为例》,《广西民族学院学报(哲学社会科学版)》2004 年第 5 期。

[50]农冠品:《泛说右江流域壮族嘹歌》,《广西右江民族师专学报》2004 年第 5 期。

[51]谢保杰:《1958 年新民歌运动的历史描述》,《中国现代文学研究

丛刊》2005 年第 1 期。

[52]费孝通:《"美美与共"和人类文明》(上),《群言》2005 年第 1 期。

[53]覃乃昌《壮族〈嘹歌〉的传承与传播研究——壮族〈嘹歌〉文化研究之七》,《广西民族研究》2005 年第 4 期。

[54]陆晓芹:《"歌圩"是什么——文人学者视野中的"歌圩"概念与民间表述》,《广西民族研究》2005 年第 4 期。

[55]徐菊凤:《旅游文化与文化旅游:理论与实践的若干问题》,《旅游学刊》2005 年第 4 期。

[56]任旭彬:《论"夷夏之辨"的二重性——中国传统文化的生态分析》,《广西教育学院学报》2005 年第 5 期。

[57]李启军:《影视明星:特殊的象征符号——影视明星符号学研究系列论文之二》,《社会科学家》2005 年第 5 期。

[58]程江华:《超越与断裂——关于南宁国际民歌艺术节的几点思考》,《艺术探索》2005 年第 5 期。

[59]杨梅:《王予嘉:"姿本主义"成就的"第五代刘三姐"》,《民族论坛》2005 年第 7 期。

[60]杨梅:《第五代刘三姐款款走来》,《文化月刊》2005 年第 10 期。

[61]舒瑜:《从"想象的共同体"到"巴厘剧场国家"》,《西北民族研究》2006 年第 2 期。

[62]徐赣丽:《民俗旅游的表演化倾向及其影响》,《民俗研究》2006 年第 3 期。

[63]周宪:《论作为象征符号的"封面女郎"》,《艺术百家》2006 年第 3 期。

[64]王巧慧:《"魅"之视野下的自然观》,《科学技术与辩证法》2006 年第 4 期。

[65]马翀炜:《文化符号的建构与解读——关于哈尼族民俗旅游开发的人类学考察》,《民族研究》2006 年第 5 期。

[66]吴盛枝:《越南高栏民歌与壮族文化的传承认同》,《河池学院学报》2007 年第 1 期。

[67]唐艳红:《彩调的生存方式及其变迁初探》,《承德民族师专学报》2007 年第 3 期。

[68]吴晓:《民族艺术的消费社会境遇》,《民族艺术》2007 年第 4 期。

[69]龙殿宝:《刘三姐的传说特点及其在仫佬族地区的影响》,《河池学院学报》2007 年第 4 期。

[70]覃乃昌:《刘三姐:华南珠江流域原住民族的歌神与爱神》,《河池学院学报》,2007 年第 6 期。

[71]普列文:《刘三姐传说的文化含义》,《河池学院学报》2007 年第 6 期。

[72]王微萍:《从皮尔士的符号学看符号的意义》,《外语与外语教学》2007 年第 7 期。

[73]陈大刚:《表征:认识论及审美》,《兰州学刊》2007 年第 11 期。

[74]朱安平:《魅力永驻〈刘三姐〉》,《大众电影》2007 年第 20 期。

[75]周宪:《现代性与视觉文化中的旅游凝视》,《天津社会科学》2008 年第 1 期。

[76]石一宁:《重写〈刘三姐〉》,《南方文坛》2008 年第 1 期。

[77]梁庭望:《刘三姐生命力之谜》,《河池学院学报》2008 年第 1 期。

[78]陈学璞:《论刘三姐文化现象》,《广西社会科学》2008 年第 2 期。

[79]彭谊:《传统地域文化的现代变迁——广西百色市布洛陀民族文化旅游节案例研究》,《百色学院学报》2008 年第 2 期。

[80]邓伟龙:《空间的建构与认同——刘三姐文化深层底蕴的探讨之二》,《河池学院学报》2008 年第 3 期。

[81]张京华:《"层累造成"还是"层累阐释"——孟姜女故事与顾颉刚的民俗学研究》,《淮阴师范学院学报(哲学社会科学版)》2008 年第 3 期。

[82]王建陵:《杂糅与全球化文化生产:以迪斯尼动画为例》,《东华大学学报(社会科学版)》2008 年第 4 期。

[83]陈丽琴:《传播学视阈中的黑衣壮民歌》,《广西民族大学学报(哲学社会科学版)》2008 年第 5 期。

[84]常帅:《全民乌托邦的歌唱——以〈红旗歌谣〉为例阐释1958年新民歌运动》,《安徽文学》2008年第8期。

[85]张利群:《论刘三姐文化品牌的多维构建》,《文艺争鸣》2008第11期。

[86]龙殿宝:《论宜州山歌文化与新型歌圩的发展》,《河池学院学报》2009年第1期。

[87]唐钱华:《壮族民歌传承现状调查与研究——以柳城县壮欢歌手为案例》,《柳州师专学报》2009年第2期。

[88]陈靓:《美国本土文学研究中的杂糅特征理论探源——从生物杂糅到文化杂糅的概念流变》,《西安外国语大学学报》2009年第3期。

[89]谢育坚:《论贺州客家民歌的文化内涵》,《广西民族大学学报(哲学社会科学版)》2009年第4期。

[90]王保国:《"夷夏之辨"与中原文化》,《郑州大学学报(哲学社会科学版)》2009年第5期。

[91]张茜:《媒介发展对仪式的影响及媒介仪式的产生》,《东南传播》2009年第6期。

[92]李喜微:《论视听觉符号——舞蹈》,《黑龙江教育学院学报》2009年第9期。

[93]赵毅衡:《符号学文化研究:现状与未来趋势》,《西南民族大学学报(人文社科版)》2009年第12期。

[94]徐翔、邝明艳:《接受与效果研究中的"潜文本"——文学理论与传播研究的交叉视角》,《文艺理论研究》2010年第1期。

[95]郝天石:《新中国成立后音乐歌舞片的艺术风格——以〈刘三姐〉、〈阿诗玛〉为例》,《戏剧文学》2010年第11期。

[96]吴晓:《旅游景观展演与民间艺术的消费——湘西德夯个案的文化阐释》,《文艺争鸣》2010年第12期。

• 影像资料

[1]电影《刘三姐》,长春电影制片厂1961年摄制,编剧:乔羽,导演:

苏里,ISRC CN-F20-94-0064-0/V-J8,厦门音像出版社。

[2]民间歌舞剧舞台艺术片《刘三姐》(桂剧),广西电影制片厂1978年摄制,编剧:柳州《刘三姐》剧本创作小组,导演:吴永刚、陈正鸿,ISRC CN-F28-04-0149-0/V-J9,广州音像出版社。

[3]《印象·刘三姐》,ISRC CN-F36-07-306-00/A-J9,广西文化音像出版社。

• 报纸、网页

[1]杨越、王勉:《"原来中国有这么好的民歌!"》,《新华每日电讯》,2002年11月27日。

[2]李蕾:《柳州:借"刘三姐"做大文化产业》,《光明日报》,2009年6月5日。

[3]张玉梅:《丽江:文化搭台　旅游唱戏》,《光明日报》,2001年2月27日。

[4]秦雯:《广西柳州投拍电视剧〈刘三姐〉,塑造刘三姐新形象》,广西新闻网-广西日报,2009年6月26日。

后 记

这本学术专著是由我的博士学位论文修改与增补而成的。此时出版，离博士毕业已经有十三年之久。再回首当年苦读的日日夜夜，往事历历在目。在开题报告会上，南京大学老师对我提出的两个问题仍言犹在耳："我们听到的刘三姐歌曲都是汉语的，为何说刘三姐是壮族的？""为什么刘三姐故事总是能够随着时代变迁获得新的阐释？"在《刘三姐形象的符号学研究》里，我尽量去解释这两个问题。在写作过程中，尽管我已经顺利通过开题报告并在核心期刊上发表了两篇相关论文，但总是感到还在"摸着石头过河"。对此，我的导师王杰教授明察秋毫，在一次课堂上，他问我："在古代，刘三姐是什么符号，在上世纪中期呢，后来呢？"我回答："神话符号、政治符号和消费符号。"随即，犹如一道灵光注入大脑，我立即联想到一句名言"路线是个纲，纲举目张"，头绪繁多的"刘三姐"材料瞬间变得条理分明，我的论文写作进入了一条"一马平川"的顺畅之路。

我庆幸能够在历史悠久、声誉卓著的南京大学完成博士学业。我要感谢南京大学对我的培养，是她给予我思想，给予我骄傲，使我这样一个来自边疆少数民族地区的普通人有机会成为社会科学工作者。感谢南京大学文学院的诸位老师，是他们启发了我的逻辑思维、训练了我的研究方法。感谢南京大学研究生院在我最困难的时候为我排忧解难。我由衷感谢导师王杰教授，一日为师，终身为父。我能够完成博士学业，都是与他在各方面对我的亲切关怀分不开的，他严谨求实的学术作风更是给我以深刻的影响。我还要感谢在南京大学一起度过几年春花秋月的同学与室友，感谢同门师兄师弟师姐师妹给我一次又一次亲人般的帮助。此外，要感谢我的家人和朋友的支持，他们与我一起分享快乐、体味痛苦、享受成功的喜悦。

我特别想感谢“刘三姐”。由民间传说到走向世界的“刘三姐”，其长盛不衰的生命力引发了学界的极大关注。我有幸在研究刘三姐文化的过程中了解到人民群众喜爱“歌仙”的多种体验与期盼。“研究三姐已多年，我是凡人她是仙。梦中相遇好多次，醒来还是在人间。”庄生晓梦迷蝴蝶，物我两忘为一体。梦中之蝶以欢乐赋予庄生快乐与自由。我虽然因为研究刘三姐文化而喜爱“刘三姐”，却无法做到让“刘三姐”成为我的全部生活，只能尽量以“梦中相遇”的“可待之情”构建起内心宁静的精神家园，在弘扬刘三姐文化方面，去做力所能及的事情。我从南京大学的校门走出来以后，走进了广西社会科学院的大门。依托广西社会科学院宽松的研究环境和良好平台，我希望自己能够走出并走好每一步。在广西社会科学院工作的十几年，我参加过“广西建设民族文化强区研究”等课题研究，担任过广西蓝皮书《广西文化发展报告》以及《沿海企业与科技》的副主编，主持与参加过十几个省级课题，这些对我来说，算是正常的工作。让我感到刻骨铭心，不敢有什么疏忽的事情只有两件：一是 2017 年策划与组织广西民间文艺团队“三月三文化丝路行”（泰国站）活动，首开广西“三月三”走出国门先例；二是 2020 年，成功申报国家社会科学基金西部项目“刘三姐文化在东南亚传播与华人文化认同研究”，由于种种原因，无法正常考察调研刘三姐文化活动，至今依然在研。2014 年起，“三月三”成为广西地方法定民族节庆，逐渐发展成为集对外宣传、经贸、文化、旅游、科技、体育等为一体的大型活动。“三月三”的知名度与影响力越来越大，成为广西继“刘三姐”之后又一个重要的文化符号。其实，历史上的岭南，很多地方的“刘三姐”与“三月三”黏度超高而密不可分。据民间传说，大多数歌圩乃刘三姐传歌或者纪念刘三姐所致。“三月三”是歌圩活动中最隆重的节庆，可谓歌圩的“标识”。“一年一度三月三，大地飞歌激情燃。广西如今成歌海，还要世界爱歌仙。”我有一个梦，建设新时代中国特色社会主义壮美广西,“三月三”与“刘三姐”实现了整合,两者珠联璧合、双向加持,互进共长而更具魅力,现代性和国际性更为突出。随着“一带一路”建设的全面推进,代表了中华民族审美文化的“刘三姐”,将逐渐成为世界共享的国际文化品牌。

在本书编辑出版时,我的导师王杰教授和广西社会科学院党组书记、院长陈立生研究员给予了诸多关怀与支持并为本书写了序言。对于这本学术专著的出版,我首先特别要感谢的是广西社会科学院。本书得到了广西社会科学院的新型智库学术著作出版资助,衷心感谢广西社会科学院领导和新型智库建设处、科研处有关同志在学术上的指导和出版过程中的关心与支持。对参与审阅与编辑的所有专家和工作人员,在此谨表一一谢意。

由于本人水平有限,书中的疏漏和错误是难以避免的,对于书中的缺点和不足,我真诚希望有关领导、专家和广大读者批评指正。

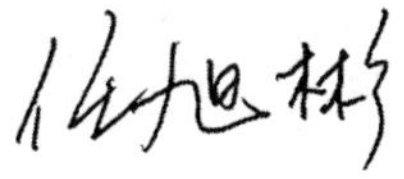

2024 年 5 月 20 日

于广西社会科学院